U0576274

中国·义乌
Yiwu China

胡友大 著

浙江工商大学 出版社
ZHEJIANG GONGSHANG UNIVERSITY PRESS

·杭州·

图书在版编目(CIP)数据

提篮女 / 胡友大著. — 杭州：浙江工商大学出版社，2023.12
ISBN 978-7-5178-5858-4

Ⅰ. ①提… Ⅱ. ①胡… Ⅲ. ①长篇小说－中国－当代 Ⅳ. ①I247.5

中国国家版本馆 CIP 数据核字(2024)第 010134 号

提篮女
TI LAN NÜ

胡友大 著

策划编辑	陈丽霞
责任编辑	唐　红
责任校对	韩新严
封面设计	朱嘉怡
封面题字	杨守春
责任印制	包建辉
出版发行	浙江工商大学出版社
	(杭州市教工路 198 号　邮政编码 310012)
	(E-mail:zjgsupress@163.com)
	(网址:http://www.zjgsupress.com)
	电话:0571－88904980,88831806(传真)
排　　版	杭州朝曦图文设计有限公司
印　　刷	杭州高腾印务有限公司
开　　本	880mm×1230mm　1/32
印　　张	8.5
字　　数	205 千
版 印 次	2023 年 12 月第 1 版　2023 年 12 月第 1 次印刷
书　　号	ISBN 978-7-5178-5858-4
定　　价	58.00 元

序

　　鸟语花香的早晨,疏朗开阔的田野,天地间的灵气带来自然的馈赠,乡土是永恒的,但农村生活是困顿的,主人公王巧儿在一贫如洗的境况下提起竹篮,开始闯荡"江湖"。小小提篮压实她的双臂,坎坷经历磨炼她的意志,街头逆袭提振她的信心……在艰难曲折的提篮生涯中,王巧儿显露出顽强的斗志和拼搏的精神。

　　这部小说成功塑造了以王巧儿为代表的中国义乌提篮女,敢闯敢拼、敢为人先、不畏艰难、追梦逐浪,选择别人没有走过的路,在困境中步履不止,在失败中追求答案,在夹缝中催生小商品市场的传奇故事,演绎了波澜壮阔的奋斗史诗,彰显了中国义乌第一代小商品市场诞生前后荡气回肠的生死博弈。

　　"提篮"在义乌话里,是手提竹篮沿街叫卖之意,提篮女被人们形象地称为"蚂蚁军团"。草根市场是提篮女王巧儿茁壮成长的摇篮,提篮叫卖的谋生手段早已融入义乌人的血液中……小说真实再现了20世纪七八十年代浙江女行商草根创业的艰辛历程;以谢书记为代表的改革先锋勇于担当,带领群众勇敢探索、艰苦奋斗、创造发展奇迹,展现了中国义乌小商品市场"莫名其妙、无中生有、点石成金"的传奇故事。小说是中国实行改革开放以后筚路蓝缕,走向辉煌发展历程的重要缩影。

　　艰难方显勇毅,磨砺始得玉成。王巧儿的创业之路充满艰辛,布满曲折,又富于挑战。既有老一辈货郎们的精神衣钵,又有当代义商的开拓进取,更有年轻"创二代""企二代"的继往开来。她凭借敢为天下先、爱拼总会赢的勇气,一步步走出荆棘、走出困顿、走出迷茫、走出绝望。小说以史诗般的恢宏篇章,回望义乌市场40年的创业磨难史、发展史、奋斗史和共富史,表现了个体经济从弱到强、从虚到实的过程,展现了"美丽中国"市场建设的巨大跨越。

义乌与改革同心、与发展同行,这里的农民正是靠吃改革饭、走改革路才一步步走上致富路的。非凡40年,星火成炬,变化的是时间,不变的是这座城市与市场的血脉相连和永恒的精神。这部作品是改革开放伟大成就的成功缩影,是提篮精神和时代精神的完美融合,是关注现实与艺术创新的统一,也是社会影响和文学表现的典范。

春天来了,风中透着香,雨里裹着蜜。握紧改革接力棒,接续奋斗创新业。提篮女的传奇故事,是一代女浙商谱写的又一个脱贫攻坚新传奇,其形象也是奋力打造时代共富的新标杆。我们希望广大读者在充分体验主人公的"烟火气"中,强烈感受到时代弄潮儿的勇于作为……

浙江义乌是作者的家乡,也是我的家乡,这是一个永远都值得怀念的地方。未来的日子里,诚望家乡义乌能涌现出更多扎根家乡、创作家乡、追梦家乡、赞美家乡的新生代长篇小说作家和文学守艺人,让中国义乌迅速走向大世界,让"世界小商品之都"快速奔向五大洲、四大洋……

是为序。

(海飞,资深出版人、阅读推广人、著名作家。历任中国少年儿童出版社社长、中国少年报社社长、中国少年儿童新闻出版总社社长兼总编辑。)

CONTENTS ■ 目 录

第一章

南雁北飞不畏寒

天空中，一行大雁扇动着翅膀，"咕嘎咕嘎"地叫着，时而排成"人"字形，时而排成"一"字形，好像一点都不怕累。这群大雁中的领头雁，自然是雁群中最强壮的一只，冲在最前面，顶着气流，迎风领航……

进入冬季，寒风刺骨。大雁北飞，一反常态。此刻，一列绿皮火车跨越千山万水，正由南往北缓慢进站。由远及近的站牌极速映入眼帘，露出"义乌"二字。火车还没停稳，车厢里的乘客就开始骚动起来。人们杂乱无章地上下车，行色匆匆，让这座拥挤的小城也显疲惫。

简陋的候车室里，尽管窗户漏着风，乘客们又饿又冷，可仍有不少人排着队，焦急地等候着火车的到来。乘客们表情各异的脸上，传递出各种复杂的情绪：沮丧、抑郁、麻木、痛苦……

整个候车大厅黑压压的都是人，熙熙攘攘的人海里，喧闹声、叹息声、哭泣声、闲谈声、谩骂声混杂在一起，一片沸腾。

候车大厅似乎已变成一个巨型蜂巢，吵吵嚷嚷，嗡嗡作响。在售票窗口前长长的队伍中，让人印象最深刻的是一位小伙子，只见他时不时地抬脸，探着头，似乎早已按捺不住躁动的心，因为排队买票的煎熬终于要到头了。过了一会儿，他终于买到了一张火车票。

周围都是南来北往的乘客，风尘仆仆，盘算着自己的行程。广播里女播音员一遍遍播报着列车始发的时间，提醒人们列车就要检票了，别坐错了自己的车次。每一个望眼欲穿的人都身着粗布衣，口喘粗气，拖着疲惫的身子，望着列车停靠的方向，脸上显现出盼望回乡的急切心情。

在进站检票口，车站工作人员的声音一律是公式化的冷漠："请大家主动出示车票，凭票有序进站。"

刚买到票的小伙子一挤上黑咕隆咚的蒸汽式火车，就被挤得身体前倾，连大气都不敢喘一口。从义乌开往沈阳的 K551 次长途列车开始缓缓启动，小伙拼命往 4 号车厢挤去。生怕迟了一步，排了两小时长队才到手的座位会立刻被人抢了去似的，这可真是一票难求。

想起上车前的那一幕，这个 19 岁的小伙子还算幸运。售票处排着长长的队伍，每个人手上捏着几张纸币，焦急万分地等待购票；有几个黄牛模样的人夹杂在队伍中间，嬉皮笑脸地朝人群中悄悄问："同志，要票吗？这可是座票。"

被问者摇了摇头，说："我要不起。这年头，出门在外赚点钱真是不容易，能省一厘是一厘。"

座位上的人都眼巴巴望着售票口，希望早点儿出现家人的身影；拿到票的兴奋得差点跳起来，和自己家人拥抱着，快活地朝站台跑去；还有泡方便面的，倒茶水的，喝药的……不停穿梭于候车室的过道之间。整个火车站候车室仿佛被人下了一锅热气腾腾的饺子，可惜那饺子放得实在太多了，多得让人怀疑人生。

火车站时钟的秒针嘀嗒嘀嗒地走着，似乎特地放慢了脚步，每一秒都过得那么拖沓。时钟的时针更像一个腿脚不便的老人，慢吞吞地走着。这时，时针已指向晚上九点，等待的时间里，每位乘客的内心都备受煎熬。此时正是腊月天，再过几日就要过大年了，每个出门在外打拼的人，都急切地盼着回家跟亲人团聚，谁也不愿提及这段辛酸而又无奈的归程。

挤得像沙丁鱼罐头一样的火车车厢也不断重复着候车室里一样的场景。有时在异常拥挤的火车上，人们连上一趟厕所都几乎是一件很难办到的事。

这时，后面的人群不知怎的突然开始躁动起来，人们互相推搡着。越往里挤越挤不进去。小伙子也感到快要被挤得没法呼吸了。这时，只见一个十五六岁的小姑娘，手提两只大布袋，使出浑身的劲儿在往车厢深处挤。由于车上乘客实在太多，外面天寒地冻，里面却是暖烘烘的。一些乘客额头上还冒着汗，大家挨肩擦膀，双脚随着人流不由自主地前后移动。

这时，车厢里一个蛤蟆脸面相的年轻人脸色骤变大喊了一声："哎哟，谁踩了我的脚？"

还没等小姑娘反应过来，这个年轻人嘴角抽动着，开始骂骂咧咧。尽管那骂声有些夸张，但小姑娘还是条件反射般地将自己的脚缩了回来，有些无助地说："对不起。"

年轻人非常生气，并朝天一吼："你这个人怎么不长眼睛啊？竟乱踩我的脚，去死吧你。"

车厢里乱哄哄的，小姑娘进退两难。旁边有个小伙立刻尖声叫道："黑虎哥，咋啦？"

这个名叫黑虎的年轻人跳着脚，声音近乎咆哮地骂道："臭娘们，竟乱踩老子的脚，真不是个东西。快帮我揉揉。"

小姑娘顿觉后背发冷，一股无名之火从心底蹿出，像火药桶遇到了火苗一点就炸："我凭什么要帮你揉呀？"

"凭啥？哼！就凭你踩我这一脚！"

小姑娘强压住怒火道："人这么多，我又不是故意的，你岂可拿我当软柿子捏？"

黑虎双目圆瞪，头也没抬一下，就冲小姑娘大声训斥道："呸！老子今天说你是故意的就是故意的，怎么赖都赖不掉。"

"你这人怎么这么不讲理啊?"小姑娘肺都差点气炸了。

"是你先踩了我的脚,竟敢气势汹汹指责我?"

"跟你这种人根本就没道理可讲。"小姑娘内心升起一股怒火,向着"蛤蟆脸"说,"我不跟你一般见识。"

黑虎顿感憋屈,竟然脱下一只鞋,朝小姑娘后背猛力砸去,小姑娘被猛地一撞,额头顿时磕到车厢一角,渗出一摊暗红色的血迹。她只觉得眼冒金星,一阵头晕,一屁股坐到了地板上,手上提着的两只大布袋"咯噔"一下,以迅雷不及掩耳的速度滑向地面,布袋里的小百货顿时从袋口一骨碌钻出来,散落一地,车厢地板上一片狼藉。周围的旅客被这一幕惊得愣住了。过了一会儿,小姑娘眼里透出一丝冷意,勉强支撑着站起来,她稳住脚,瞪着双眼狠狠地盯着对方。黑虎与小姑娘僵持了一会又开始你一句我一句吵得不可开交,车厢里再次响起一片嘈杂声,有人说鞋子被踩掉,有人说衣角被扯破。拥挤的车厢内,这纷乱的人群吵成了一锅粥。

人群中突然响起一个声音,盖住了人们的吵闹声:"住手!堂堂一个七尺男儿,竟欺负一个弱女子,这算什么本事?有胆冲我来。"

只见一个小伙子像救星似的现身车厢,拳头攥得紧紧的。很显然,他要为小姑娘出这一口恶气。小伙子的打抱不平,就像照亮心灵的一束光,给小姑娘送来了一丝温暖。她感激地看了一眼小伙子,接着又是一阵担心。

黑虎见半路杀出一个程咬金,气势汹汹地道:"识趣点,别人的事关你屁事,可别狗拿耗子多管闲事!"

这话如同一把尖刀,直刺人心。小伙子怒火中烧,大发雷霆:"把你的嘴巴放干净点!"

"你算个啥东西?竟敢瞧不起老子!"

说罢,黑虎猛地挥出一拳向小伙子袭去,周围的人都吓得往后退,给小伙子让出了空间。小伙子后退半步躲闪,又快速稳住身子。黑虎又顺势一扑,攻势凶猛。小伙子凭借身高优势,一个箭步将黑虎的脸朝车厢地板死死摁住,"蛤蟆脸"贴着地板,狼狈不堪。

见有人打抱不平,车厢里的乘客顺势也七嘴八舌指责黑虎:"公开场合竟敢打人,扰乱公共秩序,把他轰出去!"

"这种人驴见驴踢,猪见猪踩。"

"好好说话不行吗?干吗非要动手打人?"

见满车厢的人都为这个小姑娘和打抱不平的小伙子出气,黑虎气得脸一阵红一阵白,但在如此多人面前,他只能压下嚣张的气焰,乘人不备,带着同伙灰溜溜地挤出了这节车厢……

见此情景,原本喧闹的车厢里的乘客瞬间安静下来。小伙子利索地蹲下身子,帮小姑娘拾起散落满地的小商品。小姑娘感激地抬眼看去,只见这小伙一米八的个子,面色稍暗,眼泡微肿,微垂的眼睫下有淡淡的黑影,颧骨也有些高耸突兀,衬得整张脸更加清瘦,那肤色暗淡的手,尤其消瘦。

小伙子的脸映入小姑娘眼帘的那一瞬间,小姑娘的脸上闪过一丝红晕,她感激地说:"多谢小哥相助,请问你贵姓呀?"

"免贵姓张,你就叫我张志来吧。"

"听你这口音,像是义乌人?"

"没错。我是义乌稠城公社莲塘人。你呢?"

"好巧呀。我叫王巧儿,平畴公社新兴人,这么说我们还是老乡呢。感谢你刚才帮了我一把!"王巧儿脸上再次泛起一层潮红。

"谢什么呀。这年头,困难就像弹簧,你弱它就强。出门在外谁没个困难,我碰到了就帮。你这是准备上哪儿呀?"

"想去东北闯闯。"

"到东北什么地方啊?"

"长春。"

"长春?好巧不巧,我也正要去那里呢!"

"那我们正好同路,可以一块儿去闯。"

"行啊,这样也好,路途中有个伴儿,可互相照应。"

接着两人相继去找自己的座位,谁知两个座位早就被人占了。

"算了,我们年纪轻,能扛事,随便在过道里凑合着挤挤吧。"

"想不到你还是个行善人。"

"这可算不上。"

于是,两人肩并肩站着,身子靠在车厢一角,时不时说上几句话。

前方响起一阵火车的轰鸣声,火车车厢摇摇晃晃,眼看周围的人都靠在座椅上昏昏欲睡,漫漫长夜,王巧儿却无心入眠……

张志来关切地问:"巧儿,你刚才有没有被磕到身体哪儿?"

王巧儿摸摸额头说:"有你这老乡罩着,没事儿。只是额头上划破了一点皮。"

"你自己一个人到外地谋生,家里人不担心吗?"张志来好奇地问。

这话不知触动了王巧儿的哪一根弦,她眉头紧皱,泪珠竟大颗大颗地滚落下来:"唉,这有什么法子,我不出去,家里那众多的姐妹也许就要挨饿。"

王巧儿手紧紧攥着衣角,嘴里呢喃着,眼里似乎有太多的无奈和遗憾。

上车前,王巧儿,这个瘦瘦高高的南方姑娘,肩扛两大布袋,顶着风冒着雨独自行走在漆黑的山路上,周围无伴,只有匆匆的脚步声和负重发出的喘息声。她整整走了 6 个小时,才到火车站,并吃力地挤上了车。

在国家百废待兴、生活贫瘠的当下,王巧儿一家也和无数的普通人一样,陷入吃不饱、穿不暖的境地。她从小就记着母亲"会做不如会算"的叮嘱,背着小百货独自闯江湖。

那个年代没有实行计划生育,她父母亲又是不见儿子不收兵的主儿。王巧儿的父亲王财宝与母亲李翠莲连续 6 年生了 6 个女娃,全家 8 口人,一日三餐一顿也少不了。母亲李翠莲在劳作之余,偶尔偷偷去附近的村里收些粮票、布票、油票等,转手赚取微薄的差价。有时还将红糖贩卖到金华,然后在金华城买一点海带、虾皮、鱼干等,走街串巷,提篮叫卖销售。可任凭父母铆足了劲儿,持家多么精明,还是入不敷出,根本就不够养活一家人,自然也无法维持一大家子的温饱,每天饿得只能挖野菜、喝稀汤。

贫瘠的农村,野菜都被人挖光,树皮也被人们剥完,可以想象生活是多么的窘迫。然而这种困境并没压垮王巧儿。家境的贫困让王巧儿从小就明白一个道理:这个家需要她去承担更多的风雨和责任。因此她喜欢不停地折腾,一旦认准这个理儿,绝不轻易放弃和改变。

至于穷,那时候大多数农村谁家没个三起三落、沉沉浮浮?虽说家境极不好,可王巧儿这姑娘最能吃苦,做任何事从不服输。她跑码头的本钱是母亲李翠莲借来的几十元。经常挤火车、赶汽车,忙得简直就像连轴转的小陀螺。王巧儿认为闯码头贵在敢、猛、快。为了不耽误行程,她只能白天摆地摊,晚上赶夜路。夕发朝至,不顾劳累地玩命奔波,企图改善一下生活困境。

创业不易,即使历经磨难,遍体鳞伤,也要撑起重担。此时,王巧儿略显疲惫地靠在车门边。由于站得有些久,她习惯性地抬抬手,哈几口热气,挪挪脚,跺几下,可眼皮儿似乎打起了群架。

张志来看穿了王巧儿的心思,大献殷勤道:"巧儿,要不你就靠着我的肩膀打个小盹儿?"

王巧儿低头看看自己,又看看张志来,脸不由得又一阵发烫,有些难为情地说:"这可不行,你又不是我哥,挨着你肩膀该有多尴尬呀。"

"这有什么呀!我只是想让你身子不受累,放松一下。再说了,你我身边又没个熟人,谁会这么有空来嘲笑你呀。"

"说不定人家还以为我俩正谈恋爱呢。"

"都什么年代了,你脑子里怎么还有这么多的条条框框?"

王巧儿耳根子不由一热,故意避开张志来的目光。

梦想是一朵永不凋零的花,可梦想打造一片属于自己的天地,背后却隐藏着多少不为人知的酸甜苦辣。记得一年前那个夜晚,王巧儿也做过同样羞于启齿的梦。梦中有个美丽少女,穿着闪着丝质光泽的白色婚纱,腰肢舞动着,拱起一个美妙的丰满圆弧。通体流畅的曲线像琴弦一样被拨动着,很快变成无数粉红色的幻影。一位白马王子突然从天而降,缓缓绕着少女,如梦如幻,翩翩起舞。

梦中那个少女极像王巧儿,唇红齿白,长长的黑发披散着,形成无数个起伏不定的波浪卷,美丽娇艳。她被白马王子牵着手,款款走向爱的殿堂。突然,从殿堂后面窜出一条巨蟒,朝王巧儿飞奔而来,她的心猛地一阵抽搐,有种窒息的感觉,好像脑部的血液要停止流动。她一下子从梦中惊醒,竟吓出一身冷汗。

也许,梦是有预兆的,王巧儿多想在现实生活中找到那个白马王子,难道白马王子就是眼前的张志来?她捋捋发丝,不敢再往下想……

窗外一阵寒风吹过,一股清新空气扑面而来,张志来心里一阵酥醉。他像吃了兴奋剂一样,情不自禁地向王巧儿缓缓靠过去。

　　张志来仔细打量着王巧儿，宽大的棉袄没能盖住少女丰润的轮廓。张志来痴痴看着，对王巧儿充满一种朦胧的好感，这种意念在"咚咚咚"撞击着他的心脏。

　　车厢里不少乘客都已渐渐进入梦乡，只有张志来仍毫无疲倦地望着王巧儿。毕竟是在车厢这个公共场所，众目睽睽之下，他也不敢靠得太近。不远处有几个年轻人时不时瞄他俩几眼，又低声议论着什么。

　　"呜——"

　　远处再次传来火车的轰鸣声，随着一声长笛，不停地喷着黑烟的火车"轰隆轰隆"穿过两侧的树林向前奔去。火车头"呼哧呼哧"喘着粗气，像一头疲惫不堪的老牛，拖着 10 多节车厢穿行在铁轨上。巨大的轰鸣声将王巧儿吵醒，透过车窗，只见两侧的树木伴着风景一闪而过。她的心情也像这趟列车，无法平静。

　　王巧儿抬起眼，没头没脑地发问："车到哪儿了？"

　　"刚驶出杭州站，离目的地还远着呢。"

　　"这火车怎么像蜗牛一样慢悠悠地爬啊。"

　　"慢悠悠的何止这火车，还有你这个小老乡。"

　　王巧儿满脸通红地看着张志来，反驳道："你可别乱说。"

　　由于长时间在火车上站立，王巧儿的双腿肿得粗了两倍，眼里的瞌睡虫也不断地袭来，实在支撑不住。在十分困倦的情况下，她灵机一动，竟瞅准车厢座位底下一块地板，腿一伸，膝一弯，不顾周围乘客鄙夷的目光，像泥鳅似的钻了进去，王巧儿打算在车厢座位底下睡个好觉。

　　那时火车上卫生没人打扫，人又多，座位底下什么都有，乱七八糟。讲究的人还带张报纸或买块塑料布，往座位底下铺一铺再钻，可王巧儿竟然什么都不管不顾，就直接钻了进去，那地板就成了当晚最佳的铺位和宝座,她不久便呼呼入睡。

王巧儿那大布袋里装的都是绣花的花衬子、绣花针和绣花样,也是讨生活的全部家当。以往白天她在城里摆地摊,晚上就搭上去另外一个城市的火车,第二天再做同样的生计。

王巧儿求生的欲望都是被困顿的生活给逼出来的,她特别明白这个道理。火车一路向北,离故土越来越远,驶往未知的征途。远离家门,王巧儿心情异常沉重。此刻,她发现没了父母亲的庇佑,真是举步维艰。她无法断定自己是醒着,还是仍在睡梦之中。

她依稀看到十岁时的自己,正站在火车站台上,被母亲拉着手,看着父亲的背影。父亲穿着母亲递给他的一件黄色旧大衣,匆匆朝站台走去,走了几步又回头冲女儿和妻子挥了挥手。

王巧儿真想冲上去拉住父亲的裤脚,可母亲紧拉着她的小手不放:"火车快进站了,你别跟去,爹要去很远的地方挣大钱呢。"

"娘,你别拦我,我就要跟去嘛!"

李翠莲正了正身子,声音突然洪亮起来:"傻孩子,你年纪这么小,跟去笃定是个拖油瓶。"

可王巧儿并没被母亲的冷漠吓倒:"我怎么会是拖油瓶呢,妈妈才是大骗子。你快放手,我就要去。"

望着丈夫回头时脸上浮现的一丝苦笑,一股压抑不住的热流直涌到李翠莲的眼眶里。王巧儿也顿感两眼热泪再也噙不住,忙将头扭了过去,任泪水簌簌地掉落下来……

进站的火车"呜"地发出一声鸣响,紧接着冒出一股黑色浓烟,"轰隆轰隆"地驶向远方,震得大地一颤一颤的。

王巧儿拼命挣脱母亲瘦削的手,努力想看清车窗里父亲的那张脸,眼泪仍不由自主地"吧嗒吧嗒"往下掉,最后整个人竟面色苍白,哭爹喊娘,在地上打滚。

火车站附近的那条泥路上,一条小街曲曲弯弯地向前延伸着。周围都是低矮的旧民宅,有几个农妇手提竹篮,正沿街叫卖当地的日用小百货。母亲紧抓着王巧儿的手,生怕她走丢了似的。

那时候的义乌穷得全国都出名,不少人连亲戚也瞧不起。虽然人们不至于吃糠咽菜,但"地瓜干当细粮,鸡腚眼子当银行"的村庄特别多。尤其是乡下和偏远山区,哪怕是小卖部、小货摊都很少见。那时乡下人买东西都要走很远的路,赶大集或到城里的杂货铺,才能买到自己想要的生活必需品。在偏远的农村,人们没机会出去打工,也就没机会赚钱,基本上就是种田,一年到头只剩下点余粮。有的人整年见不到钞票,经常会为缺乏生活必需品而发愁。还有的人由于生活困难手头紧,根本就没有钱去赶集或逛庙会。

而城里就热闹许多,一年四季都有沿街叫卖的人,春冬两闲时最多,卖豆腐的、卖泥娃娃的、卖面糖人的、卖油条的人也不少。街上一个小吃店门口的一块陈旧的招牌因日晒雨淋破落不堪,上面有 5 个歪歪扭扭的字——满香炸鸡店。

当第一缕阳光透过树木照射到地面时,店老板的叫卖声随之飘进王巧儿耳朵:"炸鸡翅,大减价,3 毛一个,想吃的快来买啦!"

这时,王巧儿站在街头,瞪大着眼睛,羡慕地舔舔嘴唇,真想一口吃到肚子里去。母亲会意,可一摸干瘪的口袋,兜里竟不剩一个子儿,只得不住地劝道:"小巧呀,乖。今天我们不吃这东西,里面有毛毛虫,等你爸去外地挣了大钱,娘再给你买比这更好吃的。"

"娘是骗人鬼。我就要吃,就要吃嘛!"王巧儿咂咂嘴,执拗地赖在那儿不肯走。

母亲只得再次哄骗道："听话，娘怎么会骗你呢。你如果再不听话，那就待在这儿，等天黑了，就会有讨饭佬将你拐到四川大凉山去，你怕不怕啊？"

话说到这个地步，赖肯定没用。王巧儿只得噘噘嘴，咽下口水，万般不情愿地跟着母亲往回走。

火车继续一路北上，"轰隆轰隆"的车轮摩擦铁轨的声音时远时近，声声入耳。窗外的树木不停地往后退，河流越来越远，偶尔闪过几个破落的村庄。

整个车厢里人员混杂，充满各种各样难闻的气味，甚至还有令人作呕的脚臭味。

迷迷糊糊中，王巧儿突然感觉有些晕车，想吐。她艰难地从座位下钻出来，急急忙忙去上厕所。

张志来像保镖似的跟随着她，王巧儿一冲到洗手盆那，几乎要将整个胃都呕出来。张志来连忙拍打着她的后背，帮她缓了缓气，等她全部吐净后，又扶她到车厢座位底下继续睡觉。

天渐渐亮了，东方露出鱼肚白，乘客们陆续睁开惺忪的眼睛。

旅途遥远，车厢里耐不住寂寞的乘客开始互相搭讪。有个老太太就坐在王巧儿的身旁，途中渐渐混熟了，她就跟王巧儿不着边际地攀谈起来。

老太太问王巧儿是哪里人，为何要出远门，家里还有什么人儿。两个人初次见面就像老朋友一样，东扯葫芦西拉瓢，漫无边际地闲聊着，彼此间毫无秘密可言。中途火车进站停靠后，老太太就下了车，而王巧儿和张志来继续北上。

火车走走停停，车厢里的乘客下了一拨，又上来一拨。火车越往北开,乘客越少,王巧儿感到特别落寞,又有些无助。突然,她的脑海中闪现出爷爷讲述的拨浪鼓的故事。

相传民间有个敲糖佬,有一天,他身穿破长袍,肩挑货郎担,到浙江富阳、桐庐一带敲糖换鸡毛。

这年冬天,天公不作美,天空中竟然飘起鹅毛大雪。敲糖佬手摇拨浪鼓,脚踩着一寸多厚的雪,冒着凛冽的寒风,来到桐庐县的一个小山庄。不长的时间里,身上就披上了一层厚厚的雪,眉毛、胡子上也沾着雪花,像个雪人似的。不一会儿,白雪覆盖了山野,整个世界粉雕玉砌。

那天,敲糖佬刚到桐庐,人地生疏,他望着欺人的风雪暗暗叫苦。正在万般无奈之际,眼前突然出现一座古朴的祠堂,他不由自主地加快了脚步。走近祠堂,举目四望,只见红色的外墙,青绿色的琉璃瓦,堂门敞开,十分气派。堂门内轻柔的烟雾在升腾,朝拜、进香的人极多。几位儒生模样的人围成一团,看起来正争辩着什么,时而指手画脚,时而张口结舌、面红耳赤,一个个坐在那里只管发愣。

众人见堂门前来了个衣衫不整的敲糖佬,都用讨厌的目光打量着他。可这位四十挂零的敲糖佬不但不生气,反而放下担子,拱手施礼道:"各位贤弟,我从远方来这贵地,不料遇着风雪,可否在此歇一歇脚?"

"你就在大门外歇着吧,别妨碍我们读书人的事。"

见对方敌视和排斥自己,敲糖佬显得有些无奈,心想:"既然人家看不顺眼,让我在门外歇着,那我就在门外歇着吧。"于是,他便老老实实站在堂门外,双眼望着茫茫白雪发愣,两耳却耐不住寂寞,时时留意着祠堂内的动静,将众人言谈默记于心。不到半个时辰,里面的详情便了如指掌。

原来,祠堂内的儒生们正在讨论如何为山庄作一篇《年谱》序文。

庄上的人几乎均为王姓,棺材山是王氏的风水山,含"官财"之意。序文需用诗开篇,但万事开头难,七八个读书人绞尽脑汁,想尽各种办法苦吟多时,仍八字没有一撇。

敲糖佬见天色将晚,雪还下个不停,便想走到祠堂内凑个热闹。众人见他得寸进尺,都皱紧了眉头。敲糖佬却不慌不忙,若无其事地开口道:"承蒙各位先生关照,敲糖佬才未受风雪之苦。你们若有难事,在下愿效犬马之劳。"

儒生们一听,着实吓了一跳,各显惊异之状。座中有位自大的读书人嘴巴张得大大的,取笑道:"你这个敲糖佬,真不知天高地厚,竟敢在读书人面前显摆,若能照如此这般去做,算你厉害。不然,休怪这铁拳头不讲情面!"

敲糖佬成竹在胸,抬头迈开大步走到祠堂正中,在殷红的烛光下提起狼毫笔,略一沉思,便奋笔疾书:

昨日我从义乌来,

众人看罢起句,莫名其妙:"好你个敲糖佬,是在告诉我们自己的来历吗?这分明是在戏弄我们这些读书人。"

众人正欲动怒,只听敲糖佬低叫一声:"且慢!"随即他又在纸上写下:

此处自古好名宅。

众人一瞧,忧愁转为欢喜。敲糖佬抬头看了眼祠堂对面那座雪后一片白色的棺材山,诗兴勃发:

雪飘群岩千石孝，

雨打丛林万树哀。

樟首有灯悬秋月，

灵前无鼓待春雷。

棺材山下续宗谱，

王氏儿孙百世瑰。

众人一瞧，目瞪口呆。不一会儿，众儒生连忙竖起大拇指高喊："妙诗，妙诗！"

于是，大伙簇拥着将敲糖佬请至庄中，列为上宾，设宴热情款待。从此，义乌人的拨浪鼓越摇越响了，他们外出敲糖换鸡毛，再也无人敢欺负了……

进入北方地界，天气变得越来越冷。王巧儿微闭双眼，从故事中返回到现实世界。她看上去像在闭目养神，其实脑海中一直如放电影般回放着各种各样的往事：每天的收入和开支，母亲忧愁的目光，在外奔波劳碌的父亲，还有姊妹们那一双双睁大着瞳孔的眼睛、饥饿而又无限渴求的眼神，以及万里之遥的那个贫穷的小山村……

火车是个能铭记一切事情的载体，它是一个坐标，也是流动的风景。这个移动的家伙就像一条铁龙，天生就带着离乡背井、路途遥远、寻找出路等符号意念，它一边吐着黑烟，一边迎着大风直朝前头冲去。火车让王巧儿记起无数个奔波的日日夜夜，清晰得如同昨天刚发生一样。

那是一段有些灰色的岁月：蜿蜒崎岖的山路，偏僻落后的小山村，颓败的泥墙青瓦，表情黯淡的人们终日挥汗劳作。清瘦的母亲看着膝下的 6 个女儿,眼中布满忧虑,南瓜红薯凑成的晚饭,填不饱那几张嗷嗷待哺的小嘴,一双双渴求的眼睛让人心疼。空旷的山谷中乌云密布,狂风大作,一个瘦瘦的采草药的小姑娘躲在岩石后面,睁着惊恐的眼睛,慌乱地扫视着渐渐暗淡下来的密林,仿佛那幽谷深处,会随时猛然蹦出一个厉鬼或一只猛兽……

很显然,命运并没有眷顾王巧儿这个小家,她不敢再想下去。

王巧儿记得第一次跟随母亲走出小山沟,就是背着刚从廿三里之外批来的百余斤绣花针和绣花样去赶集市,她就是从此时开始以物换物的小贩生涯。

冬天的清晨,在广东一个小县城简陋的招待所里,刚带王巧儿入行才几天的母亲李翠莲,便与王巧儿分头行动,两个人为一根松紧带、一串针头线四处找买家。

还仅是个孩子的王巧儿,要独自闯市场,其艰辛可想而知。

世界在变,与其坐而论道,不如趁势而为。

转就有活路,不转就没出路。王巧儿随身携带着一本被翻得破破烂烂的中国地图,沿着公路、铁路南来北往,独自在外面颠簸了大半年。王巧儿知道,荒芜的农田,靠耕耘才能长满庄稼;沉默的工厂,靠轰鸣才能带来生机。大半年时间里,王巧儿用不屈的双脚丈量地球,跑遍了大半个中国,也吃了不少的苦头。为了挤时间,王巧儿经常黑白颠倒,借赶路之机稍作休息,像个陀螺似的不停旋转。对她而言,能做自己喜欢的事,即使苦也心甘情愿。她心里只有一个念头:"早出去一天,就多一分商机,能让全家八口人填饱肚子。"除此之外,她没有更高的人生目标,更不敢去奢求什么。

或许穷日子过惯了,王巧儿总舍不得乱花一分钱。中午实在饿得慌,她就买几个便宜的烂苹果,把坏的部分抠掉,啃上几口就算中餐。

但最苦的还不是这些,而是精神上的孤独。身边没个亲人陪伴,时常会受到各种各样的刁难,有时还会被当地"打办"的人揪住。轻者货物全部没收,重者人还会被关上一夜黑屋。面对这些无理的刁难和冷嘲热讽,不论算不算过分,她都得先忍住。

由于人生地不熟,更多的时候,王巧儿是在提心吊胆中度过的。有一次,她被江西鹰潭的一个民兵抓住,对方一把抢过她从口袋里掏出来的大队证明,撕得粉碎,并劈头盖脸质问道:"如果大队证明可以出省,那公社证明不就可以出国了?"问得王巧儿哑口无言、无地自容,好像自己做了什么见不得人的事,特别闹心。

有困惑解不开,有问题堵得慌,怎么办?不急躁吗?但难题要解决,急也没用。

晚上夜深人静时,王巧儿一个人在异地他乡或陌生城市的街头,一遍遍回味这人间疾苦,隐忍的泪水如开闸之水奔涌而出……只有在睡梦中,她似乎才会感觉到自己正奔跑在脱离苦海的路上。

但是,与其将挫折当作一块绊脚石,还不如将它当作垫脚石。王巧儿靠着这个信念坚持着。在那个吃不饱、穿不暖的年代,唯一让王巧儿觉得庆幸的是,每次回家都能带回一些蝇头小利,这也算是出门求生仅有的一点小利润,虽是极微薄的利润,但好歹也是一种收获、一种满足。

在处境艰苦、困难重重之时,王巧儿除了卖花样,还教人如何用花衬子、串线和刺绣。一个小姑娘的辛苦和热情,特别容易赢得人们的同情。每到一地,当地的妇女总喜欢跟她打交道,购买她的货品。正因如此,在同行的伙伴中,年龄最小的王巧儿总是销售业绩最好的一个,这是令她万万没想到的。

改革开放,牵一发而动全身,但并非随便走一步就可以成功。初出茅庐、初露锋芒、初尝甜头，自然万分惊喜。于是，王巧儿便铁了心，揣着一股傻劲，东一枪，西一炮，四处"打游击"，一发而不可收……

王巧儿卖得最多的是三分钱一根的绣花针。以前没市场，摆地摊的都专门摆到菜市场门口，那里人流大。有一次，她购进五六袋的货，准备去东北摆地摊。北方的冬天特别寒冷，那里气温常在零下30℃，耳朵都能冻掉，一个常年生活在南方的人哪受得住这样的鬼天气，但她只穿着一身薄衣就去了，天太冷了就蹦一蹦，每天只吃一两顿饭，不过她却在此发现了商机。东北人收入高，而且他们没见过南方的许多商品，像刺绣、绣花用的一些工具拿到那里特别好销。东北人一般每家每户都有取暖设备。因为天冷，很多女孩不能出去干活，闲来无事时，只能待在家里刺绣。

女孩子跑到外面特别不容易，所有的困难都要自己去面对。那时候，带两袋花样有三四十斤重，带五六袋花衬子就有上百斤。那一次，王巧儿到哈尔滨站下车，出站口的时候货物太沉，超重了。市管会的人闻讯便要抓她。因为她身上有五六个包，被抓了以后，秤抓在手上，而那个秤砣被丢在房间里。当市管会的工作人员去拿秤砣时，王巧儿拎起包就往外面冲，机灵的她跑了出来。王巧儿口袋里只有6块钱，要是被抓住的话，钱被罚掉还不够，那天晚上肯定就没地方住了。她毕竟只是个小姑娘，以前也没身份证，身上仅带了生产队开的介绍信，要是没钱怎么住旅店呢？那时北方治安还是有些乱的，王巧儿出去经常无缘无故被人打。一些穿大棉裤的人还把她的货摊踢掉。后来她也学乖了，哪怕人家打她两巴掌，再踹她三脚，她也从不还手，第一个想到的一定是逃跑。出一次门所受的欺凌数也数不完。

那一次出去，王巧儿就幸运地赚到50多块钱，回家后大部分交给父亲王财宝，自己只留下零头2块。王巧儿一想起自己能替家里人承担起责任,就觉得特别开心。这种坎坷经历颠来倒去不断地出现,可她没有一次因吃过这样的苦就被打倒。

"你在想什么呢?"

"没想什么呀。"

"我都看出来了,何必遮遮掩掩。"

"我在想那些曾经的往事,怎么了吗?"

"那些破铜烂铁的陈年旧事有什么好想的呀。"

"难道你……不会想家吗?"王巧儿脸上有些尴尬。

"想家?刚迈出门槛没儿步,为什么要想家呀?"

王巧儿苦笑着。

这一次,经过 20 余个小时长途奔波,第二天晚上 8 点,随着"呜呜"一声长鸣,列车像一条巨蟒缓缓驶进沈阳站。安静的站台顿时热闹起来,下车的旅客都各自拉着行李,有的搀扶着老人,有的牵着小孩,潮水般涌向站台出口。

张志来拎着一个大布袋,王巧儿拎着另一个,两人随着人流一同下了火车。王巧儿一下子变得轻松起来,仿佛那些悲伤和无助的往事都被火车卸到了停靠的站台上。

这时,逞能的张志来又接过王巧儿手上的布袋,扛在肩上,流星赶月似的往前走。刚走到出站口,就见这里人流密集,有急着归家的男人,也有满是倦容的女人。寒冷的风似乎能灌进人的肌肤,直达骨骼,每个人脸上都被吹得阵阵刺痛。

面对眼前的寒流,工巧儿停下脚步,有些犯愁地道:"这鬼天气,冷得让人发颤,我们南方人到这里怎么撑得住呀?"

张志来急切地催促着:"巧儿,你到底走不走呀?再不走,我可要甩掉你了。"

张志来刚说完，便迈开大步，"噔噔噔"往前走，他见王巧儿仍傻傻地站在原地一动不动，并没放慢脚步。此时，从张志来急匆匆的脚步声中，王巧儿更加感受到一丝丝的冷意。

王巧儿紧追几步，埋怨道："志来哥，你干吗跑得比兔子还快，怎不等等我呀！"

"我为你既背又拎，你却故意走得像蜗牛爬一样慢，还好意思说。"

"我实在走不动了嘛。"

"既然你已经走不动了，就在这儿过了夜再走。"

可王巧儿将钱看得比磨盘还重，听了张志来的话，头摇得像拨浪鼓似的说："不，天还没亮，我要继续赶路！"

在王巧儿的执拗下，张志来只得决定和她连夜从沈阳转车去长春。当他俩走到候车室的卖票窗口时，这里早已排成一条长龙。等呀等，终于轮到他们了。此时，女售票员却拉下半个窗门，用手一摆，高声喊道："不好意思，去长春的票全都售光了，后面的同志都散了吧。"

张志来一听，气急败坏道："火车票为何一开售就没票了，这不明摆着欺负老实人嘛！好不容易排上个队。你们站领导在哪，我找他们讲理去。"

女售票员则语气和蔼，耐心解释着："同志，实在对不起，近期是乘车高峰期，别说找领导，你就是找包青天都没用。"

张志来见售票员在一旁隔河看人家着火，便想争辩几句，王巧儿却一把扯住他的袖子说："志来哥，别去找什么领导了。人家售票员捧个铁饭碗也不容易，还是忍一忍吧。"

张志来耸耸肩，深感无奈与无辜。于是，他们便退守到候车室，准备坐等一宿。从二楼往下看，拥挤的候车室里空气污浊不堪，除了人还

是人。

　　与义乌比,这里是一个陌生又新奇的世界。路上来来往往的人步履匆匆,还有一些穿着时髦的姑娘。火车站外的拖拉机在"嘭嘭嘭"刺耳地鸣叫,一些小贩在路旁搭了简易棚,殷勤地招揽客人,一阵阵喧嚣的叫卖声在耳边鸣响不断。

　　此时,候车室里,一个20多岁的姑娘走到张志来身边停住脚步,热情地问:"同志,要住旅店吗? 全城最便宜的旅店,留下来住一宿吧。"

　　张志来正在犹豫,王巧儿却一把拦住。她朝姑娘有礼貌地摆摆手说:"你快走开,我们有钱也不会将它浪费在住旅店上。"

　　姑娘一听,马上暴露出势利眼:"哼,乡巴佬,兜里没一根葱儿,就别在这里装相!"

　　"你这人说的分明不是人话。"张志来听不下去了,反驳道。

　　女郎大声喊:"不说人话,难道是屁话?"

　　张志来怒怼:"你个啥样的人儿,跟你这种人没话可说。真不知怎么把你从娘胎里拱出来的!"

　　姑娘冷哼道:"怎么拱出来的关你屁事。"

　　王巧儿脸色铁青地道:"志来哥,我们出门在外,少讲两句,别跟这种女人多费口舌,没什么好果子吃。"

　　周围一些旅客像看戏似的朝这边瞅着,姑娘自觉没趣,便气呼呼地消失在人群中……

　　经过一番争吵,张志来感到有些口渴,便跑到车站边的小卖部买了两杯姜汤,递给王巧儿一杯说:"巧儿,大冷的天,快用姜汤润润嗓子,暖暖身子!"

　　王巧儿心头一热,推辞道:"你喝吧,我不渴。"

　　张志来微微一笑说:"怎么,不喝哪成,怕它有毒啊? 你不喝就是不给我面子。"

王巧儿忙说:"不!你别误会!"

"既然没毒,为何不敢喝?"

"我娘说过,出门在外,不能随便乱拿人家的东西。"

张志来道:"你到底真不要还是假不要?不要我买它干吗?"

一提到娘,王巧儿便再次想起家里人,忽然眼圈一红,又要掉出泪来。

张志来劝道:"你可别耍小孩子脾气。身在异乡,自己不好好照顾自己,谁也帮不了你。"

经过一番好声好气的哄劝,王巧儿才接过姜汤。她盯着手上的纸杯,闻了又闻,一股香气扑鼻而来,使她直流口水。她一口就将姜汤喝完了,顿觉味香而爽口。姜汤温暖着王巧儿的身体,也温暖着她冰冷的心。这杯姜汤就像一台情绪制衡器,治疗着因惯性而生的痛。

王巧儿本来就对这世界充满好奇和向往,当她犹豫不决时,感觉这世界好大,而当她踏出一步时,又感觉这世界真小。那些城里人淡漠和鄙视的目光,使她陷入乡下人最难堪和无助的自卑中。

王巧儿像羊羔一样沉默着,那些优越感十足的城里人,让她感到无比羞愧、恼怒和反感。

看到北方女人那光鲜亮丽的模样,王巧儿有时恨不得一头扎进地缝里。无论从穿着还是气质来看,王巧儿都和城里人差别很大,她觉得北方城里的女人个个长得像天仙似的,而自己却如瓦罐里冒烟,成了土里土气的土包子。

凭什么人家条件都比自己高出一大截,凭什么自己在异地他乡走村串巷,日夜奔波?人的一生,总是在磕磕绊绊中走过来,王巧儿感叹这世道不公,狠狠宣泄着耻辱感,那点可怜的自尊儿乎被自卑感所淹没。还好她的骨子里仍残留着一种与生俱来的永不服输的斗志。内心深处天生有一种潜伏的力量，透露着一股倔强的气息。那是一道永不言败的光，将装满希望的心变成一轮旭日，足可扼杀世态炎凉。

刚喝完姜汤，王巧儿内心旋即燃起一团暖意。

"志来哥，谢谢你送的这杯驱寒姜汤。"

"我们是老乡嘛，还说什么客气话呀！"

在寒冷的冬夜喝了姜汤，暖身更暖胃，王巧儿仿佛又找回了尊严和自信。她希望自己有一天能变成真正的强者，将贫困踩在脚底，助自己迈向人生的巅峰。她是来自农村的姑娘，身上永远打着农村的烙印，这烙印带给她太多的不平、委屈，甚至是怨恨。她只能默默忍受，用一点点的努力去改变眼前的一切。

沈阳之夜，让王巧儿无法入眠。

在王巧儿出生前，尤其是 1959 年到 1961 年，中国农村连续几年遭受大面积自然灾害，新中国面临成立以来最严重的经济危机。全国普遍出现农业减产、粮食歉收和供应短缺现象。加上旱灾、雪灾、涝灾接连不断袭来，农作物不堪一击。狂风吹过，田野上的作物就像被刀割过一样，许多地方庄稼颗粒无收。天灾使原本贫困的家庭更一贫如洗，人们的生存环境变得更加脆弱糟糕。因长年累月操劳，加上闹饥荒，王财宝妻子李翠莲得了浮肿病，夫妻俩根本就生不出一男半女。

1963 年 10 月，困难时期刚刚过去，在义东区平畴公社新兴村，王财宝和李翠莲的第一个女儿王巧儿才来到人间。

平畴靠近廿三里，因平坦的田野而得名，新兴村前有一条清澈的溪流绕村而过。溪水潺潺，声声入耳，常年流水不断；草丛中蛐蛐的叫声,给安静的山村平添了几分野趣,就连漫步回来的村民也少了很多孤寂。

新兴村美得像个世外桃源,景色撩人,但就因为穷,留不住人影。不知从何时起,村里除了大爷大妈外,年轻人都外出到江西、安徽等地去讨生活了。

跟新兴村一样,义乌也是远近闻名的贫困县了。有句唱词唱道:"义乌自古是穷地,人多地少缺粮米。"王巧儿出生后,最恐惧的是春天,因为春天是饥荒的代名词。一年积攒的粮食,在这个时候消耗殆尽,刚种下的水稻,又要到夏天才能成熟。有一阵子,她甚至怀疑自己是否投错了胎。

命运就像一只情绪多变的老虎,有时张着血盆大口你躲都躲不掉。从四五岁起,王巧儿就帮着家里干活。割草、喂鸡、捡麦穗……8岁时,王巧儿母亲用卖鸡蛋和小菜的钱给她交学费,让她念过几天书。可母亲身体有病,常年吃药,班主任老师得知她家的困境后,曾向学校反映,发给她一点助学金,却又给母亲看病花光了。

尽管王巧儿学习成绩在班里数一数二,且常被老师视为有潜力的尖子生,可由于家境清寒贫苦,为了承担家中的重担,她还是没能念完小学就中途辍学了。刚辍学那阵子,她感觉心里像天塌下来一样难受。童年的这些往事在她心底留下了抹不去的阴影。

那时候土地贫瘠,种不出什么好东西。为了养家,许多义乌女人只能到处做小手工,挑挑鸡毛、做做针线活等。村里随处可见女人奔忙的身影,家里的脏活累活又是女人一肩挑:她们背着孩子洗洗晒晒,卷起裤腿喂猪喂鸡鸭,甚至扛着比人更高的干柴蹒跚而过……

长大一点后,王巧儿也承担起挑水、砍柴、晒稻谷等家务活。有时被石头、竹根扎破脚,买不起药的她只能强忍着。她从小就能过困苦生活，也经得起各种劳累，即使打拼苦涩疲惫，也能强忍住泪水。懵懵懂懂的成长历程，跌跌撞撞地走过，只为在时光中等待最美的绽放。

那时，大家都很穷，作为一家的长女，王巧儿能抵半个劳力。因为家里没什么钱买鞋子，她常为没有鞋穿而苦恼。夏天她总是光着脚丫；冬天到地里拔萝卜，也不穿袜子，脚底磨出血泡的她，只能光脚站在雪地里。被现实逼得无奈，她就学会了编草鞋穿，由于鞋底薄，脚底常常被稻草磨出水泡，走起路来就像是踩在烧红的铁板上，脚心疼得像针扎。她只能自己清理伤口，以一颗平常心去面对身边突来的无常。真应了那句话——"人穷无亲，树瘦无荫"。人穷的时候，连狗都不会待见。就这样，她背着大布袋，揣着天大的梦想走出了大山……一个小姑娘，既没有学历，也没有任何的背景，一切只能靠自己。

坐在候车室冰冷的长椅上，王巧儿、张志来两人不知什么时候进入了梦乡。第二天一大早醒来，王巧儿用冰冷的水洗了一把脸，就匆忙叫醒张志来。两人继续排队买票，并一路小跑上了火车。

车轮缓缓启动了，站台上的陌生旅客和静默而立的站牌景观，从眼前慢慢滑过，期待已久的旅程在车轮有节奏的"咣当"声中拉开宽大的帷幕。王巧儿将头转向窗外，铁轨两边流动的风景格外令人着迷。她看着车窗外的景色，思绪飘浮不定。

车厢里，张志来用热情的目光看着王巧儿，鼓励她说："巧儿，你别看外出讨生活很辛苦，其实也没你想象的那么艰难。它虽不像挑着担儿走几十里山路，就能轻易到达目的地，但只要有着像野笆茅草一样坚韧的毅力，不犹豫、不退缩、不畏惧，就能像火炭上的油脂熬出头。"

这话瞬间给王巧儿注入无穷法力。望着车窗外一闪而过的风景，王巧儿忍不住感慨万千,外界灌入的挫折感正一点点从她身上消失,她的信心渐渐提振着。

王巧儿知道,信心不会从天而降,也不是凭空而来。火车上遇见张志来,她从内心深处感谢他。眼前这个小伙子没有其他男孩的高傲和矫情。义乌十八腔,隔溪不一样。尤其是他那一口富有磁性的义乌话,令背井离乡的王巧儿倍感故乡的温情。

说句实在话,虽然和张志来相处的时间不长,但王巧儿似乎已有些念想他,尽管这个小伙子此刻就活生生地站在自己面前。不为别的,只为张志来的声声关爱已悄悄潜入她的心扉。这种关爱令她轻松了许多,灰暗的心里似乎一瞬间就有了光亮。

此刻,王巧儿显然已忘了紧张,斗胆说:"志来哥,你和我虽非亲非故,但自从见了面,不知为何,我总感觉有一种亲戚般的亲近感。"

张志来笑笑说:"这怎么可能? 亲近感只能建立在一定的交集之上。如果连这一点儿都没有,那这亲近感和疏远感又有什么两样。"

王巧儿问:"你是啥意思?"

张志来话锋一转说:"人生的路起起伏伏,每一步都没有捷径,没有走到哪一步就圆满了的选项。不管前方的路有多难走,只要走的方向对了,都比站在原地更接近目标。"

此时的王巧儿心里特别清楚,天下要是真有大把发财的机会,也绝不会首先轮到自己头上。她给自己泼了瓢冷水:"志来哥,我知道有再多的赚大钱的机会,也不会属于我。"

张志来直接反驳道:"不! 巧儿,无论是闯劲还是拼劲,你都比我强,我很看好你!"

王巧儿长叹一声说:"可我总觉得腰杆不硬,底气不足。"

"你怕什么? 腰杆越不硬,底气越不足,越要沉住气。这世上的路,不是谁都那么容易走出来的。"

王巧儿低头问："志来哥，到达长春后，我们还会再见面吗？"

"见与不见都不重要，也不会影响你我以后成为朋友。"

"想跟我交朋友，你不怕被人家笑掉大牙吗？"

张志来说："这有什么可笑的，有人想笑，就让他笑去吧。"

王巧儿脸上洋溢着笑容，向张志来投去钦佩的目光："与我这样的人交朋友，岂不是自讨没趣？"

"怎么会呢？我觉得和你交往，可以学到很多东西。"

王巧儿原以为只是自己对张志来有好感，没想到张志来却那么看好她。

虽然张志来不是王巧儿的另一半，但王巧儿觉得他的存在，使人生的寒冬多了一些温暖。也许再过几小时，他们就要各奔东西。毕竟他俩只是两条不同生命轨迹上的小蚱蜢，不可能永远待在同一节车厢里相守一辈子。

周围的人流像被风吹动的稻菽一样，随着车厢的晃动齐刷刷地前倾或后退。张志来和王巧儿就像两条初次遇上的鱼儿，在车厢里慢慢游动着，也许明天或后天某个时刻就要相忘于江湖，成为各不相干的两个世界里的人。一想到这些，王巧儿有些不舍。可纵有千万分的不舍，火车到站后，送君千里，终须一别。她心中暗暗生疼。

"巧儿，人生有无数种可能，一个人的运气不会凭空产生，也不会凭空消失。只有当你足够努力时，才会足够幸运。只有放开手脚大胆干，才会获得你想要的生活！"

"志来哥，你这话听起来让人觉得三分美好、三分感动，还有三分憧憬！"

遇见张志来，就像长途跋涉在沙漠里陡然出现一汪清泉，汩汩滋润着王巧儿干枯的心。正因为张志来处处有利他思维，能时刻为王巧儿着想，一路上她的眩晕感居然消失了，心中升起一种异样的情绪。

王巧儿抬眼望着前方，希望能尽快走过一座座城市，闯过一道道困顿之坎，更巴望着像前赴后继的海浪一样，开启千帆竞渡、百舸争流的生活，尽快改变个人命运。

经过长途奔波，火车终于到达长春站。王巧儿和张志来结伴而行，跟随人潮匆匆挤出火车站。天哪，眼前就是长春吗？还能有哪一座城有这么大吗？

"走过那千山万水，敞开我的心扉；你是否愿意跟随，勇敢就不后悔，你的笑容好甜美，我心跟着相随……"

刚走出车站大门，耳边不知从何处飘来一阵悠扬的歌声，穿过车站，掠过大街。

走在长春街头，感觉空气特别清新，道路格外宽敞，成群工人装束的男女穿梭其间，王巧儿顿觉一切特别新鲜。两只眼睛东看看，西瞅瞅，心里踏实多了。

张志来问："巧儿，船到码头车到站了，你要去哪儿呀？"

"我想去长江路，听说过吗？"

"长江路？当然听说过，那可是一条繁华的商业街。那里还有我的亲戚在呢！"

"亲戚，什么亲戚呀？真没想到，跑这么远的路，你家都有亲戚。"

"那是我妈一年前认识的一个同年娘。我妈说有机会叫我去那儿走走，有什么比较好卖的，让我去探探路摸摸底。"

"你妈还说了什么？"

"她说东北人特别有商业头脑，让我出去学个好样，找条生财之路。"

"你妈真有两把刷子！"

"我妈可不算什么。那个同年娘才厉害着呢。人家都称她'百货嫂',这称呼在当地算是个响当当的名号。"

"百货嫂?这名字怎听着像是个东北女强人似的!"

"这话你可算说对了,她在这儿方圆十里都有点儿小名气。"

听张志来这么一说,王巧儿似乎有些心动,央求道:"志来哥,快带我去见你同年娘。"

"你想见她,那还不是小菜一碟。走走走,我带你一块去。"

于是,两个人一前一后、左转右拐穿过几条大街小巷,王巧儿远远看到前方路标上写着"长江路"几个字。一见这古老的街牌,就感觉这条路的年纪已不算小了。

一路走来,王巧儿看到长江路上不仅有长春第三百货商店、长江路饭店,还有长江电影院、乌苏里饭店……通过这一家家店铺,一眼便知这里有大历史碾过的商业痕迹,虽然一些老商铺已难觅踪迹,取而代之的是满街的新店,但这里却成了无数草根创业的大本营。

看着眼前的景象,张志来触景生情道:"巧儿,这次来长春,希望你能赚上一笔,不空着手回去。"

"挣钱可不是我这种小人物干的,只要能解决温饱,一家人有口饭吃,有件衣穿,不饿着肚子就行。这点小要求不算太过分吧?"

张志来用手一指说:"巧儿,你看,同年娘正在路的尽头忙着呢,我们快走过去瞧瞧。"

"她叫什么名字呀?"

"陈小兰。耳东陈,大小的小,兰花的兰。"

由于兴奋,王巧儿和张志来几乎一路小跑着前进。刚走到长江路尽头,只听见吆喝声、叫卖声此起彼伏,各种声音从大老远就钻入王巧儿耳朵。街上各种各样的小百货应有尽有,既时尚又讨人喜欢。

在马路东北角，站着一个中年妇女，边上还带着一个七八岁的小女孩——水灵灵的眼睛，苹果似的脸蛋，两只手里各拿着一件粉红色和白色相间的衬衫。中年妇女正与女摊主起劲地讨价还价。

中年妇女问："再便宜点，5块卖不卖？"

女摊主歉意道："对不起，这已是跳楼价了，真的不能再少。要是这么便宜卖给你，我不但分文没赚，还要蚀血本。10块可以吗？"

中午妇女还价道："六块五，不卖拉倒！"说完，她抢过小女孩手上的衣服，随手丢给摊主，转身就走。

过了几秒钟，女摊主大声喊着："快回来，我豁出去了，亏就亏一点，六块五卖给你算了！"

于是，中年妇女又折回摊上，掏出 6 张 1 元的钱，又加上 5 毛纸币递给女摊主，拿着衣服高兴地走了，看上去那小女孩也高兴得一蹦三尺高。

做生意说得简单点就是低买高卖，不断地循环。小摊上，摊主尽谈好处，买主则找不足，双方磨着嘴皮子，喊声不断，也有摊主特别热情地吆喝，手舞足蹈，整条长江路就像一锅沸腾的小米粥。

那个女摊主正是张志来的同年娘陈小兰，她对付讨价还价游刃有余，做起生意来既娴熟又老练。

趁顾客走开之时，张志来连忙拉着王巧儿走到陈小兰身边，目光落在陈小兰的脸上，礼貌地打招呼："同年娘好！"

陈小兰扭头惊住："张志来，是你啊。这一位是谁呀？我好像并不认识。"

"同年娘，是我带她来的。"张志来解释道。

陈小兰上下打量着："志来，这姑娘是你女朋友吗？长得可真结实。"

"同年娘，你别取笑我，怎么可能呢？她是我火车上认识的老乡，是出来跑码头的。"

所谓的"跑码头"其实就是俗称的"流动小贩"。

"同年娘,我叫王巧儿。以前曾来过东北,可我们今天是第一次见面,你当然不认识我啦。"

见王巧儿背着偌大的布袋,陈小兰瞪大双眼问:"你到过大东北,那是什么时候的事呀,是自己一个人出来跑码头的吗?"

王巧儿眨眨眼说:"有时一个人来,有时跟我妈一块来,我妈是个提篮女。"

陈小兰惊讶道:"你这黄毛丫头,真没看出来胆子竟这么大。"

王巧儿说:"我这次带了些日用小百货出来跑买卖,想改善一下一家人的生活。"

和许多白手起家的提篮女一样,王巧儿这么小就来长春做买卖,着实把百货嫂陈小兰吓得不轻。她赞道:"你小小年纪,真没想到居然这么要强。"

那是改革开放初期,经济百废待兴,想要不饿死什么都得干。在她的青春期字典里只有3个词:摆摊、火车、凄苦。起初她因为看不懂地图又认不得道路,摆摊的坑是踩了一个又一个,甚至差点儿被江湖郎中骗去做了人家的小媳妇。

王巧儿取出两布袋绣花样,陈小兰伸手展开看着,见里面既有枕头花样、鞋头花样,也有一部分精美绣品、绣线和针包。陈小兰羡慕道:"巧儿,这些绣花图案看上去真精致呀,简直就是一堆宝物。你带来的东西可都是畅销货。"

"这都是母亲教的,以前我也曾卖过绣花样。起初只是挑着担子,担子里装的是货,是生计,也是一家老小全部的日子。我在周围几个村转悠着卖绣花鞋样、针线,还兼卖一些小孩吃的零食。但许多村民实在太穷了，根本舍不得花钱买，也赚不到钱。后来我就漫无目的地乱跑，好几次还被当作投机倒把分子抓走。提篮叫卖做生意的路走多了，胆子自然越来越大，便一而再，再而三地舍近求远，想到更远的地方去跑长途赚钱。”

陈小兰问："长春这么远，你怎么想到要来这个地方呢?"

"村里有个亲戚是货郎，他跑过三江六码头，走村串巷见多识广，有事没事我总爱往他那儿跑去听故事。有一次，他提起长春，我就特别感兴趣，便找了张旧地图，翻了又翻，看了又看，自然就记住了。"

陈小兰唏嘘道："你虽年纪小，却像是吃了颗熊心豹子胆。"

王巧儿噘着嘴说："同年娘，不瞒你说，这是生活所逼，实在没办法呀。生我的时候，父母原本盼着能生个大胖小子，谁知他们一连生下来6个，一大窝竟然全是女的。"

陈小兰说："你这孩子真懂事得让人心疼，这么小便成了父母的得力干将!"

王巧儿苦着脸说："同年娘，你可别拿这个取笑我。当你爱上这个行当的时候，你就会无条件、全身心地投入，不在乎它到底是赢还是亏。"

陈小兰道："这哪是取笑? 敢独自出省跑码头闯江湖的人真不简单啊。"

见天色渐渐暗了下来，张志来催促道："同年娘，天色不早了，我帮你收摊吧。今晚可否让巧儿在家宿一夜? 她一个人没地方可去。"

陈小兰爽快答应："当然行。巧儿，来都来了，你就先在我这儿将就着住下吧，咱马上收拾收拾回家。"

刚打点好货品，张志来就挑起担子，朝同年娘家走去。

在回家路上，有个问题一直困扰着王巧儿，她好奇地问："同年娘，你每天在这街头卖货，怎么不见有人来赶呀?"

陈小兰奇怪地笑笑,反问道:"为何一定要有人赶呢?你这不是欠揍吗? 北京都开过大会了,中央提出要实行改革开放,有些老皇历也得改改喽。"

王巧儿疑惑道:"虽北京开过大会不假,可在我们县,农民偶尔做点小买卖,还是整天提心吊胆,四处躲藏!"

陈小兰惊讶道:"不会吧。上面实行改革开放,这是好事,你们那里的领导,脑瓜壳怎么比这儿的人还转得慢呢?"

王巧儿茫然道:"也许是下面的人对上级政策压根儿就没摸透吧。"

陈小兰说:"要是整天赶来赶去,那大伙还怎么做生意呀?"

王巧儿说:"除了跑破鞋子、磨破嘴皮子,还能有什么法子。"

陈小兰说:"我好像在什么报上看到过一则消息。说 1978 年前的安徽省凤阳县小岗村是全县有名的'吃粮靠返销、用钱靠救济、生产靠贷款'的'三靠村'。1978 年的一个冬夜,小岗村 18 位农民以敢为天下先的胆识,在一纸分田到户的契约上按下红手印。他们连夜抓阄分牲畜、农具并丈量土地,暗中搞起包干到户、自负盈亏的家庭联产承包责任制,拉开了中国对内改革的大幕。"

王巧儿说:"可我们县不是小岗村啊。"

十一届三中全会后,中央做出实行改革开放的历史性决策:改革从农村突破,向城市拓展;开放从兴办经济特区向开放沿海、沿江乃至内陆地区推进。

1979 年,中央批准广东、福建两省在深圳、珠海、汕头、厦门试办出口特区,实行特殊政策和灵活措施。

1980 年,浙江温州的章华妹领到改革开放后第一张个体工商业营业执照……在"究竟是天使还是魔鬼"的巨大争议涡旋中,倔强绽放的温州陆续冒出 400 余家各类商品市场或产销基地,连同神通广大的 10

万购销员,为五光十色的小商品编织起庞大的触须极为灵敏的全国性营销网络。

在那朵记忆之云里,一张集体经营副业证首先清晰起来,证上盖着四个半戳记,这是一张敲糖换鸡毛许可证。王巧儿的父亲王财宝是个敲糖佬,被允许前往外地串乡经营,每月交鸡毛180斤,记工分300分。在很多人记忆中,即便在这样的年代,货郎担的敲糖声也从未真正停止过。

叮咚作响的拨浪鼓声在大街小巷、村头弄尾突然响起,孩子们急忙将家里屋檐下、墙角头用两三根稻草扎着的鸡毛、鸭毛或鹅毛全偷偷拿出来换糖吃。

敲糖佬的糖担子由两只竹箩和一根扁担组成,竹箩上各放一个木制扁盘。一头是铁皮圆盒盛放的姜糖,另一头则是为大人提供的针头线脑、针鼓线板、木梳子、小镜子、橡皮筋、洋红染料等物品,还有小孩子玩的手枪、花牌、小皮球、玻璃弹子和钓鱼用的钩线之类的宝贝玩意儿。

孩子们纷纷围着王财宝转悠,眼睛滴溜溜地瞪着扁盘上用红糖熬制成的大糖饼。只见王财宝一手熟练地操着刀片,一手利索地握着长方铁条,随着"哐啷哐啷"敲在刀片上发出的清脆声,一小块姜糖就从大糖饼上分割出来。

"再给一块好吗?"

"多给一点嘛,我家可是鹅毛呢!"

在孩子们一片"叽叽喳喳"声中,王财宝笑着尽量满足孩子们的要求。于是他们边嚼着糖,边轮换着摇动拨浪鼓,雀跃欢呼道:"换糖,换糖,鸡毛换糖啰。"

走出村口时，王财宝便收回拨浪鼓，道："回去吧，孩子们，大人要记挂的。"

可孩子们依旧跟在王财宝屁股后面乱跑。王财宝不得不再次放下担子，许诺道："马上回去的，我再给你们每人一粒姜糖。"

有幸拿到姜糖的孩子便立即将糖放到嘴里，甜香之气顿时在口中溢开，仿佛口中含着整个秋天的果实。

这幅风情画卷，留给王巧儿的记忆是那样的清晰深刻，仿佛一切就发生在昨天。

当王巧儿将这事讲给陈小兰听时，她赞许道："巧儿，你父亲真是个实诚人呀。"

王巧儿却苦笑着说："父亲的拨浪鼓摇着凄惶，也摇着流离……"

陈小兰突然好奇地问："你们那儿的鸡毛换糖史有多久了？"

王巧儿难为情地说："我连小学都没毕业，没读过什么书。以前只听父辈讲：永康一只炉，浦江一串珠，东阳一把刀，义乌一只鼓。早在清代乾隆年间，就有农民操起敲糖佬行当。每年腊月，趁家家户户杀鸡宰鸭，义乌汉子肩挑担子出门，用自家做的红糖换各种毛。好毛卖钱叫红毛；差毛做肥料叫田毛。一边是糖，一边是物，在我想象中这应是一群快乐的货郎。对于鸡毛换糖史，你要问志来哥，他肯定比我知道得更多。"

陈小兰扭头转向张志来："你们那里的货郎最早出现在啥时候？"

张志来反问道："同年娘，你听说过一代传奇式人物戚继光和义乌兵的故事吗？"

陈小兰想了想说："你说的是明朝那个戚继光吗？听说当年在他的带领下，戚家军抗击倭寇百战百胜，所向无敌，斩首十余万级，威震天下，名留千古。"

张志来说："是啊。自古以来，义乌这地方民风剽悍，在长期生存磨砺中,养成一种有难同当的习俗。一旦有外人入侵而发生冲突,就铳锣鸣响,全村男女操戈出户,听候长者指令,这成为义乌人与外强相争的传统。据说明代嘉靖年间,戚继光赴任浙东平定倭患。当他得知义乌民众与外来盗矿者数度械斗,打得盗矿者死伤无数,弃械而逃,就决定到我们那儿招募兵士,于是,中国历史上诞生了继岳家军后第二支被人以帅姓氏命名的军队——戚家军。从此,训练有素的义乌兵把大量倭寇像扫地似的扫除掉,成了克敌制胜的天下兵样。"

陈小兰不解地问:"可戚继光抗倭和鸡毛换糖史有啥关系呢?"

张志来说:"当然有关系。义乌兵南征北战,不仅眼界开阔,训练有素,而且成为商贸传统的源头。"

陈小兰半信半疑道:"竟有这种巧事?"

张志来说:"明代抗倭、守边、援朝战争结束后,戚继光将部分义乌兵遣回原籍。这些曾经彪炳史册的士兵复员回乡后,因无田可种,就利用自己走南闯北、信息灵通的优势开始贸易生涯。他们放弃农耕本业,推销特产红糖,挑着糖担、摇着拨浪鼓,靠肩膀脚力真功夫沿村挨户叫卖,从事敲糖换鸡毛生意,后来逐渐发展成敲糖帮,这就是最早的商业踪迹。"

听了张志来这一番话,义乌兵伟岸、勇猛的身影深深印在王巧儿的心中,她感触良多,终于知道经商是义乌农民流动的重要路径之一,但这条路并不好走。当她踏上这条见风就是雨的行商路后,便如同义乌兵的行军打仗一样,有了眼前这段苦涩的青葱岁月。前路茫茫,不知以后还要经历多少的大风大浪、坎坎坷坷,谁也难以预料。

陈小兰又问:"你们那鸡毛换糖最多的是什么地方?"

王巧儿说:"这个我知道。敲糖换鸡毛最多的当然是廿三里、苏溪和福田一带。我老家因为贫穷,一年四季男女老少常三五成群去华溪坑挑柴烧炭,挥锄在地里刨食,种着旱涝不保收的庄稼。农闲时村民就见缝插针外出敲糖,鸡毛换糖可是个苦差事。人家在喝酒吃肉欢度春节,我们这儿的人却带着干粮,脚穿草鞋,迎风踏雪,爬山过涧,手摇拨浪鼓,敲糖换鸡毛。我村多的时候曾出现七八十根敲糖扁担,远的到过江西、安徽等地。"

王巧儿虽对全县的敲糖史了解不深不透,但一提起自家的敲糖史,却如数家珍。由于长年累月操劳,生活的重担将王巧儿父亲王财宝练成一个敲糖换鸡毛的好把式。她父亲很早就外出去江西瑞昌武山铜矿开矿,那时铜矿厂由廿三里公社承包,公社负责人就在当地招了批社员去开矿。为填饱肚子,尽管年纪小,她父亲还是硬着头皮跟随工友们去干。

发工资的日子一到,王财宝手里攥着刚发的几个工钱,将其掰成两半,一半寄给老家的母亲,另一半寄给妻子,再由妻子从拮据的生活费里挤出一些换成粮票,寄给自己当口粮。

那时条件特别艰苦,王财宝干得简直比拉磨的毛驴还累。晚上,他一歇工,就回到烂泥巴垒成的泥房宿舍里过夜,一个 25 平方米的小房内,黑压压挤进 32 个民工。有的缩身坐着,有的紧贴着墙,工友之间比肩接踵,明显挤爆了。

一个夏日的晚上,乌云如同浓烟一样在矿山上空翻滚,天上突然下起大暴雨。一个炸雷过后,雨水不断从泥墙缝里灌进来,堵也堵不住。无奈之下,大伙只得睡在湿漉漉的水堆里。丝丝雨滴像花针,密密地斜织着,织成一张硕大无比的网,从云层里一直垂到地面上。工友们的被褥衣服都被雨水淋湿,整个人就像泡在浑水中一样。

由于空气潮湿,工友们身上奇痒无比,如同被数万只蚊子同时叮咬着。撩开衣服一看，大包一个连一个，红疙瘩布满全身，还有几个很夸张的青紫色包呢。许多工友都因此陆续患上关节炎，一遇阴冷天，大伙的四肢关节就僵硬，一颗伤痛的心就像泡在碱水里。

工地上的天空像一杯隔夜的茶水，澄黄无味，王财宝在这样的环境中一待就是一年半。工程完工后，王财宝又随工友到江西弋阳去修铁路。挣钱如捉鬼，干一年、拼一年、挣一年，还是不见钱眼儿。生活苦不苦，大家都清楚；活着难不难，神仙都说难。除去一日三餐，也没攒下几个钱。

经历过一段寸步难行的风雨沧桑后，王财宝决定改变自己的生活。于是，阴差阳错，他又回到老家干起鸡毛换糖行当。每天肩挑货郎担，手摇拨浪鼓，起早贪黑，踏遍坎坷路。

在以前群雄争霸的年代，战争都是在中原地区打得不可开交，战火很少波及浙江这一带。最后打败的一方，多半会带着黄金珠宝逃到浙江这一带安定下来。这样一来，首先浙江人没受战争的干扰，可以安心做生意；其次，这些落败的贵族会带动当地的经济发展。浙江人做生意有个特点，喜欢分享市场资讯。在其他地方，有人遇上挣钱的路子，都是一个人独自去做，生怕被别人抢了自己的生意。浙江人却不一样，遇到挣钱的路子，喜欢在一起谈论怎么做得更大更稳。

有一句俗话说："天上有金子掉下来，也要你自己起早去捡。"那个年代在世人眼里，能背井离乡、奔走四方、闯荡江湖的人，是最能吃苦、最有本事的人。

春节将至，浙江诸暨人习惯于腊月廿四杀年鸡，至廿八基本杀完，这几天是换糖人最忙碌的时段。为了能多收一些鸡毛鸭毛鹅毛，王财宝便起早摸黑拼命跑。这天清晨，他 5 点钟就起床了，跟随大姨夫赵土星一同出门，到百里之外的诸暨去敲糖换鸡毛。王财宝一次次翻山越岭,风餐露宿,用山泉解渴,用野果充饥。一路途经芦柴、楂林、宦塘等多个村庄,步行十来个小时,才辗转到达诸暨。

王财宝每次去敲糖换鸡毛时都是步行,天黑了,就借宿在当地农家,宿夜费每天大约4毛。第二天清晨一觉醒来就继续赶路,途中也舍不得乱花1分钱,一天到晚只吃两顿饭。

饿了,王财宝就蹲在半路上,拿出从家里带来的冷饭团啃几口。虽然那饭团冷得发硬,可他吃得特别香甜。到达目的地后,他取出从老家配来的日用小百货,摇着拨浪鼓,边走边不停地喊着:"鸡毛鸭毛鹅毛羊毛鳖壳乌龟壳破布破蓑衣猪骨头废铜烂铁兑糖兑针嗒……"悠扬动听的叫喊声立刻吸引当地民众齐刷刷围拢上来,纷纷用自家的鸡毛鸭毛换取所需的日用品。时间一久,嗓子喊哑了,声音在喉咙里滚动了几下又掉进肚子里,但为了生计实在没别的办法,只得继续喊下去。

东山无水西山走,在敲糖换鸡毛过程中,王财宝得出一个结论:实践出真知。他发现诸暨人每家都用风箱拉风烧饭,风箱内有块拉风板,是用最好的公鸡尖毛串成的,而这些毛正是自己最想要的毛,即使拿碗换也不亏,其余的肥田毛只用针头线脑或姜糖换就行了。

这天,王财宝刚换完一个地方又去另一个地方。他挑起担子就赶路,刚走到诸暨一个无名村庄的晒谷场,只见有十来个社员,在大队长的动员下分配生产任务。大伙一见王财宝放下货郎担,就呼啦一声围了上来,东瞅瞅,西看看。

有个高个子小伙用讥讽口气大声嚷:"喂,大伙快来看哪,投机倒把的敲糖佬来了。"王财宝一听,低下头,咬着唇,委屈的泪水夺眶而出。

可在敲糖换鸡毛时,最让王财宝开心的是,每次诸暨人都会拿家中的鸡肫皮换一两枚小铁针,赚头也不错。见有人去买,其他人也纷纷围过来,拿出自家鸡毛鸭毛换取针头线脑及生姜糖。当地人看到王财宝忙碌地张罗生意,眼光里充满了羡慕向往,甚至是一种渴望。

货郎担一卖空,王财宝就赶回老家继续配货,他先将鸡毛鸭毛等零碎的东西挑回家,把优等毛挑拣出来后卖给当地的供销社,再将次品毛拿去肥田。

王财宝每天早出晚归,吃尽苦,受尽累,不论遇到什么样的委屈都独自忍受。只要想到小小货郎担竟能养活一家人,他就感到万分庆幸。

每年冬春农闲时节,这种以物换物的模式,让不少像王巧儿父亲王财宝这样的敲糖佬苦中作乐,博取微利,尝到一丝丝的小甜头。渐渐地,敲糖换鸡毛操业者增至万人以上,逐渐发展成独立的行当——敲糖帮。敲糖帮收来又脏又烂的货,却是可再生资源。经过分类挑选,废铜烂铁、破布麻片回销后可做工业原料,鸡毛、鸭毛、鹅毛剔选后可制成漂亮羽扇、羽毛掸子及羽绒服装,公鸡的三把红鸡毛及猪毛中挑出来的猪鬃乃是出口换汇物资。

自从遇到王巧儿,陈小兰对她家的事特别感兴趣,她好奇地问:"巧儿,你择过猪鬃吗?"

王巧儿实言相告:"这还用问,我们村哪个孩子没择过猪鬃?择过之后猪毛的下脚料,用塘泥、草泥灰、人粪尿混合堆置一段时间后,做成团粒,塞施于禾苗秧根之下,叫塞和毛,这种深施、集中、经济的施肥技术,曾是当地农民的传统方法,也只有我们义乌人才想得出来。"

陈小兰又问:"干这苦活累活儿,你就不怕枯燥无味?"

王巧儿说:"确实枯燥无味啊,又脏又臭,但这是没办法的呀,这种脏活累活恐怕也只有我们那儿的人才愿意干。年少时不喜欢上学读书的人,常被母亲吓唬道:'不用功读书,就去塞和毛!'"

"哈哈!"

王巧儿说:"嘿,你别说这招还真管用,孩子们常在田野玩耍,对塞和毛场景最清楚不过,一听到大人的吓唬就怕得要命。"

陈小兰更加惊讶,又问:"那和毛是怎么塞的呀?"

王巧儿说:"人在烈日下,腰间挂个竹编小箪口,里面装着备好的三四十斤重的羽毛草泥灰黏泥团,在水田里弯着腰,将它们一粒粒用手塞到每束禾根下。上田埂休息时,往往会发现众多蚂蟥叮在小腿上吸血……塞和毛的艰辛自然也造就了当地异常勤劳、能吃苦的民风。"

陈小兰非常敬佩地道:"你们义乌人可真不简单呀!"

改革开放前,义乌只是个贫穷小县。多数家庭饭桌上米饭不多,荤腥少见。可庆幸的是,人们肩挑货郎担、手摇拨浪鼓的身影从未消失过。这副担子,一头挑着辛酸,一头挑着希望,走过千山万水,越过重重关卡,"叮咚叮咚"的拨浪鼓声,响彻漫长的历史。这个老物件镌刻着一家人、一代人的辛酸回忆。

在很多人记忆中,地处浙江中部的义乌,简直就是"三无之地":既不沿边,也不靠海,交通不便;人多地少,物产不丰,力耕所得,不能果腹;发展农业无资源,发展工业无基础,发展商业无胆量。干菜和酱,勿吃站起相。这是 20 世纪六七十年代义乌农民生活水平的真实写照。那时,生产力水平低下,物资供应匮乏,许多人为生计奔忙劳碌,要是谁家有干菜和酱配饭,已算是很不错的享受了。

正如民谚所云:"去年总盼今年好,今年又是破棉袄。"唯独鸡毛换糖的拨浪鼓声,成了留在人们记忆中的永恒画面。

正是鸡毛换糖这种不入眼的小生意,把义乌人的经商智慧和创造力给逼了出来。要说鸡毛换糖史,不得不提一个人,这个人名叫杨一笔。每个敲糖佬对他都不陌生,他在县委工作,后来还当上县委宣传部部长呢。

杨一笔长着一张四方脸,慈眉善目,为人实诚厚道,出身于上溪镇一个普通农民家庭,从小就是"三好学生",成绩优秀。初中刚毕业,一场突如其来的浩劫,阻断了他的求学之路。1969 年他参军入伍,服役部队是驻扎在安徽芜湖造船厂的红二连,这曾是一个英雄连。

在连队 6 年的军旅生涯中,杨一笔先后任战斗班班长、代理司务长等。1974 年,他和一位姓伊的团长代表部队在全省做过巡回演讲。1975 年退伍后,他当过生产队长、团委书记和公社电影放映员。当时,看电影是当地群众唯一的娱乐方式,像《洪湖赤卫队》等影片很受欢迎。放电影的机器都是用手推车或用肩挑,有时一个晚上就会有三四个村抢着轮放同一部电影,甚至要放映到大天亮。

杨一笔平时酷爱读书写文章,电影放了不到一年,工作之余,他就给公社写新闻报道。因工作出色,上级调他到县武装部工作,笔头功夫日益精湛,渐渐写出了一些小名堂。

1978 年 5 月下旬,杨一笔被选调至县委办搞新闻报道兼做秘书。万万没想到,常握笔杆子的人,真有两下子。

那时,因工作需要,杨一笔经常随义东区委副书记兼廿三里公社党委书记王龙下乡调研,渐渐发现廿三里农民敲糖换鸡毛呼声很高,大伙只认准一个理:不去敲糖换鸡毛,日子难熬;去敲糖换鸡毛,就能养活一家老小。杨一笔知道敲糖换鸡毛这一行当在当地已流传很久。农民在农闲时肩挑担子出门,以糖换毛,收旧利废,既增加收入,又能为农业备足肥料,使粮食增产,应大力提倡,便急切为之鼓与呼。

然而就在这个节骨眼上,那个被视为弃农经商而被迫中断的鸡毛

提篮女

换糖行当,在部分领导谈论的话题中成了议论中心,他们在为该卡还是该放而陷入纠结犹豫中,争论不休,不敢随便做决定。

于是,杨一笔再次深入基层取经,想看看到底该怎么办。

在走村访户中,杨一笔不但到乡镇干部、生产队长家了解情况,还多次到农户家中采访,倾听群众呼声。通过一次次深入细致的实地采访,他终于弄明白,敲糖换鸡毛是利国利民的大好事。但限于政策问题,一部分经过审批外出敲糖换鸡毛的农民,赚了钱却不愿声张,当地企业利用红鸡毛加工产品远销国外,也不敢大张旗鼓地宣传。经过多方调查了解,群众的心里话说出来了:"一怕干部翻老账,到时候弄个发财致富的帽子戴;二怕政治运动来了添麻烦,吞到肚里吐不出。"找到病根所在,平畴公社党委马上开方下药,坚决落实多劳多得、谁收谁有的政策,并决定对那些毛交得多、质量好、贡献大的社员,给予表扬。

这对杨一笔触动很大,他想:"自己也是农民出身,很清楚当下中国农民心里在想什么,自己又是个宣传报道员,更有责任站出来替农民说话。"

正是抱着这种朴素的想法,杨一笔用采访所得的第一手资料,很快写出一篇报道《鸡毛换糖的拨浪鼓又响了》。一周后,报纸就用醒目标题刊登出来。那是1979年3月24日,中共十一届三中全会刚过去三个月,杨一笔成为县委办公室秘书兼报道组成员不到一年。

文章发表后,一石激起千层浪,不少读者纷纷给报社寄去感谢信,表扬文章写出了当地农民的心声。杨一笔得知后兴奋不已,激动得好几个晚上睡不着觉。

可让杨一笔惊讶的是,文章见报的当天下午,县工商部门的一位负责人看到《鸡毛换糖的拨浪鼓又响了》这篇文章后,竟气冲冲赶到县委办公室大声责问:"哪一个是杨一笔?到底替谁说话呀?自个站出来。"

杨一笔一听,忐忑不安地问:"我就是,怎么了呀?"

"原来就是你啊。你肚子里的肠子怎么弯弯绕绕,到底懂不懂政策呀?"

杨一笔深吸一口气,告诫自己不要恐慌,一定要沉住气。他字正腔圆地道:"这文章是经实地调查后才写成的,有什么问题吗?"

"你不懂就别乱写,乱写是要捅大娄子的!"

面对工商干部的严厉斥责,杨一笔心里咚咚直打鼓,他两眼泛泪望着对方,嘴角露出一抹无奈的苦笑,感到特别委屈地说:"我只是想借报纸一角为群众说几句心里话,难道这也有错,我究竟做错了什么?"

针对这一问题,双方各执己见,争得面红耳赤,谁也不肯相让,原本沉寂的办公室瞬间热闹起来。闻讯赶到的县领导立即担任起临时调解员的职责,动之以情、晓之以理,但两个人还是谁都不服谁,就因发表的这篇颇有争议的文章而弄得不欢而散。

紧接着,全国各地工商、供销等部门也给报纸寄了不少批评信,严厉指责报社把关不严、用稿轻率,给社会造成不良影响。

"堂堂党报竟公开为敲糖换鸡毛唱赞歌。"

"假如公然支持那些不法商贩,那还要我们这些工商干部做什么?"

面对无端的指责和议论,杨一笔觉得太阳穴生生地疼,眼睛发胀,脑子里乱糟糟的,像是有许多嘈杂的声音交织成一团,他百口莫辩,压力山大,感到孤立无援。可时隔半年,情况突变。他欣喜地看到,自己当初的想法压根儿就没错。改革开放后,国家开始对个体经济有限度开放,经商大军就像钱江潮一样涌进义乌的山山水水,挡都挡不住。

这篇报道像一把"尚方宝剑",被广泛认定为小商品市场的"第一声呐喊"。这一声呐喊为提篮女、货担郎正了名,也为已萌发的小商品经济燃起一团熊熊的烈焰。

提篮女

改革春风吹拂大地，这篇小小的报道，迅速将当地农民天生的市场情结打开了。从这一天起，伴随着叮咚作响、如玉撞击的拨浪鼓之声，第一轮市场发展的破冰之旅开启了。

每逢集市日，敲糖帮就会三三两两地出现在县前街、北门街等地，尤其是许多农村妇女，她们提着竹篮、箩筐、旅行袋、塑料布等随地设摊，沿街叫卖，有的干脆在街道旁摆张桌子支把伞，就开始做起买卖，主要出售针头线脑、纽扣、小玩具及板刷、笤帚等商品，哪里有人买就往哪里摆摊。

那时候，义乌人把市场绑在腿上，走到哪里，哪里就是市场。《鸡毛换糖的拨浪鼓又响了》一文，犹如一枚重磅炸弹投向城乡大地，肯定敲糖换鸡毛既是社会主义经济的补充，推动红糖事业发展，又换回出口所需的红毛、农田所需的废鸡毛，让粮食增产、农业增效，搞活流通，无论于国于民都有百利而无一害。

明月出天山，苍茫云海间。长风几万里，吹度玉门关。正是杨一笔这一声呐喊，促使敲糖帮开始了一次从行商到坐商的壮丽远行……

时针指向晚上8点，陈小兰好心提醒道："巧儿，你坐了这么久的火车，一定累坏了，快洗洗早点睡吧。"

初入长春，王巧儿感到既兴奋又新鲜，丝毫没有睡意，她婉言谢绝道："同年娘，我还不困，想和志来哥一起到街上转一转，行不？"

陈小兰劝道："现在都这么晚了，你还不嫌累呀？明天再去吧。"

王巧儿摇着头说："不累，不累，我的身体好得跟强力弹簧似的。"

"那行，你俩只能在近处转转，可别走得太远喽，路上小心，要特别注意安全。"

张志来向陈小兰保证："同年娘，你就放心吧。有我在呢，巧儿肯定丢不了。"

陈小兰仍放心不下地问:"要是真的丢了那可怎么办?"

王巧儿俏皮地回答:"我这个大活人要是真把自己给丢了,那真是丢人丢到家了。"

王巧儿和张志来推开门,走进长春的夜里。抬眼望去,只见天空中有几颗缥缈的星星在远处跳动,暗淡无光。不一会儿,那星星便隐没在夜空中,天空像被墨水涂过一样黑。一阵晚风吹来,树木晃动,寂寥冷落,带着片片寒意。

街上冷风吹来,马路似乎都被冻裂了,冬日的夜空让王巧儿感到一阵孤独。偶尔在黑暗处走过两三个人影,看上去像幽灵。黑暗重重,没有灯火,有的只是对面街上映照的一点微光。周围的树木萧然默立。

疏朗的树梢上,枝叶空旷,显出一副冷峻的神情。尽管夜色苍凉,王巧儿和张志来还是没有一点疲惫和劳累的感觉,他们谈兴正浓。

张志来说:"巧儿,这一路走来,我看你越来越像个义乌人了。"

"我本来就是正宗的义乌人。"

"你的骨子里有一种与生俱来的'四千'精神。"

"哪'四千'呀,我怎么不知道?"

"走遍千山万水,想尽千方百计,说遍千言万语,吃尽千辛万苦。"

"哦,原来是这'四千'呀,这不是温州人最先总结提炼出来的嘛!"

"那可是在特定历史阶段勇闯改革大潮的一种精神状态。走遍千山万水,才能发现一切发展的机会;想尽千方百计,才能找到各种成功的办法;说尽千言万语,才能寻求一切合作的可能;吃尽千辛万苦,才能看到风雨过后的彩虹。这些是智慧,也是经验。我觉得在你身上,也有这样敢闯敢拼敢干的一股子气、一股子劲,这种精神是最令人称道的。正因为有了这种闯荡精神,我们的父辈才敢在物资匮缺的年代,以红糖、草纸等低廉物品,去换取农户家中的鸡毛获取微利。"

王巧儿深有同感地说:"义乌这地方地皮薄,也不肥沃,农民出身贫寒,也无背景,很多人白天当老板、晚上睡地板是常有的事,由于没有任何靠山,只能凭一身蛮力闯荡江湖。"

"是呀。义乌这里丘陵起伏,自然资源匮乏。自古以来民风强悍,骁勇善战。无论是春秋战国时期的'六千君子越臣勋',还是秦末之战'调八千子弟渡江而西',其主力均是义乌兵。尤其是明代抗击倭寇,戚继光招收的义乌兵更是攻无不克、战无不胜,知彼知己,百战不殆。"

王巧儿说:"更远的事我不知道,我只知道敲糖换鸡毛是一种以物换物的方式,在资源匮乏的年代,义乌就出现过这样一些人,他们用红糖熬成的糖块或针线、纽扣及其他小物件和别人交换鸡毛等物品。像我父亲那样,每次外出做买卖从来都不怕辛苦,也不怕被人嘲笑,敢于走自己的路。有时到了山区,荒凉偏僻,人迹罕至,走半天也见不到一个人影,十分吓人。困了累了,就随便抓把路边的野草往身边一摊就睡下。万一遇到打劫的,可就没人会帮忙,但敲糖佬们就是铁石心肠,永不回头。"

"那可是绝境呀,为求生路决一死战,这是人的天性所致!"

"好不容易到了一个村庄,我父亲跟同路人商量后,决定分头收鸡毛。一个走上半村,一个走下半村,然后定个时间在某个村口会合,以防走散。"

"这就是义乌人一种顶聪明的经商小窍门。"

"是呀,有时候刚收到一捆红鸡毛,我父亲高兴得不得了,却遇到半路有人阻挠,不但鸡毛全被没收,还不让住旅店,最后我父亲只得在人家屋檐底下露天挨冻过夜,这种滋味实在是不好受。"

张志来有些好奇地问:"那他怎经受得住呢?"

"比这更不好受的还有,记得有一次,我父亲刚走到一个陌生地,一些社员不分青红皂白,就把同去的 4 人都请到社办,当时只说到社办调查。可到了社办后,工作人员却什么话也不问,就将我父亲关进文书办公室,连晚饭也不让吃。到了后半夜,天气格外寒冷,工作人员仍没放他走。直到第二天上午 8 点,工作人员上班了,问他到这里是干什么的,实在问不出啥名堂了,才迟迟将他给放了。"

"真是水缸里打气——好冤枉啊。"

"可不是嘛。我父亲被人白白关了一夜,心里憋着一股怨气,却无处发泄,敲糖佬的路就是这么难走。3 天过去,我父亲依旧一无所获,连一根鸡毛也没换到。"

"真是懒不过叫花子、苦不过敲糖帮呀。"

"第二天,我父亲到达江西弋阳菡潭火车站时,天已完全黑下来。尽管乡间小路崎岖难走,可他两手扶着扁担稳住重心,还是走得特别快,差不多以小跑速度前行。赶了一天山路,他的双腿就像失去知觉一样不听使唤,连抬一下脚都特别困难,走路时只能踮着脚一点一点地挪动。终于看见前面有十几户人家,隐隐看见一层层白墙黑瓦很艺术地堆叠着。都已是后半夜了,不管怎么着,我父亲决定先住下再说。他朝四周一看,嘿,好家伙,正好看到村边有个破猪圈,人家毛猪刚出栏呢,就觉得这地方不错。于是他就直接躺了上去,晚上将就着在那小角落过夜。怕自己睡着了,他还掏出烟点上,等烟头烫手了自然会醒来。可他实在太累了,不久便呼呼入睡,一觉睡到大天亮。第二天睁开眼,正准备挑起担子走时,才发觉满身是灰。原来头一天晚上,他竟睡在猪圈里的一堆稻草灰上,自己早就成了个大灰人。当时我父亲还以为自己撞见鬼了呢!"

回忆这么清晰,遭遇这么波折,生活这么起伏,这一切印在王巧儿的脑海里始终无法抹去。她和张志来缓慢而行,不知不觉走到桥头,便一起站在桥上紧紧靠着栏杆远眺。江风清冷,灯火灰暗,远处的高楼在迷雾中若隐若现,看上去好像是一只影影绰绰的巨兽。

此时,夜深人静,听了王巧儿的家事,张志来感到一阵心酸,心情无比压抑,清瘦的脸上布满无奈之色。他突然转了个话题,问:"巧儿,这次来长春,你打算待多久?"

王巧儿茫然道:"货物出手快的话,估计待个两三天就得回去补货。"

夜色中,借着暗淡微弱的光线,张志来看着王巧儿,问:"你可否再多待几天呀?"

王巧儿摊开双手耸耸肩说:"不可能,多待一天,就多一天的费用,我哪里吃得消呀。"

一阵冷风吹来,张志来有些伤感,打破沉默说:"来了就想走,真不够朋友,友谊的小船说翻就翻。"

王巧儿笑着说:"你不是不知道,我是来讨生活的,又不是来这儿游山玩水的。"

张志来不舍地看着巧儿,他的眼里有种温情,王巧儿没法躲避这目光。从张志来那温柔的眼神里,王巧儿也能读出他内心深处的真情和激动。尽管是冬夜,却突然有一层细密的汗珠爬上王巧儿的额角。

情感的力量是伟大的,此时,王巧儿和张志来内心深处都涌动着一股暗流,一直在汹涌着往上蹿,各自心里也都有着深深的眷恋,只是谁都没有表露出来。

张志来看着王巧儿,一直默不作声。过了一会儿,王巧儿也转了个话题:"志来哥,有了同年娘家这一个落脚点,你说我这趟买卖能做成吗?"

张志来神色缓和了些:"这就要看你的真本事了。"

　　天底下 360 个行当中,鸡毛换糖可算是最卑贱、最低劣、最不像样的行当。从事这个行当的人既脏又累,在那个年代,说句老实话,挑货郎,摇着鼓,一天到晚手漆黑,衣服漆黑,脸也漆黑,就像个煤炭工人一样。因为鸡毛这东西本身就很脏。可想而知,杀了鸡后,将鸡毛从水里捞出来,必须把水拧干,否则挑不动。那水是很臭的,用手拧过后,走在路上也不可能随时随地洗手,于是这臭味就一直带在身上。有时用手抓痒,捏捏鼻子,整个身子更变得一塌糊涂,所以城里人最看不起这一群人。有时甚至出现这种情景,敲糖人刚将一块糖递给小孩,刚好小孩的家人走过来,"啪"的一下,就把那小孩手上的糖打掉:"这么脏兮兮!这东西怎么吃啊,走走走走走,别赖在这里了!"

　　敲糖帮可按坐坊和担头严密分工。冬春时节,每当人们备酒备肉要过年时,敲糖佬却爬山过涧,开始外出,挨家挨户上门收购鸡毛、鸭毛、鹅毛。天黑了,就近找户人家借宿;肚子饿了,啃几口干粮;遇天黑云低压孤村时,只能肩挑糖担,冒雨随风乱转,有时甚至找不到落脚的地方。

　　并非义乌人天生爱吃苦,而是环境所逼,是勤耕好学、刚正勇为的精神使然。这里的人勤学、善思、笃行,不尚空谈,躬行成事,且特别崇尚农商一事,商借农而立,农赖商而行。

　　一条美丽的义乌江,蜿蜒流淌在义东大地上,滔滔不绝,便逐渐生发出一个物产丰饶、商业繁华的千年古镇,名曰"廿三里"。

　　一方水土养一方人,这里奇峰翠谷,深涧浅溪,流淌着野趣,涧溪环绕的古村落较多,远远看去,就像翻阅一卷泛黄的典籍。

　　相传古时候,若要从义乌县城、东阳县城、义北苏溪三地抵达廿三里,便无一例外必须赶路二十三里,这便是位于"丫"形三岔路口"廿三里"地名的由来。由于廿三里老街是通往东阳、诸暨、永康等地的交通要道,因此,自古以来这里住宿、餐饮等服务业较为发达。

由于廿三里人多田少,土地贫瘠,粮食不能自给,许多人只能以鸡毛换糖弥补收入不足。廿三里古镇商贸遗韵连绵,是重商谋利的秉性使然,这里的敲糖帮似乎更精明,即使在20世纪六七十年代极左思潮盛行的岁月里,敲糖换鸡毛的吆喝声也未曾停息。这里的人勤劳勤奋、不尚空谈,为了生存、发展,经过一次次努力,冲破迷雾弥漫的天空,率先踏上了脱贫之路。因此,自古以来,这里就是一片商贸繁华之地。

鸡毛换糖的糖究竟是什么糖呢?很多人理所当然地认为,一定是红糖。其实不然,当时鸡毛换糖所用的糖并非红糖,而是经过粗加工的红糖制品"破皮糖"。说起"破皮糖",许多人闻所未闻。而经历过鸡毛换糖岁月的廿三里人,对它却有着不一样的情愫。

"破皮糖"是廿三里人首创的。廿三里一带土质偏酸性,村民常常将挑取上等品后剩余的大量鸡毛鸭毛与人畜肥拌和,用来塞秧根,希望来年有个好收成。那时,币与货交易十分困难,为收集足够的鸡毛鸭毛,廿三里人想到了用本地特产去换取鸡毛鸭毛的物物交易的方法。什么东西既廉价又方便携带呢?这里的人们自然注意到自己在生产红糖的过程中总会出现一些劣质糖料,俗称"斧头破"。因红糖砂性不够,成块状凝结,要用斧头才能破开,故得此名。这样的红糖除了过年人们切麻糖时会往里加一点,难有他用。廿三里人就低价购进这样的糖料,并加工成颇具特色的"破皮糖",从而变废为宝。

日久天长,在敲糖过程中,廿三里的敲糖帮善于从小小纽扣中获取更大利润。外出鸡毛换糖时,用两三枚针或三五颗纽扣换取大把鸡毛鸭毛是常有的事。针线纽扣的来源是廿三里镇唯一一个合法的个体摊贩朱宝珠。

20世纪50年代末,朱宝珠加入廿三里供销合作社,不久便被裁员。

离开供销社后的她无以为生,商业部门批准她摆摊做生意,并允许其搞少量批发。随后,当地的敲糖佬时不时从她那里批发一些针线纽扣之类的小商品,但也仅允许配一二十元的货。在羞答答的市场经济年代,货不能多批,若要更多数量,就无法满足需求。于是,敲糖帮只得四处寻觅生产厂家。

70 年代末,货郎们发现,用小百货换取鸡毛很受群众欢迎,能获得更多的利润。敲糖帮的命运由此拐了个弯,廿三里更是声名鹊起。

当人们发现小百货更受欢迎时,敲糖队伍中发生一连串的变化:纯粹鸡毛换糖、以物换物的日渐减少,而用小百货换毛或直接销售小百货的越来越多,有的甚至干脆搁下货郎担,专门做小商品批发的生意。这样一来,微利逐渐变成大利。

王巧儿的父亲王财宝做了几年食宿无定的敲糖生意,尽管一年四季南来北往,苦苦奔波,不放弃赚取蝇头小利的任何一个机会,但由于家里人口多,收入少,家计萧条,常常入不敷出。有一天,他正在廿三里街头转悠,忽然发现别人外出敲糖时,会捎些气球换取鸡毛或废旧物品,而当时供销社偏偏不愿进这种小孩喜欢的玩具,他便敏锐地捕捉到这个商机,决定紧紧抓住。

一个冰河解冻、大地复苏的春天,王财宝觉得与其坐等风来不如随风而去,他和堂弟王金宝坐下来一商量,决定外出闯荡。说干就干,他俩从老家乘火车赶到苏州,看见有一家光明乳胶厂,连忙走进去面谈,竟然颇受厂方器重。原来,这个厂仓库里积压了很多气球,由于信息不畅,无人认购,不但造成流动资金紧张,而且库存长期占用仓库空间,浪费大量人力、物力及财力。

王财宝和王金宝环顾四周,惊喜地发现,仓库里面气球满地都是,便欣喜若狂地欢呼起来。他们连忙问价格,得知 3 号气球每万只 72

元、6 号气球每万只 200 元。

王财宝心里立刻盘算起来:"廿三里市场 3 号气球批发价是每万只 250 元、6 号气球批发价是每万只 400 元。这该有多大的利润空间啊。"

于是,兄弟俩就像范蠡遇着财神爷,高兴得不得了。经过一番讨价还价,他们最终商定,先购进 5 万只气球。

去仓库取货时,仓库保管员小李十分感激地说:"你俩真是我厂的活菩萨、大救星。这些都是库存品,如果再不处理掉,以后生产出来,货就无处堆放了。"

王财宝心里一阵狂喜,低声对王金宝说:"老弟呀,我们今年肯定要撞大运啦,仅这光明乳胶厂的库存货,就有赚不完的钱哪!"

王金宝小心谨慎,一点也不敢马虎,轻声提醒道:"哥,你可别高兴得太早,钱到手了才算数。"

王财宝说:"一个人如能遇到一两次撞大运的事,就是天大的幸运了。"

王金宝说:"可撞大运也是靠努力换来的,没有一觉醒来就有个金砖砸在你头上。"

于是,两个人没少折腾,挖空心思,想尽办法,大包小包来回装,硬是将气球全部打包好。坐汽车,转火车,昼夜不停匆匆往回赶。夜晚,一路上微风拂面,两人心情愉悦,觉得天空中的月亮像变魔术似的,变得又大又圆。

兄弟俩马不停蹄忙碌着,连歇脚的机会都没有。他们两三天来回一趟,从家中带来的几百元钱像变戏法似的很快翻倍。

这天,王财宝和王金宝再次合计,到江苏无锡去寻觅商机。一到无锡社队,发现这里企业星罗棋布,纽扣厂家更是不少。兄弟俩七拐八弯找到一家红星纽扣厂。进去一打听,正好有货。两人一看货,心中暗暗窃喜。

王财宝高兴地说："老弟，这次我们又踩了狗屎运，镀镍纽扣每颗有好几厘可赚呢。"

王金宝说："无利不起早，狗屎运不可能人人都交，我们的确够幸运的，谢天谢地。"

于是，王财宝和王金宝一合计，各背上1万颗银光闪亮的镀镍纽扣，装在各自带去的大旅行袋内，兴冲冲回到新兴村。

第二天一早，王财宝和王金宝以3分1颗的价格在廿三里老街兜售。不到1小时，纽扣就被抢购一空。扣除车旅费、伙食费等开销，一趟下来净赚80余元。与廿三里当年一个劳动力最高的分红值一天5毛相比，真是天差地别。

一天又一天，王财宝和王金宝继续放开手脚大胆试、大胆闯、大胆干，频频往返奔波，满江湖地跑，每次贩回来的纽扣数量增至3万颗。上下火车常是肩扛一袋、两手各拎一袋，就像在大街上耍杂卖艺的江湖艺人。

有时，厂方把不分级别的旧货更便宜地卖给兄弟俩。一回到家，他们就各自在家中院子里铺开一块门板，将纽扣哗啦啦全倒出来，动员家人不厌其烦将次品一颗颗拣出，再把正品分袋包装。金灿灿的阳光下，镀镍纽扣闪着耀眼的银光，家人个个都沉浸在收获的喜悦之中。

正是像王财宝、王金宝这样追逐一把鸡毛、一个气球、一颗纽扣的敲糖帮，赚取几分几厘的微利，并以这种被别人不屑一顾却又轰轰烈烈的方式，为出彩的商业写下了浓墨重彩的一笔。

夜已深，月亮穿过云层时一会亮一会暗，张志来抬头看了看天，见云聚了又散，散了又聚。王巧儿站在河畔，激情依旧在燃烧，她仿佛在等待着什么，这是一种从未有过的体验。夜晚的马路上寒风劲吹，很是清冷,道路两旁的商铺都已关门,只有零星的牌匾在暗夜里散发着一点点光亮。

张志来说:"巧儿,时间不早了,我们该回去了,免得同年娘担心。"

王巧儿情绪平静地说:"行,那我们走吧。"

正当王巧儿和张志来准备往回走时,突然背后闪出几个黑影。这几个黑影借着夜幕,冲到他俩跟前,其中一人猛喝道:"你俩在这儿偷偷摸摸做什么?"

张志来扭头一看,见几个鬼鬼祟祟的陌生人站在跟前,脑袋"嗡"地一响。

"臭小子,真是冤家路窄,没想到咱又在这儿见面了。"

来者不善,善者不来。见此情景,王巧儿慌忙躲到张志来身后。

"想跑,能跑到天边去? 没门!"

这突如其来的变故使王巧儿和张志来都陷入被动。张志来就像一只冲出笼子的猛虎,怒喝道:"你们是想趁火打劫吗?"

黑虎语气冷得像青霜白刃:"小兔崽子,这么快你就忘了火车上发生的事?"

听到这声音,张志来才算弄明白是怎么回事,来者原来是火车上交过手的黑虎。张志来怒目圆睁道:"你到底想干什么?"

黑虎瞪着闪着凶光的眼睛,阴阳怪气地说:"想干啥,就算我知道,为何要告诉你?"

"你真不识好歹!"

黑虎猛地往前一冲:"少废话,快留下这小妞,给我滚蛋!"

见黑虎一副蛮不讲理的样子,王巧儿受惊不小,脸色变得煞白。

张志来也仿佛遭了雷击,手臂猛地一紧,但毫不示弱地朝黑虎大声喊道:"你也不照照镜子看看自己长什么样子。"

黑虎恼怒地挥了挥手说："弟兄们,给我上。"

说时迟,那时快,几条黑影齐刷刷地朝张志来冲过来,一顿拳打脚踢。这伙人"霍霍"几下子,就将张志来眼角打得青肿发紫,张志来眼睛都肿得睁不开。王巧儿的脸色像死人一样灰白,吓得汗毛倒竖,惊出一身冷汗。

张志来以一敌三,渐渐地有些招架不住,连鼻血都被打了出来。他抹了把鲜血,拼命护着王巧儿往后倒退。

张志来警觉地盯着黑虎,对方仍一脸坏笑。只见黑虎紧握着拳头,又一记重重地朝张志来袭来。张志来快速躲闪,一个腾空下踢,将黑虎震得手臂发麻,并随手甩给黑虎一个响亮的巴掌。

见黑虎被打,几个同伙瞬间慌了,连忙上前扶住黑虎:"大哥,你没事吧?"

黑虎抹了一把嘴角渗出的血迹说:"哼,一群废物,还不快给我上!"

说实话张志来哪里是这伙人的对手。黑虎转身挥拳朝王巧儿袭来,吓得王巧儿脸色铁青,一下子不知怎么办才好。

见张志来体力不支,王巧儿两眼喷火似的瞪着,不知从哪里冒出来的勇气,猛喝一声:"你们到底想干什么呀?"

黑虎皮笑肉不笑地说:"想干啥? 你过来,我悄悄告诉你。"

"巧儿,你千万别过去,小心他耍花招。"张志来破釜沉舟,竭力护住王巧儿,却被黑虎一把推开。

张志来挣扎着爬起来,怒目圆睁。王巧儿也很愤怒,冲到离黑虎两米远的地方站定:"说吧,你到底想干什么?"

黑虎眉飞色舞,得意扬扬道:"想娶你做老婆,能答应吗?"

此时,月影婆婆,微风送来阵阵寒意。王巧儿吓了一跳,浑身发抖。张志来愤然冲上前去,拼死推开黑虎:"休想,做你的春秋大梦去吧!"

"等等。"王巧儿突然抬眼看着黑虎,冷冷甩出一句,"我答应你,不过我有个条件。"

"啥条件?快说!"黑虎一脸兴奋。

"你放了他。"

张志来一听,心里"咯噔"一沉:"巧儿,你千万别答应……"

王巧儿扫了张志来一眼,报以微笑道:"志来哥,你没事比什么都强。"

张志来道:"不行,我绝不答应!"

夜风异常寒冷,王巧儿心里一阵发酸,故作轻松道:"放心吧,我不会有事。"

"不!只要有我在,我决不让你吃亏。"

黑虎收起满脸狞笑,色眯眯地道:"小宝贝,快过来!"

此时,张志来对黑虎早已恨之入骨,哪怕为王巧儿上刀山下火海,也在所不惜,他的心被愤怒笼得严严实实,厉声喝道:"巧儿,别过去,小心他的暗算。"

黑虎气焰嚣张地道:"放你娘的狗屁。"

张志来心中满是愧疚,深深自责:"巧儿,今晚真不该带你出来。"

双方拉扯着,正当两个年轻人失魂落魄时,陈小兰突然现身街头。她见夜色这么晚了,王巧儿和张志来还没回来,生怕出事,就沿街一路找来。她见两人正被几个无赖拖拽,便大声喊叫起来:"快来人哪,地痞聚众闹事啦。你们要是再不走,我现在马上报警!"

黑虎见势不妙,生怕叫喊声惊动警察,带着一帮弟兄转身就跑,溜之大吉。

"同年娘,你怎么来啦?"张志来惊讶道。

见黑虎等人朝大街上四散而去,陈小兰一把扶住王巧儿:"巧儿,你慢一点,别摔着了。"

王巧儿泪眼模糊,表情终于放松下来:"同年娘,谢谢你的及时搭救!"

陈小兰安慰道:"没事,别怕。"

王巧儿平复了一下情绪,把头埋在陈小兰肩上,歉意道:"同年娘,都是我不好,来这儿才第一天,就差点酿出大祸,实在对不起。"

陈小兰摸着王巧儿头说:"记住,你们以后遇上暴徒,千万别和他硬扛。快跟我回去吧。"

"嗯。"

可刚走两步,王巧儿痛喊一声:"哎哟,我的腿。"

张志来忙问:"你的腿咋了?"

"被刚才那伙人踢痛了。"

"我来背你回去吧。"

"不用,我自己走。"

"别逞能了,来吧。"说着,张志来背起王巧儿就走。

回到陈小兰家,张志来将王巧儿放下来。经此折腾,王巧儿既害怕又疲惫。

窗外冷飕飕的风呼呼刮着,街上光秃秃的树木,经不住北风的袭击,在寒风中摇曳着。张志来将窗户关上,屋里更加灰暗。

过了一会儿,一阵"笃笃笃"的敲门声传来,是陈小兰的声音:"志来,你快回屋去。今晚巧儿受了惊吓,让她早点睡吧,别打扰她休息。"

张志来目光凝滞地道:"我知道啦。"

中共十一届三中全会后,在被唤醒的希望与社会经济现实之间,依然存在着巨大反差。全国性的一些禁令尚未消除,弃农经商等发展经济中的重大问题尚无定论,给乡村干部带来许多困惑。

此时在义乌,有一位名叫王龙的区干部被调到义东区工作,其职务是区委副书记。他之前曾先后在廿三里和平畴两个公社担任过书记职务。

初来乍到,王龙就把廿三里附近经销小商品较多的新兴村作为联系点,三天两头往村里跑,可令他百思不得其解的是,每次跑到村里,总碰不到几个人,他感到特别纳闷。

这天,王龙又进村了。他在村口碰到一个正要出门的人,忙停下脚步问:"同年哥,请问王财宝家怎么走?"

这位被称作"同年哥"的人抬眼一看,并不认识王龙,便冷冰冰反问道:"你没事找他干什么?"

王龙说:"我找他了解一些情况。"

由于以前两人没见过面,王龙并不知道站在眼前的这位就是他要找的人。王财宝警觉地退后一步,摇着头说:"我不知道。"

当王财宝正要避开王龙目光悄悄溜走时,旁边刚好走来一位老大爷,他哈哈一笑说:"王书记,他真是有眼不识泰山。那刚要溜走的就是王财宝。他定是怕你们这些当官的,没事上门找事,引起争端,所以才不敢相认!"

王财宝这才转过身吃惊地问道:"你就是新来的王书记?"

"是啊!"

"前几天我还在村扩音喇叭里听过你作的报告,你对当前形势的分析和看法很到位,我非常佩服。你找我有什么事吗?"

王龙好奇地问:"这一路走来,我为何每次都没在你们村见过几个人,也见不到村干部,他们都跑到哪里去了?"

王财宝说:"你就问这个呀。那我偷偷告诉你,现在村里大多数干部群众都到外地背纽扣呢。"

"背纽扣?"王龙更加疑惑不解。

"是啊,你没听错,背纽扣。"

"纽扣这种小东西,能有几个小钱可赚呀?"

"王书记,你可别小看这玩意儿,利润可高着呢!"

王龙"哦"了一句,似乎明白了什么,心中的疑团就被眼前这个经常外出经销纽扣和气球的社员破解了。

两个人一路走,一路问,一路答,彼此心知肚明地交谈着。

王财宝兴致勃勃地介绍起来:"王书记,一颗纽扣赚几厘,积少成多,一只大旅行袋可装 1 万颗,一袋就可赚近 100 元,我们三四天一个来回,每趟可赚 300 元,比你工资高出好几倍呢。"

王龙听了睁大眼睛笑笑,吃惊地问:"真没想到,纽扣这小东西竟然有这么神奇的魔力?"

王财宝说:"那当然,骗你干什么。"

随后,王龙便走到村里继续深入调研,得知新兴村共有 100 多户家庭,其中有 80 多户做过鸡毛换糖生意,这着实让他吓了一跳。

王龙在为当地农民脱离贫困高兴之余,又为他们鸡毛换糖、贩运小商品挣了钱却不愿声张而感到不安。

当然不安的远不止这些,公社骨干企业廿三里羽毛厂创办于 20 世纪 50 年代,因鸡毛换糖而生存,又因利用红鸡毛加工产品远销国外而闻名。厂长虞小珠多次被评为省、地、县先进工作者和"三八红旗手",还曾被县委授予"模范党员"称号,全县号召党员和群众向她学习呢。

可为什么这样一个公社骨干企业,如今却悄无声息,没人敢进行正面宣传? 为什么公社不少干部明明知道敲糖换鸡毛利国利民利集体,却不敢理直气壮地公开支持……太多的纠结让王龙进退两难。

没过几天，王龙和义东区委其他领导干部又遇到一个更棘手的问题。王财宝突然毫无征兆地跑到义东区委办公室，哭丧着脸要找王龙求助。

见到王书记，王财宝心里乱成一团麻，却不敢说真心话。王龙急了："见了不开口，神仙难下手。财宝，来都来了，你有什么难事就直说吧！"

王财宝哭诉道："王书记，你快给我评评理，前两天我跑到廿三里集市卖棉纱下脚料，却被工商所当作投机倒把分子给抓了起来。不仅下脚料全被没收，还罚了款，罚得我心疼。你说这天底下哪有这样的道理？"

王龙一听，说："竟有这样的事？你先别急，我打个电话问问。"

王龙对工商部门的具体规定不是很清楚，他便拨通县工商局郑青局长的电话："喂，老郑吗，听说前两天工商局在廿三里市场抓到一个卖棉纱下脚料的农民，下脚料全被你们没收，还罚了款，有这回事吗？"

电话那头说："王书记，这个我不是很清楚……要先了解一下。"

王龙说："老郑啊，我的看法是，现在中央对经商政策放宽了，许多地方都以'不抑商'政策为主，我们当干部的也要紧跟中央步伐，该放的大胆放，坚决放，不能畏手畏脚。否则前怕狼，后怕虎，什么事都干不成！"

郑青答道："王书记，你说得对！"

"那这事你们准备怎么处理啊？"

郑青说："你们区委领导懂政策，你们说怎么办就怎么办吧。"

"好，有你这一句话就行了。"

王龙当即叫来廿三里工商所的经办人员，当面做出处理意见："这类事以后不能作为投机倒把处理，更不能罚款，没收的下脚料全部返还。"

事后,王财宝得知这一处理结果,惊喜万分,他心里的一块石头顿时也落了地。他在王书记面前"扑通"跪地,声泪俱下地道:"谢谢王书记,你真是一个心装百姓、为民服务的好干部。"

王龙连忙一把将王财宝扶起:"谢什么呀,你快起来,这是我们的工作没做好,给你造成这么大的误会。"

不久,这件事便像一阵风似的传开,在义东区一带产生很大的影响力。当地不少农民纷纷奔走相告:"现在政策变了,市场风向也变了,我们农民终于可以自由做买卖了。只要胆子再大一点,有一技在身,就不愁混不到一口饭吃。"

夜更深了,张志来走出门后,王巧儿独自一人躺在北方陌生的炕上,辗转反侧睡不着觉。她用女孩子的灵敏嗅觉细细闻着炕上的床单,似乎裹着一种淡淡的皂香,还有一股温热暖和的感觉,这种感觉使她对这里的一切产生了好感。

王巧儿远离家乡,跨越千重山、万道河,来到遥远的北方,想起夜里发生的一切,她惊魂未定,心有余悸,不由得更想念家乡了,她的心头泛起一阵酸楚,焦虑如焚。然而又想到:"一个人出门在外,难免遇到各种突发情况,有时囊中羞涩,有时遭人欺负,但这样的日子未尝不是一种锻炼!"

王巧儿心里五味杂陈。此刻,她深深怀念远方那个贫瘠的村庄,想起小时候姊妹们头上那高翘的小马尾辫,想起大家一起游戏打闹的场景和羞怯腼腆的淳朴笑容……想着想着,王巧儿竟迷迷糊糊睡着了。

第二天早上醒来,王巧儿本想上街去做生意,可一挪动双腿,竟然疼得要命,特别是右腿走不了半步路,连挪一小步都有些困难,双脚像踏在月球上一样软绵绵的,整个人也像瘫痪了似的,慢慢往下沉……

陈小兰走到炕边,见王巧儿露出痛苦的表情,神色慌张,便关切地问:"巧儿,你的腿伤现在好点了吗?"

"还是疼得厉害,甚至有些发麻。"

陈小兰说:"伤筋动骨一百天,要不,我带你去医疗站看看,这毛病可耽误不得。"

王巧儿见自己出门后,不仅没赚到钱,还摊上这倒霉的事,更觉气恼。她不想去看医生,更不想乱花一分冤枉钱,便推辞道:"同年娘,我不去,再躺一会儿就好了。"

陈小兰看出王巧儿的心思,再次劝道:"脚痛可不是小病,不治好你就别想赶路。听我一句劝,去看看医生吧,费用我来出。"

王巧儿一听,眼角落泪道:"同年娘,你真比我妈还亲。"

陈小兰放心不下,催促道:"别再犹豫了,我马上带你去看医生。"

王巧儿还是不想花钱,说:"应该没事的。"

陈小兰急了:"有事没事,让医生看看不就行了,快走吧。"

陈小兰再次相劝,王巧儿实在找不到拒绝的理由,只得乖乖地跟着她来到永春医疗站。一个男医师掀起王巧儿的裤腿,轻轻摸了摸小腿,配了三天跌打损伤必吃的消炎药,并在她屁股上扎了一针。这样操作下来可花了不少医疗费,王巧儿的心里像被刀割一样难受。在她眼里,这笔诊治费可抵一个家庭一天的生活开销呢。

从永春医疗站回到家,陈小兰让张志来守着王巧儿,她自己则挑起货担出门。那货担看上去很沉,足有上百斤重,连男人挑着都感觉费劲,可陈小兰却没有喊一声累。

陈小兰一出门,屋里只剩下王巧儿和张志来。王巧儿感激地对张志来说："志来哥,你累了一天,快歇会儿吧。"

张志来注视着王巧儿,王巧儿被盯得有些不好意思,脸上掠过一丝羞怯,呢喃道："志来哥,瞅什么呀,瞧你这眼神……"

张志来心里涌起一股暖意,说："巧儿,你长得真耐看,不去当织女实在有些可惜了。"

王巧儿抿嘴一笑说："长得好看有什么用,又不能当饭吃,还不是整天在外面吃苦受罪跑码头。"

"你的脸像红得通透的石榴。"

"志来哥,你什么时候也学会了哄人,我可没你说的那么好看。"

"这哪里算是哄人,这是实话实说。"

感情的事就是这么奇妙,两个之前完全不认识的人现在却形影不离,现在这两个情投意合的人,下一秒会发生什么,谁也说不清道不明。

王巧儿和张志来言语投机,满屋充满一股甜蜜的味道。

在张志来眼里,王巧儿就像一坛新酿的酒,刚掀开盖儿,就舍不得喝,只有将它珍藏一段时日以后,细细品,慢慢酌,它的甘甜才会像泉眼一样源源不断涌入心田。

廿三里老街分上、中、下三段,由南向北逆水而行,谓锁住风水,肥水不外流。老街两旁有一些窄窄的小巷与之相通,有的为骑马弄,居民多分布在街巷内或依盘溪而居。

上街在市基南面一段,居民多为朱姓,主要卖红糖和五谷杂粮,集市日街上人头攒动,生意十分兴隆。前面还有屠宰场,是廿三里食品公司所在地。

中街临街店面多为木结构两层楼房,前店后堂,楼上住人,楼下经营,店面上一樘木排门,方便启闭,主要是食品店、医药品店、丝线店、印染店、文具店、照相馆等。赶上集市日，街的两边就会挤满提篮叫卖的商贩，卖鸡、鸭、鹅、蛋类、杂货、农副产品及手艺制品等。这里最早的居民姓谢，后随着商业繁荣，不断有外姓迁居于此，成为多姓杂居。

老街伴水而生，因集而兴，街心用六都青石纵铺，两侧铺鹅卵石，大雨天也不会积水。老街的街心石用青石板拼成，是一个正方形图案，功能上类似于一些城市大街中的钟鼓楼，起到敛财聚气、镇守风水的作用。

这时，一份改革开放的文件像一股强劲的东风吹遍全县上下，也给廿三里民众带来了新机遇："要充分发挥各类手工业者、小商小贩和各行业能手的专长，组织他们参加社队企业和各种集体副业生产；少数要求从事个体经营的，可经过有关部门批准，与生产队签合同，持证外出劳动和经营。要继续鼓励社员发展家庭副业，活跃繁荣农村经济。"

上级有关部门虽然对开放小百货经营未提只语片言，但县工商局却从中央一个具有重大意义的文件中找到了依据。

1980年，出于恢复当地传统民间商业考虑，县工商局下发《关于颁发小百货敲糖换取鸡毛什肥临时许可证的通知》，在这份已成为历史文献的文件中的串乡走户、收旧利废、变废为宝、活跃经济等关键词成为人们的焦点话题，恢复已停发多年的小百货敲糖换取鸡毛什肥临时许可证已成当务之急。

于是，短短几个月，有关部门在廿三里颁发了7000份临时许可证，形成最初的乡间小市。外出人员统一由大队审查，公社审核同意，县工商局核发许可证。这些证件的发放，就如同大海中的潮汐来势汹涌，波澜壮阔，加速了廿三里市场的开放。实际上，当时廿三里的敲糖帮及小百货市场生意早已做得风生水起。

但敲糖帮在小百货市场的交易依然违反个体不得从事批量购销的明文规定。有关部门对农民弃农经商仍心有余悸，只怕犯错误，不敢大胆支持。

身为义东区的干部，王龙心里十分焦急。他一面向上级反映社情民意，一面不断学习文件，寻找新的答案。他山之石，可以攻玉。有一次，王龙在中央编印的文件上看到河北省辛集县发展集市贸易的一篇文章，便爱不释手，每看一遍都有新的感悟和体会。这让他产生强烈的情感共鸣，一连串的感慨油然而生。

在一次区干部人会上，王龙心潮澎湃地说："廿三里一带不仅有成百上千的敲糖帮，也有上百年的经商史，更有经营小商品的丰富经验，有呼之欲出的市场雏形，这里开办市场的条件比其他地方要好几倍。人家都在抢着干，为何我们要做落后分子？廿三里慢不得，也等不起，只有抓紧时间，才能超越同行和对手。"

王龙的话，犹如一剂强心针扎进每一位参会者的心里，他们顿时有了一种紧迫感、使命感和危机感。

当时，廿三里早已形成小百货市场的雏形，只是市场没固定场地，经营者四处流动，各自分散。不少农村妇女头绑花头巾，手提竹篮，东一堆，西一堆，在那坑坑洼洼的地面上临时性聚集。她们先在盘溪桥头进行交易，一些激进的市场管理办人员前来驱赶时，瞬间又如鸟兽散。

后来，临时性集市移至廿三里裁衣店边的几条小弄堂里，那弄堂弯弯曲曲，幽深狭长，路人走进去就像进入迷宫一样。再后米又集中在廿三里供销社门前空地和公路两旁经营。东奔西窜，东藏西躲，一个半合法的集市就在历史与现实交困和矛盾冲突中悄然兴起。

提篮女

王龙深入廿三里摸清实情后,想:"为集市找一块固定场地是一件不能再拖的民生实事。"于是,他二话没说,就带了几个人直接去找廿三里干部商量,经过协商,很快与第二生产队达成协议,租下了一块靠近公路边的晒谷场。

只用了短短几天时间,王龙就在晒谷场雇了几个工人,并用木头、木板搭起200个摊位,由廿三里工商所统一管理,向进场的经营者收取每人每天1元管理费;再由税务所收取每人每月30元定额税。廿三里小百货市场应运而生。

对王龙来说,这个现在看来寻常的思路和做法,在当时无异于吃第一口螃蟹,需要付出极大的勇气。庆幸的是,这个集市不仅赢得廿三里众多提篮女和敲糖帮的欢迎,还得到周边各地经营者的青睐。之后,为了彻底巩固市场,扩大地盘,王龙又出谋划策,采取各种优惠措施和服务承诺,赢得了方方面面的支持。

为解决小商品经营户流动资金不足难题,廿三里区、社党委力推县信用社试行向个体经商户发放贷款,打破信用社贷款只贷种田、不贷经商的陈规老矩。这个前所未有的举动,犹如决堤的洪水灌入义乌江,瞬间江面就沸腾起来了。

为解决廿三里运输渠道不畅难题,廿三里区、社领导要求廿三里邮政部门扩大邮寄服务业务,准许商贩邮寄小商品大包裹,既为客商提供方便,又使廿三里邮电支局邮资费收入居全县各支局之首。

场地、资金、运输等障碍排除后,廿三里小百货市场在人们新奇而又疑虑的目光下,为培育更大的小商品市场开辟了一块先行先试的试验田,也为日后小商品市场的发展奠定了极为关键的基石。

事实上,敲糖换鸡毛的好处并非仅此一项,它既解决了农村数千人的就业问题,更增加了政府财政和农民的收入。

一旦选择了远方,就别回头,尽管大踏步地前进。提篮叫卖、敲糖换鸡毛被允许后,廿三里原本举步维艰的经商队伍迅速壮大,这一带的男劳力一到农闲时间便结伴外出。

用王龙的话说:"要是廿三里人当初不与提篮女、货郎们结缘,不去喝头口水,有再多的幻想也会胎死腹中,很难掘到人生的第一桶金,只能挣扎在贫困泥潭中起不来,在贫困中越陷越深。"

在陈小兰家歇了一天后,王巧儿眼看腿伤已无大碍,便再也躺不住。第二天一早,她喝了一碗稀粥啃了几个馒头后,便撂下筷子,去长江路摆摊卖绣品,迫切想改变一家人的生活。

陈小兰试图劝王巧儿再休息几天,可怎么劝都劝不住。王巧儿一股劲跑到长江路上,着迷似的摆开各种花样。

外出谋生真不容易,生活的艰辛谁都无法想象。站在长春街头,王巧儿满脑子都是一家老小吃不饱、穿不暖的场景。在老家,生产队分红低,连正劳力每天的工分收益也只有四五毛钱,很多社员面朝黄土背朝天,起早贪黑累死累活地干,还是养不活一家人,常是吃了上顿没下顿。于是,大家想方设法外出讨生活。

农闲时,人们有的用独轮车做贩运小买卖,赚微薄的差价;有的则拉柴到城里卖;有的从农村拉甘蔗到廿三里、苏溪一路叫卖,走得再远一些的,就从浙江宁波贩草席、贩鸡蛋到浙江定海等地叫卖。

不少胆子大、脑子灵活的人开始偷偷摸摸从事小百货加工销售。有的试着经营手工制作竹板刷,将猪毛染成统一的黑色,一撮一撮穿过竹板上的小孔固定好,略作修剪就成了最原始的竹板刷。

为迎合年轻人需求,有的买来人造革、海绵等,再利用衣服的边角料缝制自行车坐垫罩,还在坐垫罩上配上流苏,这样加工生产出来的产品更为美观时尚和舒适,也更受人欢迎。

王巧儿像个孩子似的四处张望,街上的人渐渐多了起来。由于没固定摊位,她只能拎着大布袋沿街叫卖。一到人多的地方,就将胸花、头饰等零零散散铺满一地,供人们选购。

王巧儿抬眼看去,觉得长春人的生活也并不富裕,多数妇女头上没什么装饰,更加不要说戴金挂银了。看到有人在地上陆续摆出各种花花绿绿、新鲜的小百货,她们的眼睛一下子被吸引过来。不一会儿,王巧儿的身边就围满了挑挑拣拣的人。

由于价格不贵,品种又多,王巧儿所带的货品颇受大家喜爱。不到一个小时,她那两布袋绣品全都卖完了。王巧儿心里顿时就像灌满了蜜,一路的艰辛和劳累全都跑到了爪哇岛,东西卖得如此顺利使她像行走在黑暗中的旅人突然发现了一盏明灯那样。

卖完货,王巧儿便在长江路上逛了一圈。她看到长长的街上有两家店在售卖仿古项链,便走进其中的一家,眼前顿时一亮,心想:"多漂亮的项链呀,老家义乌的市场上还从没见过如此漂亮的项链,自己买回去销售,定会稳赚不赔。"

王巧儿觉得做买卖要有敏锐的眼光,她从中嗅到了一丝商机,便毫不犹豫地从口袋里掏出还没捂热的钱,买了些仿古项链,决定带回去试销。

看到王巧儿卖完手头的货,又换回一些仿古项链,张志来有些难以置信。

陈小兰也没料到王巧儿会来这一手,疑惑地问:"巧儿,你买这么多仿古项链,准备拿回去送人吗?"

"同年娘,这些东西送人我可送不起,我想带回去销售,这样一来,来回都不跑空趟,或许还能赚些余钱呢!"

"巧儿,我真是服了你,这种想法是怎么给你想出来的?"

"这可不是我的主意,我们义乌人一直都是这么干的。出门在外,什么苦都得吃;身陷绝境,什么办法都得想,哪怕抠烂脑壳也要想出一条妙计来。"

"你说得有道理,对我启发很大。"

"同年娘,这几天你可帮了我的不少大忙,我真不知该怎么感谢你!"

"谢啥呀,出门在外谁都不容易,能帮一点是一点。巧儿,我想给你提点建议。"

"什么建议?"

陈小兰说:"以后你每次来长春,就把绣花样带来。你送货,我包销,一条龙流水作业,怎么样? 当然,我只是提一个简单的建议,你可以选择不听。"

"什么意思? 我还没听明白。"

张志来插嘴说:"巧儿,同年娘的意思还不够明白吗? 你把货统统送过来,她给你去销售。这可是个千载难逢的好机会,你可要好好把握住啊!"

见王巧儿的货卖得如此之快,张志来心里可高兴了。可当他听说王巧儿打算一天后就回去,心里不免有些失落。张志来原想在同年娘家再多住几天,没想到王巧儿却急着要返乡,他也只好买了回程票,决定和王巧儿一起打道回府。

第二天清晨,天刚蒙蒙亮,王巧儿、张志来便和陈小兰告别,踏上了回家的火车。车厢在"哐唧哐唧"声中一路颠簸,他们两个显得有些疲倦，昏昏欲睡。

王巧儿对张志来说："做买卖得有'人赚九我赚一'的大气，不光自己要赚，也要给对方留足盈利空间。正如母亲所说：'若只顾眼前蝇头小利，生意只做一次就没有回头客，那是砸自己饭碗，断自己财路。'多让点利，表面上吃亏，却能赢得顾客的信任，在以后的合作中就有机会翻本获利，这是双赢的买卖。"

对于这一点，张志来深有同感地说："生意场上应共渡难关。你做初一，我做十五，你吃肉，我喝汤。你做前段，我做后段。宁可少赚，也要让人家多赚点，照顾到别人利益。你要是让人活不下去，别人也会让你死得很惨，不能以榨取同行利润为代价。套用一句老话：'宁可做蚀，不可做绝。'"

火车一路向南，王巧儿的思绪也随着火车一路狂奔……

记得10岁那年，王巧儿跟随母亲到杭州去做买卖，每到晚上，因为舍不得花钱住旅店，母亲就在火车站广场铺开几只小麻袋，算是简易的床，然后挨着王巧儿，又冷又饿地凑合着过了一夜。

为了节约开支，王巧儿还把人家食堂里丢弃的莴笋叶捡来洗干净，叫母亲用盐腌过带在路上当菜吃。非常时期，活下去才是硬道理。就这样，她和母亲在外忙碌奔波，跑了半个多月，只花掉15元生活费，为的就是有一天能逆天改命。

看到王巧儿心神恍惚、几乎要流下眼泪，张志来问："你又在想什么？"

王巧儿说："我在想，为什么以前人们生活条件那么苦，却依旧拼死拼活地干？"

"这问题你得去问同年娘！"

王巧儿却将话题一转，说："在同年娘家，我为何总没碰到过同年伯？"

张志来的心一紧，似乎被人戳到自己的软肋，叹了口气说："这个……你就别问了。"

"为什么呀，到底发生了什么？"

"同年伯他……"

"到底怎么了吗？咋不说话呀，真是急死人。"

"半年前……他就走了。"

王巧儿轻叹一声："走了？到底咋回事。对不起，我还是忍不住想问。"

王巧儿的追问勾起了张志来的回忆，他潸然泪下，眼前再次浮现出同年伯那清晰的身影……

张志来的同年伯名叫李春平，原是个区委书记。他从普通文书干起，一直升到区委一把手，将青春年华毫无保留地献给了长春这座城市。不承想，因为生了一场大病，他的命运被彻底改写。

陈小兰认识李春平时，她在长江供销社当营业员。一天下午，区委通信员找上门来说："小兰同志，区委书记李春平叫你去一趟。"

区委就设在长江路后溪桥头祠堂里，靠北的这间屋子是李春平的办公室，也是他的卧室。

陈小兰走进办公室，忙向李春平打招呼。李春平严肃地说道："小兰同志，为巩固土改成果，加强基层政权建设，组织上决定选拔一批青年积极分子充实乡政府，区委决定调你到乡政府工作，你去准备一下吧，明天就到单位报到。"

陈小兰说道："李书记，我年纪小，恐怕无法胜任这项艰巨的工作。"

李春平似乎早已猜透陈小兰的心思，鼓励说："小兰同志，一颗红心向着党，粪缸底下掏缸沙。既然你有一颗红心，也就有工作上的激情，只要严格按章办事，定能干好本职工作，千万别害怕！"

于是，组织谈话后的第二天，陈小兰就到乡政府报到了，很快熟悉了手头的工作。到乡政府工作后,陈小兰和李春平的接触渐渐多了起来,陈小兰接受领导教育的机会也增多了。一来二去,他俩就从志同道合的革命同志,结成了一对情投意合的夫妻。

大办水利时,因农业灌溉需要,不管有无受益,一呼隆开建水库。当时,按照上级指令,乡里也要开建水库。

李春平了解详情后,就去乡里实地调研,听取群众意见,并在区委会上妥善落实兴修水库项目。当地群众撸起袖子,干劲冲天,仅用一年多时间,就建成一个蓄水量达到 60 万方的水库。

这一年,长春出现群众上访事件,搞得民怨沸腾。当时县委领导到乡蹲点 3 个月,仍未彻底解决矛盾。后来县里督促李春平集中精力解决此事。

李春平到了乡政府后,一边深入群众座谈,一边找各种问题症结。原来是当地干部用行政手段将周边几个村庄强行合并,群众对这种拉郎配式的合并不认同。加上规模较大,管理跟不上,从而激化了群众矛盾。

掌握实情后,李春平顺应民意,迅速召开干群大会,撤销合并,恢复原来的村庄,群众无不拍手叫好。

过了不久,当地掀起大办养猪场之风。长江区委一位副书记到乡政府布置工作时,竟然要求乡政府在 10 日内将 200 间房屋整片拆除搬迁,腾出地方修建养猪场。

有乡干部偷偷向李春平反映此事,李春平立即深入调查,郑重向区领导讲明道理:"养猪任务要完成,房子尽量不要移,更不能侵犯群众利益。"

后经多次实地丈量,只拆 10 间房,就顺利办起了养猪场。

李春平关爱基层干部,对他们体贴入微,从不打马虎眼。因为工作原因,他与区委一位姓王的副书记意见不合,平时也闹过矛盾,这位王副书记给李春平捏造了两大罪状。当时舆论完全倒向王副书记那边，上级领导说李春平非被处理不可，大伙也都为他捏了一把汗。

陈小兰整天为丈夫提心吊胆，担心他随时会被查处。她多次向组织反映，这个王副书记因生活作风问题受到组织批评，却误认为是李春平向上告密，因此想趁机打击报复。

为了查清事实真相，县、区两级组成联合调查组，对李春平进行了10多天的调查核实。李春平怎么也想不通这到底是为啥，他整天抿着嘴唇不说话，仿佛人生所有的愁郁、悲凉全都凝结在眉宇间，化作无尽的烦恼。

后来，上级领导很快查明了真相。事实证明，两条都是莫须有的罪名。

李春平不仅关心基层干部，且爱民如子，不负百姓所托。张东阳家是个典型的困难户。一天，张东阳和女友去区里办结婚登记手续。李春平侧面了解到，男方家庭十分困难，女方年轻漂亮，他担心男女年龄相差太大导致婚后夫妻不好相处。但权衡利弊后，李春平又觉得困难户家庭讨个老婆实在不容易，且女方自己也同意这门婚事，就欣然同意他们登记结婚。

后来，李春平还主动去男方家进行家访，并当面对男方父母说："老人家，你们这媳妇年轻，可年龄与你儿子差距较大，你们平时可得多关心照顾她，不能让别人欺负她。"

这对公婆异口同声地说："这媳妇就是咱家的亲闺女，也是我们的心头肉，我们一天不见，就想得慌。疼她还来不及呢，哪里会瞧不起她。"

之后，两个老人家热情关照新上门的媳妇，小两口也挺争气，小日子过得有滋有味。

过了两年,张东阳妻子生下一个大胖小儿,全家人高兴得不得了。特别是张东阳,逢人就夸:"我媳妇生了个大胖小子,这小子真像我,真像我啊!"

张东阳妻子也乐得合不拢嘴:"生了个大胖小子,就把你乐成啥样了!"

可过了几天,张东阳刚出生不久的儿子突然得了急病,被送进县人民医院,急需住院治疗。

这时,张东阳家庭依旧贫困,根本无钱治疗儿子的病。他第一个就想到李春平,请求政府救济。

李春平看到张东阳的困难,根据他家的实际情况,决定给他写张批条,原则上同意由医院给他减免部分医疗费。

在李春平的热心帮助下,张东阳儿子的病很快得到救治,不久便康复出院。

日子一天一天过去,转眼就大半年过去了。就在李春平事业风生水起、工作春风得意之时,在一次例行体检中,李春平意外发现自己患上了胃癌,且是胃癌晚期。这犹如一个晴天霹雳,差点将李春平击垮。他怎么也没料到,自己竟患上不治之症,心里顿时像平静的水面砸进一块大石头,波起浪涌。可他毕竟是个要强的人,即使手里端着一只大药缸,也仍出现在工作第一线。

得知李春平的病情后,陈小兰一不做,二不休,主动辞掉工作,悉心照顾丈夫。

病来如山倒,壮汉也难逃。自从李春平患上这可怕的毛病,疼痛就像地狱的火焰让他备受煎熬;又像被人劈了一斧头,隐痛难忍。他那原本健壮如牛的身体,一天天变得衰弱。

因为工作关系,李春平长时间坐在办公室,开始时也没太在意,后来随着时间推移,他的病情不仅没有好转,反而更加严重。

尽管李春平四处求医问药,却屡屡碰壁,难以见效。他想起住院时的煎熬,再也不愿去医院折腾。但作为一个病人,有病还得继续治。有时他就自己买些药物服用,自己给自己当医生。

3个月后,李春平还是没能挺过来。当他最后一次想站起来时,突然两眼一黑,口里喷出一股暗红色的鲜血,跌坐在椅子上,剧烈的疼痛使他晕了过去。他终因病情严重恶化,再也坚持不住,在病床上与亲友作别,离开了人世。

当李春平离世的消息传开后,大家无不觉得意外和伤心。张东阳和妻子前来为他送行。在灵堂上,见到李春平的遗容,张东阳和妻子心情格外沉重,悲伤到了极点。夫妻俩点上三根清香,虔诚跪拜。张东阳心痛地说:"李书记,你是咱家的救命恩人,咋说走就走了呢。要是你能再睁开眼看看咱家的变化,那该多好啊!"

李春平病逝后,陈小兰犹如孤雁失群,再也难以找回一丝精神依托。为了从失去丈夫的阴影中尽快走出来,她决定自谋生路,便凭借当初在供销社上班的经验,换了一个新的工作环境,转行干起个体户。

从追忆中回到现实,张志来的神情十分悲伤,这让王巧儿的心情也变得格外沉重。

火车上的人真多,站着都要被挤趴下。望着两边快速飞过的树木,王巧儿终于觉得离家越来越近了。

"呜——"火车经过长途奔波,缓缓进站。不一会儿,它像泄了气的皮球一样停了下来,一动不动。这是一段艰难却又有收获的旅程。

第二章

沿途叫卖春意闹

　　火车一进义乌站，王巧儿和张志来便随着熙熙攘攘的人群一同下了车。王巧儿站在出站口，眼前又是人潮涌动、街楼破旧的义乌县城。她张开双臂，大声喊道："呜呜，我回来啦！"

　　看到王巧儿这个兴奋的模样，张志来心血来潮："巧儿，你的家在哪个方向，可以带我去看看吗？"

　　王巧儿颇觉意外，猛地回头："我的家可是个石头缝里不出苗、熬干汗水吃不饱的穷山沟，有什么看头的呀？"

　　"穷山沟怎么了，说不定哪一天它就能变成金山沟呢。"

　　"那要等到猴年马月呀。我们村是上工一条龙，干活大呼隆。人哄地皮，地哄肚皮，共同贫穷。"

　　"你这么一说，我倒是更想去看看呢。"

　　"那就下一次吧，下次我一定带你去。"

　　张志来急了："你要我等到哪个下一次啊？"

　　"看把你急的，你真想去？那就跟我一起走吧。"

　　王巧儿在长途火车上坐得腿儿发酸，一出火车站，就远远地看见前面的马路上开来一辆拖拉机，她急忙上前挥手拦了下来："师傅，你可否搭我们一程？"

　　拖拉机手大声问："你们想去哪儿？"

　　"平畴公社新兴村。"

　　"那正好顺路，快上车吧。"拖拉机手热情地打着招呼。

于是，王巧儿和张志来就爬到拖拉机后车斗里，行驶了一个多小时，终于到达新兴村口。

王巧儿谢过开拖拉机的师傅，一看时间，已是晚上 9 点。她走到老宅门口，上前敲门，"嘭嘭嘭……"

不一会儿，老旧的木门"吱吖"一声开了，从屋里伸出一个圆圆的秃顶脑袋。

"爸，我回来啦。"

"你怎么这么晚才回来？"

一进门，王巧儿就看到几个姊妹有的已呼呼入睡，有的还在一旁玩耍。而父亲王财宝和母亲李翠莲正忙着弄各种小物件。

王巧儿环顾四周，惊讶地发现自家变成了一个杂货铺。

"爸，这是怎么回事？我才出门没几天，家里怎么都大变样了。"

王财宝说："中央开的十一届三中全会，像春雷唤醒大地，这是形势所需，我们也得跟上时代的步伐。不能身子进了新时代，思想还停留在旧社会嘛。"

"巧儿，你看看，从生产小铁件、小饰品到加工木钻、针圈、针夹等，我们一样也不落下，还能加工镯子、项链……反正从穿戴到各种各样的小玩意，只要能卖钱的都做。"

王巧儿尽量使自己的精神振作起来："爸，上面允许我们这样干吗？"

"先干起来再说。以前到外面跑买卖真的太辛苦了，在家做点事儿，岂不更加省心！"

"这些货都卖给谁呢？"

王财宝说："这些小东西都很实惠，主要销给提篮女、货郎们做买卖用。"

最开始,平畴公社新兴村不知是谁家率先锤打废旧铝丝,并将其剪成一段段,放到火里烧红。经过不断地锤打、烧制,奇迹出现了,原本坚硬的铝丝变得柔软。然后,将细丝放在石板上敲直,将尖的一端绕起来就成了一对手镯、脚镯或一根项链。这种价廉物美的小饰品顿时成了抢手货。

于是,爱动脑筋的村民不断改进饰品的美观度,将废旧铝线敲扁,用自制的模具制出花纹图案,再系上一个小铃铛,一对对锃亮的手镯就做好了。它们精巧玲珑,更受提篮女和货郎们的喜爱。

因加工数量有限,要货者又多,有时没拿到货的人干脆就跑到村里排队等货,有的甚至等到晚上十一二点才回家。村民们每晚都要忙到凌晨两三点才能休息。

有时夜深了,村民们困得实在睁不开眼,就用冷水掬一把脸,一夜干到天亮。有人实在困得不行,索性就伏在桌上眯一会儿,醒过来后继续干,或者累了就站起身到外面走一圈。全村百余户人家竟有70多户都在赶货。

村民们白天参加生产队集体劳动,晚上关起门偷偷制作小百货,第二天早上由家里女人拿到朱店街、廿三里晒谷场去卖。提篮女、货郎们很喜欢用这种小百货去换鸡毛、猪骨头等。因此,许多提篮女、货郎的行担里,就装满了各类小百货。

销售小百货的过程异常艰辛。那时各村都没通汽车,人们也买不起自行车。每逢周边有集市,村里的女人们便成群结队走路赶集。她们往往后半夜就起床,在一个四四方方的提篮里或竹筐里装满泥枪、哨子,还用报纸盖好,生怕被市管会的工作人员发现并没收。

王巧儿回家后,王财宝注意到女儿身边竟然还跟着一个陌生的小伙子,他心头顿时升起一股无名之火,竟然动手打了女儿一记响亮的耳光。

"爸,你想干什么?"王巧儿像是中了一弹,实在吓得不轻。

王财宝十分生气:"你这个小丫头,以前我不知跟你讲过多少遍,出门在外要懂规矩,可你怎么就是听不进去。"

"我怎么啦,又没给你丢脸。"面对父亲的斥责,王巧儿的肩膀微微一抖,越想越觉得委屈。她从头至尾都没做错什么,心里的难过无法用言语表达。

见女儿用强硬的话语反驳,王财宝心里更加恼怒,手指头戳着王巧儿额头道:"你这个死丫头,把后生往自家带,真是太不像话了。"

王巧儿呆呆地看着父亲,心头仿佛有千万根芒刺在乱扎,泪珠儿在眼眶里打转,最后变成决堤的水。她拼命解释道:"爸,我出门在外,你根本就不知道我在外面受了多大的委屈。要不是志来哥一直帮我,我能否回家还不一定呢。可你不仅不感激,还处处找人家的麻烦,太不讲理了。"

王财宝气得脸色青紫,厉声喝道:"翠莲,快拿一根藤条来。这丫头竟敢处处护着那小子,今天不叫她长点记性,我王字上边去掉横。"

一旁的李翠莲见丈夫如此生气,一脸无奈道:"巧儿,到底咋回事,你快将事情的来龙去脉讲清楚。"

王财宝见妻子也不帮自己,便自个跑去找藤条。不一会儿,他找到一根藤条,随手就朝王巧儿身上抽去。王巧儿双手紧紧护住头部蹲在地上,从来没有这么难过和绝望过:"爸,哪怕我有天大的错,你也不能动手打人呀。"

张志来见状,一把夺下王财宝手中的藤条说:"叔叔,你不能这样对待巧儿,要是打坏了她的身子怎么办?"

王财宝心里窝着一肚子气,不耐烦地说:"我训斥女儿,管你什么事!"

张志来辩解道:"叔叔,我和巧儿只是在火车上认识的老乡,你可不能有什么误会。"

"火车上刚认识的老乡?"父亲一脸嘲讽,"这岂不正是不打自招吗?"

张志来将藤条紧握在手中,与王财宝僵持着,嘴里振振有词道:"叔叔,我听巧儿说,你们村的人出工一条龙,干活大呼隆,我只是觉得好奇,便赶过来看看,真没想到竟然会是这样……"

王巧儿脸上泛着红晕,责备道:"爸,我去东北路上碰到不少坏人,危急关头多亏志来哥相助。要是没有他,恐怕我早就被地痞流氓欺负好几回了。"

父亲板着脸惊道:"你说的是真的吗,不会是骗我的吧?"

"我骗你干什么。在长春街头,有暴徒准备打我,全是志来哥路见不平一声吼,我才躲过一劫!"

"这……"王财宝半信半疑地看着眼前的陌生小伙子。

王巧儿用埋怨的眼神看着爸爸说:"爸,针不扎在你身上,你永远都不知道有多疼。你虽不是一根钢针,可我却怎么看你都觉得疼。为何我做什么事,你都要阻拦?"

见父女俩吵个不停,张志来只得继续和稀泥:"巧儿,你爸也是为你好,担心你在外面受人欺负。"

王财宝摆出一副老大的派头说:"就是嘛,要不是为了她好,我才懒得管哩。"

尽管这场家庭风波像一场暴风骤雨,来势汹汹,但一阵闹腾过后,这场风波就像一团由旺变弱的火苗,大家都不再针锋相对。可在王巧儿心里还是留下一道无形的疤痕,父女之间似乎有了一条不可逾越的鸿沟。

提篮女

这时,张志来觉得自己在那里十分尴尬,便和王巧儿告别。他摸着夜路独自离开了新兴村……

第二天一大早,王巧儿刚吃过早餐,就决定出去试销从东北带回的仿古项链。一路上,她提着竹篮,顶着呼啸的风,沿着小路深一脚浅一脚地往廿三里方向赶。

走到半路,王巧儿突然愣了一下,急忙刹住脚,转道去了稠城。因为义乌乡村集市有条铁律:每逢农历一三七是廿三里市口,逢双则是稠城市口。她记起来了,这天刚好是农历腊月二十。于是便舍近求远,赶路去稠城北门街摆地摊。以前她不止一次去过那个地方,每个市口聚集的人很多,连周边浦江、东阳、金华、兰溪等地都有人跑过来,那里有着极大的吸引力。

有时,有人来查,来到市场,见人就赶,甚至没收物品。因此,摆地摊的人必须眼观六路、耳听八方,多长几个心眼。不过,这些提篮叫卖的农民,也有一套对付这些检查者的办法:你追我逃,你退我进,打一枪换一个地方,搞得对方疲于应付,无计可施。

岂料,王巧儿途经义乌江摇摇晃晃的躺水桥时,由于木桥上布满了青苔,她重心不稳,脚底一滑,挎篮里的货物瞬间掉进了江里。王巧儿不顾危险,迅速将货物一件件捞起,尽管手脚冻得通红,浑身不停地哆嗦,可她并未觉得冷,一点儿都不觉得。

随后,王巧儿拎着从远方盘回的这些稀罕物来到朝阳门。朝阳门始建于明嘉靖三十四年(1555年)。古时,筑土为城,气势恢宏,登楼远眺,古城风光尽收眼底。在传统风俗中,因"朝阳"二字象征着吉祥、富贵,所以古时官员升迁往来,必在朝阳门迎送,即使平民百姓嫁女娶媳也必经此门,特别是此门的42级石阶,人走其上步步高。作为古城区的东大门,一些居住在城东大门外的村民想要进城,必须先通过朝阳门。过了此门,沿着金山岭的石阶拾级而上,行至岭顶,再往下,方能顺利进城。

王巧儿穿过朝阳门,手提竹篮来到北门街早市。刚铺开摊子,立刻围上来一拨看稀奇的人。一位墨镜男蹲下身子,一边漫不经心地挑选,一边问道:

"喂,姑娘,你这仿古项链怎么卖呀?"

"3元1条!"王巧儿的声音透着一股磁性。

墨镜男一听这声音,心里就感到一阵酥软,却故意面露难色道:"这么贵,能个能再便宜点?"

"这可是东北最新款!"

"2.5元。"墨镜男开始压价。

"不行! 起码得2.8元!"

"2.6元!"墨镜男又加了一点。

"2.7元! 不能再低了。你总得让我吃碗稀饭吧!"王巧儿寸步不让。

这下可惹恼了墨镜男:"我见你长得好看,特来照顾你的生意,可你为什么一点也不顾情面?"

"我这儿货好,也最实惠。"

"不仅货好,人也长得俏,让我摸摸你的脸蛋!"

王巧儿知道自己遇上了一个小混混,边防备边说:"你离我远点儿!"

周围的路人齐刷刷将目光朝这边看,墨镜男本想占点小便宜,却没料到自讨没趣,不得不悄悄离场。

过了许久,王巧儿摊前来了一个大伯,见眼前这些精美项链,他开口问道:"这项链卖多少钱一条?"

王巧儿答道:"2.8元。"

"太贵了，能否便宜点？"

"同年伯，这已是最低价了，你去别处问问，哪有这么好的货？"

"好货是不便宜，我再去其他地方转一转。"

"同年伯，这可是上等货，我从东北大老远地带过来的，你要是能在别处买到我这样的货，我不要你钱。"

"再低一点？"

"这价格已经见底了，你今天不买，明天准没货。刚才一个同年嫂一下子买了 10 条，她说这么好的项链要多买几条送妹妹、送儿媳、送孙女。"

"姑娘，你还挺会做生意的。给我来 5 条吧。"

眼看卖出去的货越来越多，王巧儿心里乐滋滋的，似乎做买卖赚钱真是一件挺容易的事。

张志来的家就在离稠城不远的莲塘村。它坐落于莲塘山东侧山麓一隅，三面环山，不到村边不见庄，一条山脉向东延伸，林木茂密，郁郁葱葱，如青龙，似伏虎，勾勒出青龙伏虎护莲塘的奇特美景。

远看莲塘碧溪，只见条条水路向村绕，始终看不到朝外流，只进不出村，门前畈皆良田，是一个山清水秀的村庄。

莲塘人不甘守着一亩三分地过日子，时常冒着风险，白天到生产队干活赚工分，晚上则制作针子箍、黄瓜刨、眉毛夹等，然后又赶到廿三里、湖清门等地私下交易。这些小百货价廉物美，很快成了提篮女、货郎们的抢手货。

在稠城湖清门街上，人们自发形成一个规模较大的经营小五金、小针织、小玩具、小塑料等小商品的贸易市场。每当农历逢双市日，这条长 300 米、宽 8 米的街道上人来人往，摩肩接踵，品种繁多的小商品，地

上摆的、摊板上放的、空中挂的,五彩缤纷,琳琅满目。当时,这个市场有个体摊贩 62 户,手提拎包出售商品的有 150 多人,集市日平均人数超万人。

如果说廿三里、湖清门市场是义乌小百货市场的雏形,那么,莲塘村则是家庭作坊小百货的发源地,没有之一。显然,这个村的山货比新兴村更多,新兴人来到莲塘村,就像小巫见大巫。

数百年前,莲塘村有对稠太公夫妻,是安徽凤阳人,无子女,会治病,人特别能干,有一年来到莲塘村帮朱姓太公掌管各种经营活动。稠太公把粮食运往杭州销售,又从杭州把布匹运回义乌,从中赚取白洋。随后他又把白洋放债出借,息加本,利滚利,反复经营,从而使朱太公很快成为暴发户,置田 200 余石,并在村中隔塘建了花厅和精美的中和堂、萃和堂等建筑。

后来,莲塘村小百货加工制造如火如荼。敢于最早试吃小百货生产加工这只螃蟹的莲塘人,使莲塘村成了当地最早的商贾村。莲塘家家户户屋里都摆放着生产小百货的工具,如土炉、桌台、锤子、泥哨模具等,产品有木柄空心钻、洗碗圈、发簪、针钻匣、竹制水果刨等。

俗话说:"夜饭吃得早,省油省灯草。"莲塘人充分利用晚上时间,家家户户抢当夜猫子,制作出来的小玩意不但形象生动,而且栩栩如生。如莲塘人用黄泥制成的泥哨有青蛙、鲤鱼、乌龟、小鸟、兔子、小狗、狮子、大红鹰、蝴蝶等,纯手工拿捏,形状各异,拿到太阳底下一晒,或用火烘烤,等泥巴干了,涂上五颜六色的油漆,画上眼睛花纹,就是一只只活蹦乱跳的小动物,放在嘴边还能吹出各种各样美妙动听的声音。

制作泥哨几乎不需要成本,多投入力气和时间就够了,且工序简单,批发价二三分一只,颇受提篮女和货郎们的喜爱。

开始时,莲塘人用手工捏弄泥巴做成各种造型的小动物,一天只能捏出几个样品,挣钱不多。于是,莲塘人绞尽脑汁,自制一些不同形状的石膏模子或者雕刻木制模具,大大提高了生产效率。

石膏粉黏性好,村民将泥巴往模子上一塞一压,随后打开模子一看,嘿,真是神了! 一模一样的泥哨马上就复制出来了。用上模具之后,村民不再单纯通过揉、搓、捏制作泥哨,而是批量生产,泥制玩具产量快速得到提升。

一个人从天黑做到凌晨,就能做出四五百只泥哨。随着时光流逝,莲塘人雕刻的木制模具越来越多,而且手艺越来越精,制成的泥哨更是一度成为当地的畅销货。

生产泥哨工艺简单易学,不少村民都掌握了其中窍门。为避免在同一棵树上吊死,大伙又随机应变,尝试着生产加工其他小百货,什么东西好卖,就加工什么。

正因为加工生产这种小百货技术性不强,成本又低,赚取利润丰厚,莲塘人纷纷效仿,当时 140 多户差不多都会做这种手工活。莲塘的年轻姑娘更受远近村庄的小伙子们青睐。她们嫁到哪里,就把小百货的生产技术带到哪里。以星火之辉,助燃燎原之势。

有一回,张志来的父亲张茂盛的姐夫朱高云上门做客,他是个修锁匠,看到小舅子家穷困潦倒,实在看不下去,便说:"你家这么困难怎么行呀,不如做些针指箍一类的小玩意卖,多少总会赚点。"

虽然张茂盛觉得这主意好,可他又犹豫了,脸上掠过一丝难以察觉的苦笑,茫然道:"我什么都不会,咋弄呀?"

朱高云笑笑说:"行行有门道,无师瞎忙道。不会做怕什么,师父在眼前,路就在脚下,你干吗不买个大猪头拜师学艺呀?"

张茂盛回过神来,一拍大腿惊叫道:"对呀,大猪头也许买不起,可我怎忘了姐夫这门巧手艺呢?"

以前很多手艺人在带徒弟时，总喜欢留一手，他们这么做，也许是害怕徒弟学成后会抢了自己的饭碗。可朱高云这师父不一样，他手把手指导，毫无保留地将自己的技艺——传授。于是，张茂盛照着样子模仿，开始大胆干起家庭小作坊。

那时，张志来年纪还小，才十来岁。他看到父亲加工生产出来的东西价格很便宜，也就二三分钱一个。一般都是将废品收来加工，把三轮车轮子上旧钢丝放到一个钢筋模具上折弯，东弯一下，西扭一下，一段毫不起眼的废钢丝，便成了小男孩想要的玩具枪。更神奇的是，将一板一板买来的火纸剪下装入空隙，扣上扳机，随着撞针"吧嗒"一声脆响，硝烟味飘散，真像个英雄小八路。这小玩具销路特别好。

加工这些小东西，就像偷鸡摸狗做贼一样。要是被查到，轻则被扣上高帽子，重则扣工分、扣口粮。但初尝甜头的张茂盛，好不容易找了一条活路，岂能善罢甘休？因屡教不改，稠城公社干部经常派人突击莲塘村查收。有一次，公社派人到张茂盛家搞突击检查，成品、半成品统统被收走，只有一个模具被张茂盛偷偷塞入床底下才得以保存下来。

手艺是老祖宗传下来的，根基必须固守。成品、半成品被收了不要紧，但这吃饭的手艺决不能丢掉。因为要过日子，手艺还得偷偷摸摸继续用，总不能让全家人都饿着。后来，张茂盛也学乖了，改成晚上关起门来偷偷做。有时，男人白天去赚工分了，女人则在家偷偷加工，加工好等男人晚上回家再负责锉平，连五六岁的小孩也成了半劳力。因玩具枪要严丝合缝，差一点都不行，要是打不响，人家七八分钱岂不白白扔进水里了？

做玩具枪比做泥哨要复杂得多，收购的旧钢丝有锈迹污迹，不擦亮，没法卖。张志来母亲何海妹负责擦铁锈，手上老是被钢丝扎出血来，但她被扎破手皮后，换一只手继续做，即使手上全是厚厚的茧子也还在干。

为多做一点手工活，往往一家老小齐上阵，夜里熬到十一二点钟，男人第二天照样起来去赚工分。女孩子因没钱读书，一般小学毕业后就在家当帮工。由于白天赚工分，夜里做私活，半夜两点睡，清晨五更起，张志来父亲"夜猫子"的绰号被叫得很响亮。

莲塘村四处严查，原材料没处买。张志来就跟随父亲张茂盛早上4点起床，从莲塘村跑到苏溪转大陈，再到楂林，后来又到浦江，一直转到夜幕降临，才收到二百来根钢丝。

张志来和父亲饥肠辘辘，但仍拖着灌铅似的腿，背着收来的钢丝，一刻不停地往家赶。回家后天已黑，这一天，跑的路少说也有百余里。货收回家后，张茂盛没敢多歇一会，喝了几口水、扒了几口饭后，点亮一盏煤油灯，就连夜干起来。

上有政策，下有对策。能坚持下来真是一件很不容易的事，比这更难的还在后头呢。莲塘村不许做，材料被收缴一空，张志来母亲何海妹灵机一动，就把材料担到城西东河村娘家去做。白天挑出去，夜里担回来，来来回回夜路走多了，中间哪一处有拐角都记得一清二楚。

有一天晚上，是个雨夜，路上黑灯瞎火的，何海妹走到半路，刚好路过一个代销店，就走进去躲雨。见店主在卖东西，手里拿着一把手电筒，她便厚着脸皮上前问："同年哥，你这手电筒能不能卖给我呀？"

同年哥说："这手电筒自己要用的，不卖。"

何海妹一再央求："同年哥，你发个善心，将手电筒卖给我，贵点也行。我还有20多里路要赶，这一路上没个路灯，黑得很哪！"

店主见何海妹态度诚恳，便动了恻隐之心，将手电筒卖给了她。

那时候，做生意并非一件正大光明的事，摆地摊养家糊口比什么都难。尽管小摊小贩一直面临着被查的风险，但还是有许多人抱着侥幸

提篮女

心理挤进摆地摊行列，一边担惊受怕，一边与市管会人员玩"猫捉老鼠"的游戏，靠卖一点小东西维持生计。摆个地摊儿，播撒的是艰辛，为的是新一天的柴米油盐……

摆地摊有苦也有甜。这天晚上，王巧儿将自己的口袋翻了个底朝天，将所有钱全都掏出来，数了又数，总共 300 余元。

看着这些辛苦钱，王巧儿不停地想着母鸡生蛋蛋孵小鸡、小钱变大钱的事，甚至做着蛤蟆吞天的美梦，她极想让这些起早贪黑挣来的钱像滚雪球般越滚越大。这个想法着实让她大吃一惊，靠不靠谱，会不会满嘴跑火车，心里也一点没数。要是鸡飞蛋打，两头落空，连老本都蚀进去，那可就麻烦大了，这可都是救命钱哪。

当时，铁路线上打击贩运商贩比抓小偷还严，为躲避一道道关卡，商贩只能等火车出站或到站放慢车速时扒窗上下车。

有一次，王巧儿带着货物从车上跳下时动作稍微慢了半拍，差点摔断一条腿。可她还是照样玩命地干，就是想多赚一点。

为了躲避执法人员，王巧儿几乎每趟都坐慢车回家，每次到家时总是半夜三更。她不怕黑，也不怕鬼，却最怕毒蛇和野狗。半夜回家的几十里路上，她一只手扛包裹，另一只手拿根树枝，遇到草丛赶蛇，遇到野狗打狗。为了壮胆，一路上她还不停地哼唱着流行歌曲，边流泪边走。不知情的人还以为她是个神经病呢。

有一次，王巧儿去绍兴进货，买了四大箱比人还重的钥匙扣，拉到托运部时人家不给运，她只好拉到火车站月台上自己想办法。火车站工作人员也说这是资本主义的尾巴，死活不让她上车。她一个人冒着大雨守着四箱货，又怕被人偷走，不敢合眼……到最后好不容易将货拉回家，她早已被雨水淋湿，成了落汤鸡。

为了多找一条活路，王巧儿四处留心，连那些在饭店门口挑担卖杂货的老人也不放过，当他们每天中午到饭店买8分钱1碗的面条时，王巧儿就向这些老人打听哪里有钱可赚，一天能挣多少，什么货走俏，什么货难销，这些老人都会如实相告。

一天又一天，王巧儿认定做买卖是一条养家糊口的路。

1982年5月的一天，王巧儿从别人口中得知义乌县委大院来了个新县委书记，便决定鼓足勇气去见见他。

1982年是改革开放的第四年，但浙中小县城义乌依旧十分平静。王巧儿想："要找就找最大的官，一定要向书记问个明白，看看这政策到底是咋回事。"

可刚有这样的想法，她突然又打起退堂鼓，心里乱成一团麻。她想："大葱地里种青蒜，我算是哪根葱啊，再说了，人家县委书记，哪是谁想见就能见的。我只是个黄毛小丫头，真是不自量力！"

"连个县委书记都不敢去见，真怂。"王巧儿内心矛盾重重，进退两难，心里的纠结就像疯狂生长的藤蔓一样将她死死缠绕着。"见还是不见？不见吧，怕错过一次改变命运的机会。去见吧，又怕自己连大门也走不进去。"

义乌小百货市场最早起源于20世纪60年代末的廿三里，从鸡毛换糖、铸铜补锅、提篮叫卖起步。1974年春节前后，稠城镇县前街也兴起小百货马路市场。在那个特殊的年代，在上级明令禁止、取缔，而半合法的敲糖换鸡毛又需要市场存在的矛盾冲突中，人们提着篮、背着布包，在集市上交易所需之物，人们的心情像阳光一样明媚。于是，这提篮叫卖、批零兼营的季节性市场就像一节节竹笋一样悄然冒出。

这天，王巧儿刚卖完手头的货，在县委大院外的药店给母亲买药

提篮女

时，听门卫说，新任的县委书记此刻正在外面理发，几分钟后就回来。于是，她便带着撞运的心态，来到县前街县委大院门口等他。

去找书记之前，有人劝过王巧儿："你就这样冒冒失失地跑进县委大院去，弄不好可是要坐牢的，你难道一点也不怕吗？"

性格泼辣的王巧儿却眼睛一瞪说："我头上又没东西戴着，我可不怕。风浪越大，越要抓住机会。没有天下，自己打天下。就算是坐牢，我也要去找书记说清楚！"

那个年头做提篮女之苦，王巧儿刻骨铭心。因为她家的日子实在难熬，对眼下的生活充满了问号，唯一的指望就是哪位县领导能站出来替大家伙说说清楚经商这回事。

过了一会儿，县委大院的门卫用手一指，告诉王巧儿："喏，那个大老远走过来的高个子，就是县委书记！"

王巧儿顿时眼前一亮，毫不含糊地说道："多谢了。"她喜出望外，就像蜻蜓扇翅，兴冲冲地跑过去。

颧骨高凸、清瘦而干练的谢书记，穿着一件旧大衣，裤脚一高一低，显得格外质朴。王巧儿鼓起勇气，双手一伸，堵住了谢书记的去路，劈头盖脸地问："你就是新来的谢书记？"

谢书记正走着路，忽然见前面有人拦住去路，十分不解地问："你是谁啊，找我有什么事？"

一见到个头高高瘦瘦的谢书记跟自己说话了，王巧儿手心里全是汗，紧张地说："谢书记，我是街头摆地摊的提篮女，想找你说个事，这样的日子实在撑不下去了。"

王巧儿说得情真意切，谢书记听得云里雾里。

"摆地摊的找我干啥，你叫什么名字？"

"我叫王巧儿，我就是想问问，你知不知道我们这些原本种地的农民进城摆个地摊,还要被人像赶鸭子一样赶来赶去,甚至还要罚款。"

不久前刚被处罚没收了提篮的王巧儿因一时冲动,想都没想就将自己被抓了罚、罚了抓的摆地摊经历,像竹筒倒豆般全给倒了出来。

谢书记当了这么多年县委干部,经验还算丰富。他似笑非笑地看着王巧儿,惊讶地道:"你们这里竟有这种事? 我一定铁锅子烧饭,公事公办。你不要急,慢慢说。"

王巧儿见谢书记没有一点儿官架子,便大声嚷道:"谢书记啊,我以前当过泥瓦工、搬砖工,因为年纪小,每天只有 4 分钱收入。后来迫于生计,又随母亲改行在廿三里、北门街一带当提篮女,偷偷摆地摊,靠卖别针、纽扣、鞋带及针头线脑贴补家用。玩命似的在集市上赚一点辛苦钱,却常被人赶猪似的到处追赶,凭什么呀? 我找你只是想问问:我全家 8 口人,8 张嘴每天要吃饭,在露天街头做点小买卖养家糊口怎就这么难呀? 可是不摆地摊叫我们吃什么? 你可得给我做个主,给个说法啊。"

一想起生活的种种艰辛和不易,想起众多农民弟兄经历的苦难,王巧儿不禁眼眶泛红,声音也变得发颤。

谢书记用不同寻常的眼光打量着王巧儿,没有生气,全程都保持着笑脸,他仔细地听着王巧儿的诉求。他是衢州衢江区贺邵溪村人,初来义乌,因语言不通,听起来有些费劲。他们两人讲话嗓门都挺大,外人听来像是在吵架,于是街头前来凑热闹的人竟然里里外外围了两三层。

谢书记听了大吃一惊,简直不敢相信眼前的事实。为了搞清事情的来龙去脉,他挥了挥手说:"你到我办公室去谈。"

王巧儿这个农村姑娘生平第一次踏进县委书记的办公室。一走进去,她就向谢书记大倒苦水,似乎要将心中的苦楚全都倾倒出来。

"谢书记,你知道我们农民祖祖辈辈为何能在这里生存繁衍吗? 就是因为特别能吃苦！我摆地摊刚开始拉不下脸，看到别人大声叫卖，我也在地上铺个塑料纸，将货往地上一摊，亮开喉咙吆喝，一站就是一整天。碰到有人来查，一卷塑料纸就跑，我甚至还在小贩帮助下躲过好几回哩。有一次被人追赶，我扛着装货物的袋子跑了整整 3 里路，最后躲到一个农妇家的厕所里才没被没收货物。这样逃来逃去总不是办法，当时跟我一起摆摊的还有好几个 70 多岁的残疾人，总不能让他们也天天这样心惊胆战地逃吧。农民的生活这么苦，天天为生计奔波，总要给口饭吃啊。这地摊你说能摆不能摆？"

也许是太过紧张，或怨愤压抑得太久，王巧儿如连珠炮般质问着，泪水也哗哗流了一脸。她说完抬腿想走，可刚才的一番话却触动了谢书记的心，她又被喊了回来。她再次坐下来，谢书记不停地在笔记本上记着什么。

过了一会儿，谢书记眉头紧锁，神色凝重地说："像你这种情况，我还是头一回碰到。这里的农民太穷了，说句实话，我们对不起义乌人民。政府的首要任务是发展生产力，改善人民的生活条件。"

王巧儿壮着胆子去堵谢书记的路，直言要做买卖，不就是想求一条活路吗？王巧儿侥幸地遇到一个与谢书记单独见面、聊得火热的机会，这场对话整整持续了两个小时才结束。当王巧儿准备离开办公室时，谢书记神情严肃地向她许下两个承诺："一是政府理解你，同意你们继续摆摊；二是我会转告有关部门，不再驱赶你们。"

这两个口头承诺犹如一道火焰点燃了王巧儿的心，她不太相信地再次追问："谢书记，那我以后能继续摆地摊吗？"

谢书记的话如同重锤，说得意味深长："想摆你就去摆吧。"

谢书记的意思表达得很明白，群众有难找政府，政府部门领导岂能故意刁难。听了谢书记的话，王巧儿心里别提有多高兴。她胸口原本像被一块巨石压着，透不过气来，此时却感觉巨石被一股无形的力量掀翻了。她哽咽着，仍不放心地问："万一有人再来赶，那该怎么办呢？"

谢书记目光如炬，双手叉腰，当即表态说："要是再有人来赶，请放心，我会打电话给他们的。"

王巧儿惊讶地看着眼前的谢书记，见他脾气这么好，立即感激地说："今天我算是遇着青天大老爷了！"

谢书记也亮出了底牌："要揽瓷器活，须有金刚钻。义乌农民愿意冒着风险摆摊，不就是想寻求一线生机嘛。共产党人的责任，就是要为民众吃饱饭杀出一条血路！谁拍板谁负责，改革开放已经三年半了，我们再也不能干那些违背群众利益的事了。"

谢书记的口头承诺，就像阴霾的天空中突然出现的太阳光芒，无比敞亮。

没过几天，王巧儿在县委大院门口拦谢书记的消息，犹如一条特大新闻，在街头巷尾传得沸沸扬扬，甚至传出了好几个不同的版本，每一个版本都说得有鼻子有眼。但不管如何，王巧儿反映的情况已引起了谢书记的重视。

每个人的一生可能都有一个转折点，或有苦难考验，或有幸福敲门。王巧儿命运的转折点，就是遇到了谢书记。有人说，义乌小商品市场从地下转入公开，就源于这个传奇故事。也有人说，王巧儿勇于在困境中求新生的拼搏精神，一定程度上加快了义乌抢占开办市场先机的步伐。有时人们并不在乎历史是否真实，即使是眼前所发生的事，又有多少人能讲清它的真相呢？

会后，谢书记立刻组织县委精干力量进行深入调研，动员县机关一批干部沉到下面全面调查摸底，听取方方面面的意见。几经排摸发现，改革开放初期,许多政策的施行在地方上一度面临两难境地。

通过几次走访排摸,大家汇总的调查结果是:50%的人认为,义乌开放商业市场没问题,应该想什么有什么,要什么给什么;40%的人认为问题不大,可以试着办;只有10%的人强烈反对。

面对这一调查结果,谢书记深有感触地说:"同志们,摆地摊是农民为生存找出路的一种好现象,群众创造的奇迹,不可小瞧,我们千万不能打击这种积极性哪!"

后来,谢书记看到《关于加快农业发展若干问题的决定(草案)》出台,《草案》中明确指出:家庭副业和集市贸易是社会主义经济的必要补充,不得当作资本主义尾巴加以取缔。这下犹如乌云中射出太阳的光芒,政策一下子明朗了。

从全面禁止变为适度放开,一直想摆地摊的人如释重负。于是,夏日的骄阳下、树荫下都留下了摆摊者的身影,尽管汗流浃背,他们仍乐此不疲地坚守着。寒冷的冬天,在大风大雪中守候的摆摊人,身体被衣服包裹得行动困难,一个个像秦汉时期身着盔甲的武士,不停地搓手、跺脚,头发、眉毛上全是雪白的寒霜,但他们的脸上却荡漾着朴实的笑容。

尽管如此,谢书记心里仍很清楚,农民头上有三道紧箍咒,凡是涉及米面、棉花和木头的产品,农民一概不得办厂加工和自由销售。

"改革就是要小心翼翼地把一只碗端平,不让水从左边或右边洒出去嘛。"谢书记的话很尖锐,一针见血,他决定小试牛刀进行改革,逐步松开农民头上的紧箍咒,让更多的人修成正果,尝到改革开放的甜头。

在遇到王巧儿之前,最初触动谢书记心底那根弦的,是大陈公社一位名叫陈爱巧的老裁缝。

谢书记听说有位名叫陈爱巧的老裁缝一年前做出一个惊天举动,

她将部分农户家中的缝纫机集中在一起,贴出招生广告,只用短短几天工夫就新招了 10 余名缝纫学徒,向他们每人收取一定的培训费。每月一期,报名者人满为患,月收入达到 800 多元。这位老裁缝就靠招收学徒工这一项,不到一年的时间,家里就盖起三层楼的水泥房,房前还设了个大大的圆门,含有圆满周全之意,十分气派。

后来,这件事竟像长了翅膀一样在城乡各地迅速传开,群众议论纷纷。上面派人调查过好几回,认为依照当时的政策,招徒 5 个人以上,就要被划入小业主成分。从那以后,老裁缝一听到"学徒"二字心里就发慌,就像被火烫了手一样,再也不敢提"学徒"二字,更不敢招收一名新学徒。

听到这种怪事,谢书记心里非常生气。

尽管工作千头万绪,但在一次县委干部大会上,面对台下近百号人,谢书记还是将此事当作典型的宣讲案例,语气坚定有力地说:"最近我听说大陈公社的陈爱巧几年来为当地服装厂培训了 500 多名缝纫学员,就有人眼红,说她竟然明目张胆地搞资本主义,甚至有人扬言要割掉这资本主义的毒瘤,要去阻止。还说学徒不好听。学徒到底有什么不好听?哪个人不是从学徒干起,难道你娘将你一生下来,你就能出人头地,一步登天?居然还有人给我写告状信,说这个陈裁缝怎么怎么不好,要揭她的老底。我告诉大家,陈裁缝一不是雇工,二没有剥削,她给学徒们传授缝纫技术,这是职业学校的性质。这些学生学成出去后都进了工厂,这是对国家和集体做出的贡献。谁去揭这样的老底,就是搬起石头砸自己的脚背。这个陈裁缝靠自己的勤劳和能干赚钱,先富带后富有何不可?我看好得很哪!我们当干部的思想不解放,行动就有顾虑,思想不解放,改革就遇阻力,就永远跳不出固有的条条框框。我们应该以陈裁缝为榜样,大胆鼓励才对嘛!"

谢书记的一番话像一把火,把台下百来号人心中的干柴点燃了,现场顿时响起暴风骤雨般的掌声,一浪高过一浪。

不久,谢书记的话传到陈爱巧的耳朵里,她特别高兴,自言自语道:"谢书记,谢谢你!要是没有你挺身为我撑腰,真不知道接下来会发生什么!"

在谢书记还未调任义乌之前,他母亲听说这里的人连饭都吃不饱,曾苦口婆心相劝道:"儿啊,你犯错误了?为什么被贬到义乌那么穷的地方去?你不要去,去了会吃大苦头,会摊上大事的。要是给自己惹来一身祸,又何苦呢?"

话说义乌穷,确实。县委大院也是破旧不堪,只有一个厕所,居然还是露天的,人一钻进厕所,苍蝇就立马绕着人的脸部打转,嘴巴、鼻子更是它们停留的首选地。更夸张的是,一天到晚成群飞舞的苍蝇经常毫不客气地飞进县委办公室做客。

衢州一些老同事也劝他:"义乌可是个民风剽悍的地方,明朝时戚继光招过三千义乌兵,横扫倭寇,吓得敌人个个惊恐万分,极度害怕。那地方的人不好惹啊。"

对于母亲和同事们的劝告,谢书记只回答了一个字:"不!"他抱着一种"让我去干,那我就好好干,干出点名堂"的信念,愉快地上任了。

衢州穷,义乌更穷。到达义乌县城后,谢书记才渐渐发现,除了穷,他对当时的义乌竟一无所知。在走访中他了解到,很多农民连买鞋子的钱都没有,他们只好用稻草做鞋穿。有一段时间,全县在苏溪、上溪、佛堂等地分布着二三十个草鞋村,集市上卖草鞋和买草鞋的人数不胜数。打草鞋就是为省下几个辛苦钱,把钱用在该用的地方。

当王巧儿去找谢书记时,他上任还没几天。面对提篮女用方言连珠炮似的发问,谢书记选择了冷静倾听。

为市场正名可不是一件容易的事。由于长期以来敲糖换鸡毛、搞自由市场经营一直被视为盲目外流、弃农经商,经营者一直被斥为刁民奸商,且在这方面还没有新的政策出台,有关部门一如既往地对经商的行为采取禁、阻、限、关措施亦属正常。太多的困惑让不少区社干部进退两难也是常态。

在义乌,敲糖换鸡毛、游乡串巷的做法已有数百年历史。1979 年初,来自廿三里、福田公社的十几个货郎,触寒暑,冒风霜,肩挑贸易,开始在稠城北门街头歇担设摊,出售小玩具、小百货,做一天生意可赚四五元,比摇拨浪鼓游乡串巷更合算,于是,四乡的货郎陆续至此设摊经营。紧接着,苏溪等地大量社队、家庭工副业品也蜂拥至此。仅半年时间,北门街集市上的摊贩迅速增加到 160 多户,经营品种上千个。据说当时从城门到火车站约 1 公里的路段,也都慢慢变成了临时市场。

所有地下的摊子都摆了上来,一条凳子两块木板,从城外摆到城内,一直摆到县委大门口。每天早上只要稍微迟一点,县委干部的车子就被拥挤的人群堵得不能进出。一次,浙江省委一位领导来义乌视察工作,无论走哪条路都进不来,最后只得把车子停在城外,步行进了县政府。县委领导们觉得这样下去可不是个办法,甚至某一天有可能会出大乱子,必须想个能妥善解决此难题的好办法才行。

因为场地有限,有人提出把这无序的市场移到湖清门去经营。1982 年 5 月,眼见全国各地几百名经营小商品的采购员纷至沓来,经营方式也由零售逐步演变成批量购销,县工商局便正式向县政府打报告,要求开放湖清门小商品市场。

1982 年 6 月 23 日,针对农民进城经商和开放集市贸易市场这两个议题,谢书记组织召开县委常委会热烈讨论,并对小百货市场整顿问题进行再次研究。

为尽快规范市场,谢书记先后三次组织召开县长办公会和县委常委会专门研究讨论,发现这是以群众民生为依托,为生存找出路的好办法。

在第三次县长办公会上,谢书记郑重地拍板说:"经县委研究,决定同意开放由政府主导的义乌小百货市场,出任何问题由我来承担。连金华地委书记都支持义乌办市场,我们还有什么好害怕的呢?"

1982年7月,经过几轮磋商,县委常委会做出一个惊天决定——开放小百货市场。

1982年8月25日,县里发布了一份通告。这份通告被手抄了十几份沿街张贴,这是全国第一份明确认同农民商贩和专业市场合法化的政府通告。

这份引发人们热议的通告决定于1982年9月5日开放稠城小百货市场,地点就在湖清门。通告的发布,对于像王巧儿这样的提篮女来说,无疑是天大的喜讯。最初几天,通告旁边里三层外三层地站满了看热闹的群众,人们热切地议论着。

可谁也没有料到,通告刚刚贴出去不久,甚至连糨糊都还没干透,一下子就捅了"马蜂窝",商业局下属8个公司的经理得知此消息后,竟在县委机关大院门口拦住谢书记,当面告状说:"谢书记,这样下去怎么行? 小百货市场要抢了我们国营单位的生意,我们可怎么办呀?"

谢书记严肃地说:"没有市场以前,你们不是也说生意难做,现在怎么又变成市场抢了你们的生意? 有一天,我去百货公司买铅笔,问营业员有没有2B铅笔。营业员竟然头也不抬一下,在看小说,还说自己看吧。我一看,果然有,就说在这儿,她才从玻璃柜里摸出铅笔递给我,可头仍旧埋在小说里。请问,市场的经营户会这样做生意吗? 这样的营业员多了，你们的生意会好做吗?"说得八大公司的经理谁也不敢吱声。

许多人并不知道，政府当时发布这份通告，原本只是想把无序散乱的市场集中在同一个地方，便于管理和规范，压根儿就没预料到有一天会将市场办红火。

在谢书记带领干部做了四五个月的调查研究后，1982年9月，市场终于开放了，这是小百货市场得到政府承认、获得合法地位的标志，这座城从此和小商品紧密联系在一起，这座金衢盆地的小城的命运开始改变了。

改革开放前，农民经商被视为投机倒把。十一届三中全会后，延续几百年的敲糖换鸡毛焕发新生机。农民怀着强烈的脱贫致富愿望和冲动，传承经商传统，在开始通往世界的辉煌历程中迈出了最重要的第一步。

在市场监管局编纂的《繁荣深处》中，对小商品市场开放前的准备情况，有一段较为详细的叙述:"县委县政府正式决定开放稠城镇小商品市场……但需要解决的问题很多。主要有三个比较突出的问题，一是场地，二是服务设施，三是组织领导和人员管理……"

为解决这些问题，领导小组召开会议商定具体事项:场址——湖清门。主要是这片区域场地开阔，居民集中，车辆不多。但有一条河道从中经过。后工商部门花费1万多元，在河面上铺设水泥板。在调查研究、排查摸底基础上，工商部门进行登记发证，拟定小商品市场管理通告;对市场、税务管理人员分专业、分地段，明确职责。

早在谢书记来义乌之前，集市贸易已如雨后春笋般冒出来。如今开放第一代小百货市场的消息，使一部分人欣喜若狂，当然也使得另一部分人疑虑重重。

改革号令既出，四面八方的阻力随之而来。面对重重阻力，谢书记却拍着自己的胸脯坚决支持农民经商，显露出县委一把手的魄力与风范。他曾在多个场合对其他同志撂下一句狠话："市场办起来很难，我们定要想办法维护好它。要是出了什么问题就由我负责，我宁可不要这顶乌纱帽，也要让农民有看得见的利益！"

这就是担当。也正是因为这种无私无畏的担当精神，在大是大非面前，谢书记心里始终跟明镜似的毫不含糊。

就在这一年，国务院批转对 160 余种小商品价格予以放开的通知。当小商品市场疯长之时，另一种质疑声也随之而来："谢书记不关心国营和集体经济，只关心个体经济，这样的县委书记不要也罢。"

此质疑声出现的另一个背景是，小商品市场的降生，被认为是"饭馆门前摆粥摊"，对国营和集体商业造成巨大冲击，导致国营商业面临严峻挑战。

一时间非议四起，群起攻之。针对这些国营单位的埋怨，谢书记力排众议："相互竞争，群众受益，有何不可？你有本事就生存，没本事就关门。如果堂堂国营、集体单位不解决自身存在的问题，连和农民公平竞争做生意都做不赢，只能说明你没本事。被小商小贩冲垮，那也是活该！"

面对强烈的质疑声，谢书记毫不退缩，面临现实困难也毫不推卸责任。他干脆利落地回击："看准了，就下定决心，不能举棋不定。这样干也可能会出错，但错了不要紧，改正过来就是了。改革哪会不出一点问题？只要我们从群众利益出发，从实际出发，就不怕丢掉乌纱帽。"

有一次，面对国营单位的懒散之风，谢书记从身上摸出三张票，一一递给同志们看，只问了一句："你们说该怎么办？"

大家抬头一看，这三张票分别是买油条、烧饼和豆浆需要的凭证。

谢书记当着大家的面大声说："我早上去国营饮食店吃早点，要排老长的队，一顿早点吃好得一个早上。群众就是先进生产力，我们为何不好好保护他们的积极性呢？"

扭转思想的过程就如同修桥铺路一样，路挖开的时候满目疮痍，的确很难看，但它的前途是光明通畅的。在谢书记的力挺下，廿三里和稠城镇密切配合，市场开放已成定局，这在全国绝无先例。

通告发布后，廿三里和稠城两个小商品市场率先开放，像一股潮水涌来，汹涌澎湃，整个县城沸腾了，十里八乡的人们伸长了脖子期盼着。其实，这些市场以前一直存在着，只是眼下变得更加合法了。

当王巧儿回家将这一市场开放的喜讯告诉父亲王财宝时，他也高兴得合不拢嘴，当晚一家人在院子里欢呼雀跃，燃放鞭炮庆贺。

王巧儿欣喜地看到，一张薄薄的通告，竟然解除了农民参与商品经济的束缚，让城乡民众欢欣鼓舞，喜气洋洋，大伙儿都放开手脚争先恐后地加入摆摊行列，大搞商品经济，迅速涌现出一批批敢想、敢干、肯吃苦的人。

1982年9月5日，投资9000元的湖清门第一代小商品市场在万众期待中开张营业。上千个提篮女和货郎一窝蜂地涌进市场，他们绞尽脑汁想办法，琢磨着怎样才能掘到第一桶金。

当时的湖清门要是不架水泥板是没法摆摊的。后来县计委领导绞尽脑汁批了水泥，才架起水泥板。这个由水泥板搭建的草根市场，犹如一个新生婴儿，它一出生就给经营者带来神奇的点金术。同日开放的还有廿三里小百货市场。

开业当天，湖清门市场既没披红挂彩，也没有摆放各种庆贺花篮，更没请吹鼓手热热闹闹地演奏，几位县委领导自发前往。当谢书记到达现场时，整个市场沸腾了，无数个体户的激情瞬间被点燃了，他们亲切地呼喊着谢书记的名字。

站在市场的过道上，望着来来往往的人群，谢书记说："湖清门小百货市场一开业，就将迎来蝶变之旅。既让经营者有了归属感，也让城市生活更有温情，对提升全县整体活力将起到推动作用！"

在市场转了一圈，谢书记高兴地看到，经营户们忙着招呼客人，与客商谈生意做买卖。当他看到王巧儿时，王巧儿的心顿时提到嗓子眼上，她高兴地迎了上去："谢书记好！"

谢书记走到摊位前，双手有力地握住王巧儿的手，问道："巧儿，怎么样，你对这个草根市场的发展有信心吗？"

这一握，使得王巧儿的手如同被烧红的烙铁烫过一般，心头泛起一层波澜。"当然有信心啦，这可是第一个正规化的市场。以前我们都是黑户，大多数人对摆摊没有选择的余地，现在可不一样了啊！"

"以后这个自家门口所创办的市场就是大伙的致富路了，好好干吧。"

在谢书记面前，王巧儿一点不拘谨，她抚摸着营业执照说："谢书记，你瞧，在县委宽松政策支持下，我已经成了小百货市场的第一个个体户。"

谢书记伸手接过执照，看了又看，仿佛在看一件珍贵的艺术品："001号，真不错呀！巧儿，你一定要带好这个致富头。"

"谢书记，有了这本执照，以后我们无论走到哪儿，都不用再害怕了，这可是我们所有个体户的护身符啊！"

谢书记说："它也是你们的传家宝，一定要好好珍惜，千万别辜负了县委县政府的一番好意！"

王巧儿说："感谢党感谢政府。有了这本执照，我们就可以正大光明地做生意，再也不用像以前那样乱躲瞎跑了。"

提篮女

一张执照就是一个护身符，也是保命符和避邪符，让提篮女、货郎们的命运一夜间扭转一百八十度。有人戏称此举是小商品市场落地前的第一声啼鸣，更有学者认为这一声啼鸣的历史意义，绝不亚于1978年安徽小岗村农民土地包产到户的创举。

谢书记绕着市场走了一圈，心灵受到极大震撼，思想受到莫大触动。也许这就是历史的巧合，不，是县委领导关注市场兴衰的必然结果。当谢书记再次绕回到王巧儿摊前时，他说："好好干吧，实干兴市，实干富民，今后市场的繁荣兴旺就靠你们这些个体户了！"

谢书记的话像春风吹进王巧儿的心里，让她感触良多，心情尤为复杂。

"谢书记，有你这样敢担当、真担当、善担当的县委书记，我们农民深感敬佩！"

谢书记说："要当好一个地方的干部，只有一个标准——全心全意为人民服务，最大的工作目标就是让更多农民富裕起来。明知山有虎，偏向虎山行。我希望将规矩立住，并迎头赶上，尽快将市场龙头舞起来，让产业链活起来！"

湖清门市场一开放，周边的群众顿时像潮水般涌来，且每日见涨，不久，整条街区都摆满了一个个摊位。

那是一个物资匮乏的年代，货还没拿到手，客人就已经等在摊位前了，小百货生意异常火爆。短短几天时间，几百个摊位全部被占用。每个摊位虽然简陋，只用两根竹竿顶上一块塑料布遮风避雨，1米宽、离地50厘米高的多孔水泥板就是个体户们经营的柜台，然而就是这个1米宽的水泥板，竟然拓出了一条脱贫致富的特色路。个体经营户成了市场经济中的一支劲旅。

市场之门打开后,问题也随之而来。当时进货很不方便,更没有物流。王巧儿每次坐汽车、火车到温州、江苏等地拿货,总是双肩背、双脚跑,才把货运回来。每天忙得连睡觉的时间都没有。有一次,王巧儿来回跑了半个月都没回过家,最终疲劳过度,累趴在市场里,发着高烧还守在摊位上。

王巧儿思维超前,有了一点积蓄后,她就买了全县第一台摩托罗拉大哥大。市场兴起货运后,她又买了一辆三轮卡车,每天雇人给自己和采购商、经营户拉货。但有一次拉货路上车竟出了意外事故,她赔光了所有积蓄,还欠下一屁股外债。

好长一段时间,王巧儿都无法从这个阴影中走出来,更没有心思去做买卖。可为了讨生活,这样下去肯定不行。白天她继续守在摊位上,晚上则背着背包,走路到市场周边的小旅店,挨个房间敲门找客商。当时,她还随身携带一台计算器,手舞足蹈地与客商谈生意。

作为一名女性,王巧儿挨个上门去推销生意,流言蜚语顿起,不少人还以为她是个不正经的人呢。但她心里想的是,只要自己行得正坐得端,身正不怕影子斜,受再大的委屈也决不放弃。

有一阵子,王巧儿开始卖饰品。以前因外地国有企业多,王巧儿就到上海、北京、广州等地去找一些工艺品的厂家,将其淘汰下来的饰品、原材料统统购进来,再通过自己动脑筋,想办法做成耳环、挂件再拿出去销售。随后又跑到广州扬中街去组货,那里虽看不到什么货,但只要货一来就被一抢而光,抢回来后自己晚上加工,第二天再拿到市场上卖。

湖清门小百货市场开放后,每天人流如织,川流不息,谁都没有想到,摆摊竟然很快摆到了县政府大门口。市场开业不到 3 个月,就有

提篮女

700 多个摊位,其中正式固定摊位 100 多个,还有 600 多个流动摊和大量提篮,经营品种 2200 多种。首批有摊位证的小百货经营者破茧而生,致使原来的市场无法容纳,经商户们只得自带门板搭起塑料棚架,摊位自动向新马路两端延伸过去。

在县府办档案里,保存着一份泛黄的由县广播站记者陈泽银撰写,堪称"报道小百货市场第一文"的消息稿。这则消息稿讲述了市场开业时售卖小百货的种类:"湖清门小百货市场经营国营和集体商店不经营的小五金、小百货、小塑料、小针织等 30 余个种类、2000 多种花色品种的小商品。以批量销售为主,兼营零售……城阳工商所干部通过学习认为,有了政府撑腰,湖清门市场应该让它存在和发展下去……"

这些批零兼售、交易活跃的客商,既有来自甘肃、宁夏、黑龙江、陕西、湖北等地的老客,又有来自湖南、山东、安徽、江西等省的新客。货源除了本地国有企业、社队企业和家庭工厂外,还有来自 10 多个省市的小百货供应商。

王巧儿当初压根儿就没料到,自己为解决生计问题和县委一把手软磨硬泡,竟然无意间催生了一个小百货市场。其间,她又两次给工商部门提意见,为的就是能进一步加快市场发展的步伐。

在工商局干部和有关部门密切配合下,市场装起高音喇叭,反复宣传政策,小百货市场经营范围都是国家规定的三类小商品和家庭副业产品。对符合经营条件的人一律发给营业执照,按经营商品的种类编制成 15 个小组……整顿后的湖清门小百货市场秩序井然,面貌焕然一新。

刚开始时,政府对农民这种经商热情睁一只眼闭一只眼,不支持也不反对。后来,县里划出一条街允许农民设摊。这条街从城门通往火车站,长约 1 公里。大伙在水泥板上随便架个摊位,就能做买卖。这种小摊小铺很快就摆满了全城,叫卖声抑扬顿挫,萦绕于耳旁。

是抓?是放?但一周后,市场开放的消息经过当地报纸刊登,很快传到首都北京,争议满天下。

一天晚上,夜幕渐渐盖过蓝天,天空像一匹柔美光滑的纯色绸缎,夹杂着数不清的火花,忽明忽暗地闪着。一位北京来的领导带人打着手电筒,悄悄来到义乌察看市场。

这位干部发现湖清门马路边支着一个个货棚,农民三三两两蜷缩在棚中安睡,从北京来的领导震惊了,他对随从人员说:"在中国改革开放历程中,事情从来不是直线发展,开放和保守思想交锋在不同层级。这些人祖辈都是贫困的农民,此刻却走在经商的前线。在小商贩的背后,是地方制度敢于先走一步的胆量与见识,作为政府部门领导,我们应大力鼓励这种敢为天下先的勇气。"

第二天一大早,当谢书记得知北京来的领导暗访义乌市场的消息后,感到十分震惊。在面见这位领导时,他十分坦诚地说:"我们这个小地方缺乏资源,没有大型国营单位,也没有大资金投入,发展小商品市场是个适宜的选择。改革初期,无论经商或施政,大家无不战战兢兢,但恰恰在多根指挥棒的缝隙间,我们找到了自己的风格。"

领导听后,深有感触地说:"谢书记,你这可是一着险棋啊,搞不好可是要承担严重后果的。要是当官的人,个个都像你这样有大格局大胸怀和大气魄,甚至敢于做出某种牺牲,那该有多好啊!"

谢书记回答说:"即使明知是险棋,也要去试一试。这一闯一冒,小百货市场不就开放搞活了吗?我认为我们找到了一条发展市场经济的新路子、好路子。"

领导意味深长地说:"创办市场,难就难在无从下手。义乌办市场的经验,以后要好好总结,争取让这样的经验点亮未来。"

义乌搞活了小百货市场的消息在报纸上登载，与谢书记共事多年的衢州县县长陈爽看到报道后专程从老家赶来看他。

当陈爽在义乌县委大院见到身形瘦削、两颊深陷、穿一身陈旧衣裤的谢书记时，开玩笑地说："谢书记，既然你能改善义乌农民的生活，那么比这里条件不知好几倍的衢州，你理所当然也能做到，我想请你回去啊！"

在陈爽眼里，此时的谢书记头发变白，皱纹变多，陈爽打趣地说："10个老头里面，问哪个是农民，肯定首选你。"

谢书记眼中泛着钻石般的光芒，微微一笑说："我发现义乌人比衢州人更能干，闯劲更足。自从碰到王巧儿，我从她身上看到提篮女的韧性，掰都掰不开，捻都捻不断。小百货市场就好比一个蜂窝，经营者就是蜜蜂，政府则是做这个蜂窝的人，蜜蜂在政府的有效管理下辛勤工作，政府和社会可以现成地去割蜜去收获。功劳都是他们的，我最多只是个顺水推舟者，是群众创造了奇迹！"

陈爽说："谢书记，80年代初，义乌许多家庭连饭都吃不饱，做生意还要打一枪换一个地方，养家糊口更是不容易。要是没有县委的支持，他们或许到现在都还饱一顿饿一顿吧。"

谢书记善解人意地说："天下的事再大，也大不过老百姓要吃饱肚子。开放小百货市场，就是为贫困家庭寻找一条活路。实践证明，小百货经营不是个包袱，而是一大优势啊！"

陈爽赞叹道："病灶被你找到了，药方也拿在了手上。看来你在这里是越干越欢，越干越起劲，你这一尊财神，恐怕我是一时半会请不回去喽！"

谢书记心领神会地说："回不回去，那是组织上的事。无论在哪，我都是为百姓服务。"

　　一番推心置腹的交谈，使得陈爽对谢书记回乡任职一事不再抱有任何希望。他只是不解地问："谢书记，你说义乌人比衢州人更能干，到底能干在哪儿呢？可否给我举一两个例子。"

　　谢书记往陈爽的杯子里倒满水，然后点燃一根烟，在办公室来回踱着步说："钱塘江是浙江的第一大河，也是浙江的母亲河。钱江潮名闻天下，弄潮儿精神千古传扬。浙江先人勾践卧薪尝胆、励志奋发，三过家门而不入的精神得到发扬和继承，浙江人似乎从不为困难和逆境所难倒。在走访中，我了解到义乌这个以传统农业为主的地方，七山二水一分田，耕地稀缺，土壤贫瘠，近一半是缺磷少钙的酸性红壤土。为改善土壤，这里的人创造出一种塞秧根的施肥技术，即用塘泥、焦泥灰、鸡毛、人尿等做成团粒塞施秧根。以这种技术施肥，肥料吸收快、流失少，土壤改良效果好，被人普遍采用。因此，以鸡毛为代表的畜禽毛成了一种重要而稀缺的肥料。50 年代初，延续数百年的敲糖换鸡毛，在政府的收购政策引导下得以恢复和壮大。小百货市场最早起源于 20 世纪 60 年代末的廿三里，70 年代末县委办秘书杨一笔在廿三里采访时发现，人民公社时期，由于敲糖换来的鸡毛可用于塞秧根，有利于提高水稻产量，不仅没取缔敲糖换鸡毛，公社、生产队反而要向敲糖帮分配交毛任务，一般每年向生产队交毛 80 斤，生产队按量记工分，参加年终分红。因此，货郎担的个体经营早已被纳入集体经济轨道。"

　　陈爽喝了一口茶，放下茶杯说道："这不是一件大好事吗？"

　　"可你不知道，一天几分钱的分红根本难以维持一家人的生活。义乌人寻死觅活要找出一条生路。可在重重禁商压力下，看不到一线希望之光。"

　　停了一会，谢书记猛抽一口烟，用熟练的衢州话说："由于敲糖、小百货换取鸡毛有利于农业生产，方便城乡居民生活，而小百货实行三类商品管理,管理相对较松,敲糖农民算过一笔账:1斤鸡毛沤肥可增产粮食3斤,而1斤上等红毛可卖2块钱。只要有微利可赚,敲糖帮就会不辞辛劳去奔波。义东区平畴公社新兴村早期有个敲糖人叫王财宝,他曾提过鱼虾群体这件事:廿三里公社的朱田仙、丁凤珠用塑料线加工小鱼虾出售,并带动村里妇女进行加工销售,一传十,十传百,新兴村妇女几乎都干起这一行当,时价每只1毛,成本只要2分,每只净赚8分。每逢廿三里集市,20多名卖塑料鱼虾的妇女提篮叫卖,挤成一堆,竟造成交通堵塞。"

"后来呢?"

"后来呀,敲糖换鸡毛、搞自由市场经营一直被批判,有关部门一如既往地采取限制措施,但经营者与之灵活周旋,见赶就跑,跑而不散,又打不倒、关不掉、禁不住、赶不跑。无奈之下,群众从事小百货经营之事,竟成了县委县政府和有关部门最头疼的一个包袱。"

"这个包袱是怎么被你们抖开的呀?"陈爽的心情渐渐松弛下来。

"有句俗话说得好:'百样生意挑两肩,一副糖担十八变,翻山越岭到处走,混过日子好过年。'敲糖换鸡毛是当地农村代代相传的生计之路,虽受按量计工分、少分粮食等不公正待遇,可为了解决温饱问题,义乌人只能外出经营,别无他法。在廿三里盘溪桥头,每天搞小百货批发生意的商贩达四五十人,十分拥挤,随着商贩不断增多,他们自发转移到后溪街弄堂里,那里又成为专门的小百货市场。后来县前街也出现小百货批发商贩,多时达几十人,出售针头、线脑、纽扣、小玩具、板刷等。在较长时期内,商贩们的经商活动是季节性的,一般春节前后的农闲季节进入旺季,农忙一开始就自动消散。"

"仅靠这样小打小闹也能成气候?"

"是啊,你可别小瞧义乌人,众多提篮女、货郎走南闯北,在廿三里市场形成气候时,他们改行加入小百货经营,温州的塑料制品和工艺戒指,兰溪的元宝扣、塑料线,金华的小鞭炮、打火纸等都被贩到廿三里,市场品种达到百余种,经营者有利可图,很快发展到 200 人以上,还出现袜子、围巾、毛领、内衣、电珠等商品呢。"

"没想到义乌人真有两把刷子。"

"嘿,你还真别说,要是义乌人没这两把刷子,也许市场就兴不起来。在廿三里等从事小百货批发的商贩,并无固定摊位,只能提篮叫卖,篮子里只装样品,货物多藏在附近农家,便于拎起篮子逃避市管会人员,减少货物被没收的风险。等风声一过,冬闲季节来临,每逢集市日,廿三里集市上又出现很多提篮叫卖的小百货商贩,于是冬闲立刻变冬忙。紧接着,闹市县前街也出现几十个专卖小百货的摊贩,这些人以竹篮、箩筐、旅行袋、塑料布为工具,日出摆摊,日落收摊,主要出售针头线脑、各色纽扣、小玩具等一些小百货及鸡毛帚等家庭副业产品,获利还颇丰呢。"

陈县长与谢书记这对昔日的老搭档,就这样面对面、心贴心,酣畅淋漓地交谈着。

自从第一代小百货市场开业后,张志来随着允许农民进城摆摊的风潮,也成了湖清门市场的经营户。每一个晨昏,张志来都往返于家与市场之间,渐渐习惯了这种两点一线的生活状态。

随着市场人气持续提升,张志来主动与父母商量,想把更多的资金放在摊位上。他不仅带头在湖清门摆摊,还带动村里七八个同行一起进场交易。虽然这个草根市场的基础设施有些寒碜,随便搭几块小门板,把塑料布在门板上一摊就开张了,但他已强烈意识到自己赶上了一个好时机。

提篮女

市场上米筛摊、门板摊、钢丝床摊夹杂在一起。随着摊位增多,各路摊主为自家商品不断吆喝。小摊小贩热情的叫卖声、熙来攘往的行人,使得原本沉寂的城区一下子热闹起来。

这天上午,张志来正在摊位上忙碌着,突然眼前闪过一个熟悉的身影,便随口叫了一声:"嗨,巧儿,我在这儿呢。"

王巧儿扭头一看,十分惊讶:"志来哥,怎么是你呀?"

张志来有些诧异:"挺意外的,是吗?"

"是啊,几天不见,你都变成店老板啦。"

"这算哪门子店老板,不就是个卖货的吗?"

"这里一下子冒出这么多摊位,人气高涨是迟早的事。"

张志来道:"你好有把握呀!"

"那当然。每个人对市场看法都不一样,可我对它的回暖绝对有八分把握。"

"巧儿,我可没法跟你比。你不仅是001号摊主,而且还敢跟县委书记叫板!"

王巧儿受宠若惊道:"你哪里听来的小道消息?"

"外面人都在疯传,这世上哪有不透风的墙,谁不知道这件事呀。"

王巧儿收住笑:"知道了也不怕。志来哥,至少市场开起来了啊。"

张志来向王巧儿投来敬佩的目光:"那倒也是。你现在生意做得怎么样?"

王巧儿眼露欣慰道:"马马虎虎。你呢?"

张志来眼睛一眨:"自从行商变成坐商,我还不知从哪儿下手呢。"

"别急,慢慢来嘛。一锹挖不成井,一笔画不成龙,做买卖总得有个漫长的过程。"

"我才不急呢,也不指望一年能赚多少钱,能够回本就好了。"

王巧儿笑道："能这样想，那你可算是赚到了。"

"不管有没有赚到，既然认准了摆摊这条路，那么我就算跪着也要走下去。"

王巧儿和张志来说得正起兴时，摊位前走过来一个人。看上去 50 多岁，矮矮胖胖，一脸福相。他得知这里刚建了一个市场，就将厂里最亮的羊毛拿过来碰碰运气。

"老板，要羊毛吗？"

张志来转身一看，见是一个带着廿三里口音的中年汉子，便随口问："你这羊毛正宗吗？"

来人从旅行包里取出随身携带的样品，说："你先看看，这可是本地的正宗货。"

张志来查看了羊毛，发现是阴干的，且货色纯正，顿时来了兴趣："这毛怎么卖呀？"

"4 元 1 斤，不贵吧？"

张志来大声还价："还不贵呀，3 元 1 斤还差不多。"

"你不想买，还想宰一刀。市场上哪有这么便宜的货。"

张志来道："价钱有点贵，吃不消啊。"

中年汉子心里一凉："你们也不看看我这货，又不是卖青菜萝卜，而且送货上门，你不买拉倒！"

中年汉子眼看这生意没法做，拔腿要走。王巧儿一把将他拉住："老板，你先别走。买卖不成仁义在，我也是廿三里的，大伙都是乡里乡亲的，你们可否再好好商量一下，何必闹得这么僵？"

中年汉子有些生气："都已说到这份儿上，还有商量的余地吗？这么好的货色，我可不愁没人要。"

张志来心里盘算，自己以前也干过收羊毛的生意，东阳横店的羊毛质量普遍较好，4元1斤收来，出手可卖到6元1斤，利润是不错。那时来回路费便宜，晚上住到横店，住宿费是5毛1夜，还包晚饭和次日的早餐，算起来是有赚头。眼下这个好像也还行。

王巧儿忍不住说："老板，你看这样行不行，我给你们做个行郎，你俩各退一步，如何？"

中年汉子怔怔地望着王巧儿："我都无路可退了，你叫我还怎么退呀？"

张志来问："老板，你家里还有现货吗？"

中年汉子说："当然有啊，还有一屋子呢。你要多少，我可以供应多少。"

张志来说："若你信得过，我们可以长期合作。至于价格嘛，需要更公道些！"

中年汉子苦笑着："不瞒你说，这已是兜底价。"

张志来寸步不让："是不是兜底价，我还看不出来呀？"

"既然看出来了，那你还降？"

"3.5元1斤，一口价，怎么样？"

中年汉子犹豫着："这……真拿你没办法，我再考虑考虑。"

张志来故意将了一军："别再犹豫了，有人说这种国家统购统销的羊毛，不能私自交易。"

遇到张志来这个识货的人，中年汉子实在有些无奈，想了想，最后按3.5元1斤成交。

收下羊毛后，张志来握着中年汉子的手说："老板，请你留个名字和地址，我们下次可以继续合作。"

于是，中年汉子取出钢笔，在纸条上唰唰写了起来："田春光，廿三里恒祥羊毛厂。"

张志来接过纸条一看,赞道:"田厂长,你这字刚劲有力,写得一手好字呀!"

"哪里,哪里。我只不过学了点皮毛。"

田厂长走后,王巧儿说:"志来哥,你打算怎么处理这些羊毛?"

张志来神秘一笑说:"将它卖到江西去。"

王巧儿双眼豁亮:"真有你的,放着自家生意不做,货郎担还没挑够呀,肩上皮儿又开始痒痒了吧?"

张志来一本正经地说道:"摊上生意可暂时交给父亲打理,去江西要不了几天就能回来。这叫两条腿走路,发家又致富!"

第二大一早,张志来便买好车票,匆匆踏上去江西的火车。当时,义乌算开放了,可到外地去,如何躲过火车上的查验仍是个大问题。张志来眨眨眼,想出一个妙计。他先把羊毛塞进两个麻袋里,再用被面子包裹好,外面用塑料纸防尘,粗看就是一床被子。其余羊毛分别装进两个手提的旅行袋里。如此一伪装,几个袋子共装了百来斤羊毛。

那时,义乌去江西、安徽一带打工的人特别多。一床棉被,两个旅行袋,这一身打扮,活脱脱一个外出打工仔模样。车站的工作人员、火车上的乘警见了张志来,都以为这小伙子也是外出打工的,稍微一检查,就放行了。

经过数小时的长途奔波,火车终于到达江西南昌火车站。张志来走出车站口,只见天空昏沉,大雾弥漫,冷风飕飕,偶尔还夹杂着毛毛细雨。为了节省开支,张志来舍不得住旅店,在一家饭店门口蹲了一夜。

第二天一早醒来,张志来发现身上的衣服湿了一大片,却不知如何去找买家。出门前,他记得有人曾说过江西南昌有专门收购羊毛的毛笔厂,可去那儿打听一下。

在路人的指点下,张志来终于找到汽车站,搭上汽车直接去找毛笔厂。左转右转兜了几个来回,张志来从早上一直转到傍晚,仍找不到收购羊毛的毛笔厂在哪儿。想到自己辛辛苦苦收来的羊毛找不到归宿,又看看天色将晚,张志来有点着急。

焦灼之心让张志来如同热锅上的蚂蚁,他再次回到汽车站,从一位60多岁的老伯口中得知,约30里外的李桥镇有专门收购羊毛的毛笔厂。张志来一听大喜,连声道了谢,马上转乘末班车赶到李桥镇。

张志来一下车才知道,原来这里分布着众多大大小小的毛笔厂。走着走着,他的眼前突然出现一个李桥镇毛笔厂,于是就直接进去找厂长。

厂长王三江是个40多岁的中年壮汉,身材高大魁梧,浓眉卷发,下巴有着密密麻麻的胡子。饱经风霜的脸庞,好像是用红铜铸成的,宽宽的额角上,刻着几条坚毅的皱纹。

见张志来送羊毛上门,王三江既高兴又感激,因为这几天厂里正缺原料,需要大量购进羊毛。就为这事,他差点儿头发都愁白了。

王三江很热情地接待张志来,并详细介绍了厂里情况。这让张志来顿感热血沸腾。

验完羊毛,王三江对这些毛的质量非常满意,转身问:"小伙子,您贵姓,老家是哪里的?"

张志来笑一笑,一脸真诚地道:"我叫张志来,来自浙江义乌。"

王三江好奇地问:"听说你们义乌最近创办了一个小百货市场,生意挺不错的。"

"是啊,以后如有机会,欢迎你去我们义乌瞧一瞧。"

"好啊!你这羊毛怎么卖呀?"

张志来以前听人说过,上等羊毛在江西可卖到13元1斤,就大声出价道:"13元1斤。"

王三江见张志来漫天要价,迟疑片刻道:"太贵了,杀猪呢。"

"那你说多少?"

"最多 11 元,一分也不能再多了。"

张志来心中窃喜:"这江西厂长第一次出手就这么大方,看来 12 元定能稳住对方。"

见王三江正犹豫着,张志来顺水推舟道:"再给你便宜 1 元,12 元怎样?"

"再低一点,行不行?"

张志来说:"已经降了 1 元,再低就没钱可赚了,我还要养家糊口呢。"

"不至于吧?"

张志来一脸无奈:"价格再低肯定要蚀血本,我可承受不起。"

王三江琢磨一会,咬牙决定:"那好吧,12 元成交。"

拿到现金后,张志来表面平静,内心却很兴奋。他数了又数,吐出一口气,心里有一种从未有过的轻松:"哇! 真没想到,除去开销,这趟羊毛生意赚的真不少。"

为了能鉴别羊毛质量,张志来还虚心向王三江请教,了解到羊身上脚爪、背肩峰、胳肩峰、山川这四处毛色最好,并学会了辨别办法。

从江西回来前,张志来给王巧儿买了一件神秘的礼物。下火车后,他就带着礼物兴冲冲地去找王巧儿。

这时,市场上人声鼎沸,摊子一个接一个冒出来,摆成一条条长龙;摊位上商品琳琅满目,应有尽有,让人眼花缭乱。欢笑声、吆喝声、讨价还价声声声入耳,各种声音交织在一起,犹如一曲交响乐。

当张志来出现在王巧儿眼前时,王巧儿故意将一个小物件一晃:"志来哥,你喜欢这个吗?"

张志来接过一看,见是个音乐娃娃,便扭动开关播放音乐。听着动听的旋律,张志来惊喜地说道:"好可爱的音乐娃娃。"

王巧儿说:"这东西进货价才 1.5 元 1 个,每个可卖到 2 元呢。"

摊位前有一个小姑娘被这音乐声吸引,王巧儿忙问:"小姑娘,你想买吗?"

这小姑娘很喜欢音乐娃娃,犹豫了一下,最后以 2 元钱买走了 1 个。

小姑娘刚走开,又走来一拨顾客,他们站在摊前拿不定主意。王巧儿忙说:"同年哥,这音乐娃娃,既好听又好玩,买几个吧!"

最后同年哥心动了,以同样价格买走了 10 个。

见王巧儿忙着与人讨价还价,张志来放大音量吆喝起来:"音乐娃娃,大减价啦,快来买咯!"

话音刚落,边上几位同行也跟着起哄:"大减价,大减价,买一送一,贵进贱卖啦!"

王巧儿看着张志来,哭笑不得。

张志来乐滋滋地说:"巧儿,这趟羊毛生意,我可赚大了。"

王巧儿惊讶地说道:"哟,你一共赚了多少?"

"八百来元。"

"哇,那你可算是发了洋财。恭喜你,我也跟着你沾光了,什么时候请我撮一顿呗。"

张志来俏皮说:"没问题,这个简单。我请客,你买单。"

王巧儿突然很想伸手揍他:"有你这样的小气鬼吗? 讨打!"

"敢说我是小气鬼,你离我远点儿。"

"离你远点就远点。"

此时,张志来话锋一转:"巧儿,我给你买了件礼物,差点儿忘了给你。"

"啥礼物？挺大方的嘛,还这么神神秘秘。"

"你猜。"

"玫瑰花?"

"不是。"

"巧克力?"

"不是。"

"我知道了,难道你要请我吃大餐?"

"更不是。"

"我说呢,你准没这么大方。算了吧,看样子我不可能猜出这个谜底,不猜了。"

"我敢打赌,就是让你猜一千次你也猜不出来。"

"是什么好东西呀?"

张志来右手像变魔术似的,迅速从身后掏出一个精美礼盒,在王巧儿眼前夸张地晃了晃。王巧儿眼前顿时一亮,想冲上去一把夺过礼盒,看看里面到底装着什么宝贝。这时,张志来将手一抬,故意让她扑了个空。

"快给我看看,只看一眼!"

正当王巧儿发愣之际,张志来将礼盒递了过来:"给!"

王巧儿一把抢过礼盒,转身跑了几步,躲到没人的角落站定,偷偷打开瞄了几眼,随后将它捂到胸口,不禁哑然失笑。竟是一只亮闪闪的钻石牌手表。

王巧儿仔细看着,礼盒内还压着一张纸条,上面写着:"天天见,时时见,分分秒秒见,分分秒秒陪着你!"

王巧儿看了一眼,那个困扰她许久的谜底终于揭晓,她的脸像熟透的苹果。她回到张志来身边,好奇地问:"这么贵重的礼物,你为啥要送我?"

张志来说："我看你每天起早摸黑做买卖，不是挺辛苦的嘛，手上戴个表儿，出门就不会错过时间，也就更方便了呀。"

王巧儿一愣，眼前立刻浮现出自己戴表的那个俏模样。可这个俏模样还没停留三五分钟，又出现另一幅可怕的画面——父亲王财宝那一副惊愕的神态与怒容。她脸上的肌肉一下子僵住了："不！这东西太贵重了，我不能要，也要不起。"

张志来一把握住王巧儿的手，将手表再次推了过来："不贵，不贵。这是我对你的一片心意，我要把最好的礼物留给你。"

王巧儿眼中盈满泪水："我知道这是你的心意。可说句实话，你我之间不一定会有结果……"

听到这，张志来不依不饶："别提'可是'二字，不管怎么着，这是我的一片心意，你一定要收下。"

要知道，自1982年县委谢书记以乌纱帽作保，力排众议，在湖清门开放稠城小百货市场之后，这个草根味十足的市场便踏上了逆袭之路。市场以价廉物美、货通南北的独特优势，不断吸引着南来北往的客商。这是一件具有划时代意义的事件，意味着一个商业传奇从此崛起并逆转。

由于小百货市场上经营者众多，主体诉求各不相同，利益逐渐趋向多元化。为了抢生意，一些用塑料棚架搭建的摊位经营者，想尽各种办法挤占生存空间，使原本狭小的市场周边顿时出现道路堵塞、地面脏乱等现象，有的地方一片狼藉，地面污水横流，湿滑难走，且臭气熏天。

于是，一些人便不断写信向县领导反映市场混乱的局面。有人甚至认为，这种不规范的市场严重扰乱当地居民的正常生活，必须进行全面整顿。一时间，市场的去留成了当地干部群众的焦点话题。

为了保障市场顺利开办，消除群众心中的疑团，保持商业圈的繁荣，这天，受谢书记委托，常务副县长吴桃到工商局进行走访调研，对该局提交的集贸市场整顿问题进行深入研判。

几天后，县委又召开了一场主题为"敢不敢富、能不能富、让不让富"的讨论会。会议由吴桃主持，工商局同志列席会议，王巧儿和几位经营户作为代表受邀参会。会议集中讨论了个体摊贩数量、农民经商对象、商贩进城范围、小百货批发购销等事项。

在讨论会上，大家充分表达各自的意见和立场，从所反映的情况来看，也是五花八门，包罗万象。

一位工商局的同志说："从我了解的情况看，目前小百货上市流通，经营者从中谋利，很大程度上改善了群众生活，对国计民生有百利而无一害。"

"没错，看到这个市场上人气逐渐兴旺，越来越多的经营户纷纷效仿。仅几个月的时间市场摆摊者数量猛增数倍，交易额上升，这是一个好兆头，我们应该多鼓励，少排斥。"

也有人说："市场规模不能扩大，船大顶风浪，船小调头快。万一这个市场办砸了怎么办，我们怎么向全县人民交代？"

还有人说："现在这个市场实在太小了，连车辆通行都十分困难，根本铺不开场面，需要重新进行规划调整。"

可还没等前面的同志说完，坐在后排的同志就站起来反对："我不同意扩建市场，本来义乌就是一个人多地少缺粮米的地方，得让农民种好自己的一亩三分地，要是弃农经商可是对老祖宗的大不敬，浪费大量财力物力去拓展市场，小心被千千万万的子孙骂上百年。"

"市场要繁荣，靠什么？必须给它一个宽松的发展环境。"

"不过，大家注意到一个现象没有，市场的存在也导致一个直接的结果,那就是干个体的迅速增加,但仍有少部分人没主动登记,这么大的个体经营群体,问题必须及时有效地加以解决。"

"我认为这是一种变相的包袱。你应该这么想,一些不怀好意的经营户连证都不办,到底图什么?很明显就是偷税漏税。全县民众牢骚满腹,对县政府意见很大,这股歪风必须整治,不能让一粒老鼠屎糟蹋了一锅好粥!"

看到讨论会人群中还有部分个体户代表,吴桃直接点名:"王巧儿,请你说说自己的看法。"

王巧儿起身鞠了个躬,说:"吴县长,我的看法是:我们应该摸着石子过河。在市场成长过程中,县政府不仅要保证个体户能正常经营,还要提供多方保护。在条件允许的情况下,尽可能给大伙提供拓展的空间。要对经营户有更多的关照,让他们消除顾虑。县政府给小贩一口饭吃,大伙必定感激不尽。可不能将他们关在小笼子里,否则市场只能半死不活,个体户日子怎么过?县政府要给一条活路。市场办不下去怎么办?扩!不仅要用力扩,更要用心扩,跳出狭小的一亩三分地,啃下这块底子最薄、条件最差、难度最大的硬骨头,那才是真本事!"

听了王巧儿的话,吴桃眼神温润起来,说:"同志们,刚才王巧儿的话大伙都听见了,她说得很好。你们可别忘了,义乌情况特殊,在县城经商的大军中大量是农民弟兄,他们致富的愿望非常强烈。作为县政府,我们应该大胆鼓励更多的人去冒尖。可话又说回来,工商部门对农民经商也是要管理的,必须通过发证来体现。"

大家你一句,我一句,发言都很积极踊跃,个个争得面红耳赤,谁也难以驳倒对方的观点。到底是优势还是包袱,这一点成了争论的焦点。

通过对小百货市场允许存在还是取消的问题进行热烈讨论,最后县政府形成统一意见,认为市场上经商者众多,扩建市场是大势所趋,值得期待,这对于打通产销有极大的好处。

对农民经商、农民进城、批发购销、自由市场等问题,县政府在大家的议论声中给出明确意见,即小百货市场必须进行整顿和管理:一要全面登记;二要颁发执照;三要建立组织;四要规范建账;五要成立由工商局、工商所、财税所、镇爱卫会、派出所等部门组成的市场整顿具体实施临时机构。

最后,在听取工商局同志关于小百货市场情况的汇报后,吴桃总结说:"最近我们也作了大量调研,有关市场整顿、市场摆布等问题都要彻底解决。刚才讨论中大家对市场情况调查、整顿的步骤及措施基本上是可行的,一些对小百货市场规范经营的意见也提得很及时。归纳起来就是要加强领导,建立小百货市场管理机构,所有进市经营户要登记,发证经营,按营业额收税,取缔场外非法交易。商无信不立,以后每个部门都要严格按章办事,精心培育市场。为了慎重起见,县委还将再作一次更深入的研究分析。市场场地要更规范,必须扩大,这是一致意见。至于市场具体扩到哪里,要加以长远考虑。"

讨论会刚结束,吴桃便来到谢书记办公室,向他做了专题汇报:"谢书记,今天的会讨论很激烈,效果也很好。实际上就是完全按照你的工作部署,做出扩大开放市场的历史性决定。"

此刻,谢书记点上一支烟,吸了一口。他欣慰地说道:"扩大开放市场,放水养鱼,就如同家里有一口池塘,开了个小银行。有收无收在于放,多收少收在于管。一寸水,一寸鱼,深水夺高产,宽水养大鱼,这是一条好的致富路。自从上任县委一把手以来,我多次听取县工商局情况汇报,开办市场可是一大宝,不支持这个宝怎么能行?小百货市场是纽带,必须加强管理,我们一定要再加把劲,争取将市场办出特色,给义乌人民一个满意的交代。"

　　谢书记语重心长的一番话令吴桃深受鼓舞和启迪,他赞许道:"谢书记,你真有眼光!"

　　谢书记走到窗前,又深吸一口烟,说:"不是我谢某人有眼光,我只是这个市场上的一块小小的奠基石而已。你还真别小瞧这个小县城,农民个个都那么肯吃苦,又聪明能干,我看未来的义乌城,肯定会变成一片繁华的商业热土!"

　　吴桃注意到,谢书记烟瘾很大,烟不离手,抽起来有滋有味,但所有的香烟都是他自己买的。他抽的几乎都是三毛四一包的蓝西湖。他的小女儿被组织上特地从衢州调来照顾他的生活,女儿为父亲健康考虑,私下与县委办公室管烟的工勤人员小冯讲好,每月只能供应三条烟,一天一包,多一包都不行,钱全部由女儿支付。

　　此时,吴桃明显感觉到,在谢书记身上,有一种共产党人不以功劳自居、一心为民的群众思想和为民情怀。他说:"是啊,这里的人向来敢为天下先,拥有一种特殊的勇气,才不断取得突破。想当年美猴王孙悟空不正是因为具备这种勇气,才登上了猴王之位的嘛!"

　　谢书记说:"这就更需要我们这些当干部的逢山开道,遇水架桥,让老百姓安居乐业,让客商宾至如归。"

　　3天后,在谢书记的组织下,县委领导带领部分干部走街访巷、穿堂过户了解市场动态,密切关注可能出现的商机,对自身具备的优势和劣势进行理性分析,确立寻找民间资本的思路,将创业起点锁定在技术、资本门槛相对较低的行业,力争将各方面的积极性都调动起来。

　　谢书记说:"义乌市场很有发展前途。我的看法,这是一大优势,要想办法发挥好。允许什么?反对什么?这个问题要搞清楚,不能把要搞活的经济搞得死死的!只要有关部门搞好登记,对那些违法的行为狠狠打击,对遵纪守法的多加保护,就一定可以办好这个市场。"

经过慎重研究,不久,县委再次做出一个惊天决定——整顿市场。于是,市场的再度扩建,就像开闸之水呼之欲出,给人们平添了无限遐想的空间。

又过了4天,谢书记一边向工商局交办市场扩建事宜,一边直接向稠城镇党委落实市场整顿具体任务。

这天下午,为了顺利开展工作,谢书记再次将吴桃叫到办公室,向他当面布置小百货市场的扩建工作,并要求稠城镇党委迅速派一名干部负责与工商部门联手。经县委批准,成立稠城镇市场整顿领导小组,具体负责市场扩建工作。工商局就市场场地、服务设施、组织人员配备等问题提出书面申请,很快得到县委的支持。

在市场上,只见一位个子高、戴着眼镜的先生,手里的商品已是满满当当,可他还在挑这拣那。站在一旁抱着孩子的,可能是他的妻子,正在讨价还价。摊主热情地与他们打着招呼,还时不时地伸出手指头逗逗孩子。

另一个摊位上,一位服装女摊主正高举一块牌子,用动听的女中音大声吆喝着:"广州产的喇叭裤!刚进的货,数量不多,快来买哪!"

叫喊声立刻招来3个女人试穿同一款喇叭裤。几个女人穿上同款喇叭裤后,眼里闪着兴奋的光芒,边欣赏边议论,旁边的孩子突然就分不清自己的妈妈是哪一位了,顿时吓得大哭不止。

市场开放后,随着人流的增多,各种商机也蜂拥而至。摊位以外的空地上,人们也没闲着,补鞋的、修自行车的扎堆开张。只见马路上人山人海,整条马路都变成了交易场。放眼四望,前不见头,后不见尾,场面十分壮观。

在一次外出调研时,谢书记看到市场上接踵摩肩、水泄不通的场面,开心地赞许道:"眼前的景象表明,群众才是真正的英雄。谁能想到,当初仅靠收购鸡毛鸭毛鹅毛和破布维生的弹丸之地,竟能建起如此庞大的小百货市场,民众的巨大热情汩汩奔流,他们具有很强的首创精神。他们依靠市场主体优势,闯出一条发展商品生产、扩大流通渠道的路子。只要县委给点春风,市场就有绿洲,给个机会,这片热土上的农民就不会再穷下去!"

听了谢书记的话,随同调研的义东区委副书记王龙也深有感触地说:"谢书记,这个市场的确是靠农民兄弟脚踏实地干出来的。办市场就好比串珍珠项链,串好它首先要有珍珠,其次是线要牢固,不能忽粗忽细,珍珠项链串起后要有锁头,使项链不掉下来,这就是监管。珍珠数量够不够,质量好不好,取决于锁头牢不牢。好吃的肉渐渐吃完,剩下的都是难啃的骨头。我们所走的每一步都是冒险,没有一桩事能轻而易举解决,没有一件事是吹弹之功。"

谢书记呵呵一笑说:"是啊。据我所知,目前全国许多地方都在办市场,但有的地方好景不长,市场纷纷关门倒闭,原因之一就是收税太多太乱,杀鸡取卵,无异于竭泽而渔,生意人怎么承受得起。他们只得纷纷往外跑,那里就成了空壳市场,这个问题一定要引起有关部门的高度重视。"

吴桃向谢书记汇报:"在市场创办之初,财税部门已注意到这个事关市场命运的问题,有人提出实行定额征税,但此举却一度压抑了一部分经营者的积极性。"

谢书记说:"我们的工作不能只浮于表面,要沉下心去,争取做得更到位。为了避免竭泽而渔,我倒是建议将对小厂、小店实行的定额征税制度运用到市场上,对经营户采用灵活征税制度,一年一定,按月交纳,也许这样他们才更愿意接受。"

"这个办法好,我们可去尝试一下。"

谢书记说："好办法就是要多用多试,我们要让更多的经营户能得到实惠。"

"谢书记,只要是县里定下的政策,我们坚决按县委指示办。"

小百货市场兴办之初,财税部门仍延续之前的八级累进税制度,经营得越好,税越高。一些经营户意见很大,经常找谢书记反映:"谢书记,税收干部抓逃税的,搞得我们鸡飞狗跳,连生意都没法做成。"

开放小百货市场后,一个更大的问题又出现了。因为商品既不标价,也没发票,当时上千个摊位,几万人的市场,价格随行就市,上午卖五块,下午能卖一块,很难累计税。

对市场摊贩仍实行税率高且复杂的八级累进税制度,连老太婆卖个鸡蛋都要开发票。

谢书记得知后,就连忙打电话给县财税局负责人:"天天这样抓逃税,这不明摆着是胡闹嘛!改不了税法,我们就改变做法。"

于是,在谢书记的建议下,县委县政府支持财税部门在市场上推行"两税并一税,定额包干计税"。这样一来,给够国家的,留足市场的,剩下的都是自己的,经营户们可高兴了,税收还创了历史新高。

几天后,看到定额包干计税法简单易行,在全国还是首创,谢书记十分高兴。他在电话中对财税局的同志说:"税收要养鸡生蛋,不要杀鸡取蛋,希望借助定额征税引发的小地震,好好总结经验,这样以后就会少犯或不犯错误。"

谢书记毫不动摇地支持这一做法,在经营户中有口皆碑。

此时,小百货市场办起已有数月之久,全国也有类似的地下市场,湖北的汉正街、上海的城隍庙市场都属于最早一批初级市场,80年代初温州模式,凸显无为而治。与义乌不同的是,这些市场都属于民间自发,并没得到官方许可。而义乌小百货市场是全国第一个得到官方文件允许存在的市场,相当于有了合法的"准生证"。市场之所以能够初兴,时间早固然是一个原因,更重要的是当地政府部门不懒政,其背后推手可被归结为有为而治,优惠的税收政策为市场发展提供了动力保障。

1982年9月,义乌县委做出开放湖清门小百货市场的决定,当时有的人认为这是冒天下之大不韪的举动。随着商贸氛围的形成,社会上又出现了一些地痞流氓,黑恶势力开始猖獗起来,他们经常组织起来破坏市场经营秩序,收取保护费、砸场子,让一些市场经营户敢怒而不敢言。

这时,县公安局局长及时与谢书记共商对策,他在谢书记面前干劲利落地说:"我向你表明整治决心,绝不让义乌的治安环境拖市场发展的后腿。"

在公安局局长的亲力亲为下,义乌县公安局展开了一场轰轰烈烈并卓有成效的严打整治行动,迅速扭转了社会风气。随着社会治安环境的持续好转,义乌小百货城的牌子越来越亮,更多外地客商慕名而来。

后来,县里又以定额计征、源泉控管来完善计税法。按摊位地段和商品类别,确定每个摊位应税营业额,按税率计算出纳税定额,一年一定,编组评议,按月份交。谢书记很赞成这一举措,认为这为发展初期的市场引入一池春水,产生了放水养鱼的效果。

这种方法至少有三个好处:一是税务干部收税有了依据,无须盯梢收税;二是经营户不用担心税收多了,可以一心一意扩大经营,提高营业额,再也不用动逃税的歪脑筋;三是来市场进货的客商不用担心被征税。新的税收办法一出台,就受到广大经商户的欢迎。逃税现象大大减少,财税部门工作也顺利多了。义乌县政府还把这一办法向金华地委书记做了专题汇报。书记听后,给予充分肯定并大力支持。

但任何事情总不是一帆风顺的。有一段时间,举报谢书记乱来的信件满天飞,有人甚至告到了中央,想要掀翻他的官位。

"什么乱七八糟的,竟然有人举报我?共产党员死都不怕,还怕被人举报?作为一个县委书记,除了问心无愧,我还怕什么半夜鬼呢?"对此,谢书记毫不在乎,他告诫自己一定要稳住。无论遭受怎样的打击,他都要从容应对。

有同事劝他:"谢书记,顶着这么大的压力为老百姓做事,这些年你确实过得挺不容易!"

谢书记苦笑着道:"虽是两难,但必须踔厉奋发守初心,越是艰险越向前,关键时刻决不能打退堂鼓掉链子!"

山雨欲来风满楼。这可怎么办?金华地委书记告诉谢书记:"别慌,只要对百姓有好处就不要害怕。"

于是,谢书记向上级汇报说明情况,据理力争。省财政厅同志听取县委县政府意见后,立即对小百货市场税收办法做了全面调查了解,并很快形成一份调查报告,结论是:"义乌推出的税收办法是可行的,但还欠妥,需要在实践中不断完善。"这事实上是对小百货市场所推行的税收办法的理解和支持。

第三章

风起水涌茧化蝶

对小商品市场所经历的风风雨雨,可以说土生土长的提篮女王巧儿最有发言权。由于人口众多,她家原是个穷得只能剪下窗帘布给各位姐妹做衣裳的家庭,正是逆势重生的市场,一夜之间改变了她家的命运。在这之前,有一段时间王巧儿还是个林妹妹、宝哥哥明星照的沿街叫卖女。

1978 年夏天,电影《红楼梦》在义乌绣湖电影院上映。已 10 年没看过古装电影的男女老少如获至宝,从四面八方朝一个地方聚拢,绣湖电影院的工作人员忙得一塌糊涂,即便每天连排五场,电影院依旧座无虚席。由于近百分钟的一场电影放完后,总有一些镜头和情节让人回味无穷,不少观众并没有完全看过瘾。可若要再看上一遍,就得排长队购买每张 5 分钱的票,能不能买到票暂且不说,看完电影之后,精彩的镜头无法长久在脑海中停留,让人非常苦恼。

就在此时,眼尖的人注意到,绣湖电影院门口看自行车的一个小孩正在兜售印有宝黛钗的相片,销售价每张 1 元。王巧儿仔细看了后,发现居然是《红楼梦》的明信片。这在当时是稀罕至极的宝贝,买明信片也非常契合大众刚看完电影的心情。因而,这些明信片极受过路客的欢迎,没过多久便被一抢而空。王巧儿对此虽是羡慕嫉妒,却也无可奈何。

当时正是改革开放初期,犹如残冬未消,义乌大地上处处透着寒气,农民从事各种副业都受到严格限制,小摊小贩处处遭到封杀。

尽管如此,这里的人们还是四处出击,到处闯荡。和许多人一样,对于生活,王巧儿不敢有太多的奢望。她当初唯一的希望是老天爷能给一碗饭吃,不至于让自己和家人被活活饿死。

穷则变,变则通,通则久。就在这时,有人提议:"《红楼梦》这么火,要不我们也搞几张照片去卖卖?"一句玩笑话,立刻引起王巧儿的兴趣。那时的她,正苦于找不到改善贫困生活的办法。她考虑再三,便抓住了这个难得的机会,闯入了卖剧照的行业,而且一发而不可收。选择做这门生意其实也是她的无奈之举。由于自己一直在农村生活,除了搞点小副业啥也干不了。

有一次,王巧儿的堂哥王树生从部队转业回家,途经杭州,在城站火车站转车时,顺便买回来20多张《红楼梦》古装剧照,使左邻右舍的年轻人眼睛直发绿。他们一个个拉着王树生的手不放,纷纷打听,七嘴八舌地问:"树生哥,这么漂亮的剧照,你是从哪儿弄到手的呀?"

都说同行是冤家,像进货地点这种商业秘密,一般人都不愿分享。王树生嫌烦,故意说得很神秘,并不告诉他们确切的地址:"一个大老远的地方,你们找都找不到。"左邻右舍的年轻人听了,只得没趣地散开。

当绣湖电影院又在上映《红楼梦》电影时,王树生鬼点子特别多,他信口开河说:"堂妹,你可以拿着这些剧照去影院门口叫卖,也许有人会要,说不定还能卖出个好价钱。"

王巧儿手拿一张贾宝玉的剧照,看了看说:"听说有个朋友在义乌一家大饭店门口卖煮花生,被打击投机倒把办公室的人发现,就被没收了花生。现在赚一个子儿都这么难,剧照这种小东西怎么能赚钱,肯定不可能啊!"

王树生问了一圈,没人肯去。他不甘心,又开导着王巧儿说:"堂妹,你知道小马过河的故事吗?做任何事,若自己不去尝试,又怎么能知道是难还是易呢?"

一听这话,王巧儿觉得自己确实像小马过河一样没胆量去尝试。后来,她看到别人都在影院门口卖这玩意儿,也硬着头皮去试了一把。

这天晚上,王巧儿把堂哥带回的十几张明星照装在信封里,往怀里一揣就出门了。她来到绣湖电影院门口,看到这里的人特别多,可自己还是没胆量去销售,就在电影院门口把剧照交给一个看自行车的小孩说:"嗳,这剧照我卖给你只要五毛钱,你拿去可卖到一块钱,卖不掉原价退还给我。"

那个小孩看到王巧儿手里拿着的剧照,若有所思,买来后拼命往人多的地方挤。刚刚看完电影的人意犹未尽,看见电影院门口的剧照,喜欢得不得了,纷纷掏钱购买,贾宝玉和林黛玉两人的剧照最受欢迎。于是,那个孩子就将手头的剧照全都变成了一张张钞票。这一晚,王巧儿通过那个小孩一转手就赚了6块钱,她第一次觉得赚钱原来这么容易。

王巧儿收到钱后可高兴了:"哇!真没想到这些剧照竟这么畅销。"

当天晚上回家后,王巧儿就问王树生:"堂哥,这些剧照你是从哪里弄来的呀?"

王树生悄悄说:"杭州新华书店有售。"

于是,第二天一早,王巧儿独自一人坐着火车来到杭州,批发了好多剧照回来。

绣湖电影院连续放映三天三夜,王巧儿通过卖剧照赚了150块钱,从中还发现不少商机。

后来,王巧儿又把各种剧照拿到廿三里等地市场上去卖。赚得最多的是在一次东阳庙会上,她带了七八十张照片,一块钱一张,大家疯抢。她跑到农民的庄稼地里,还有人追着她买照片。回忆起这些有趣的场景,她暗暗发笑。那时候既没有摊位,也没有桌椅,她就在胸前挂一只堂哥给的军用挎包,站在街头将大把黑白照往白纸上一粘,就像卖狗皮膏药的人一样吆喝起来。

初尝甜头，王巧儿明白做事只要肯用心，其实都不难。于是，她四处赶庙会和集市，周边的龙游、萧山、东阳等地全都成了她的练摊场。

过了一天又一天，在王巧儿的旧军用包里，相片种类不断增加：《追鱼》《贵妃醉酒》《梁山伯与祝英台》……她几乎每天都能赚到一些小钱。在老家，她甚至还带起十多个徒弟，把生意做成了小批发。

不久，王巧儿又带20多个同行到县前街和北门街卖剧照，不过要偷偷躲开"打办"的人，否则就会全军覆没。

有一次，王巧儿可算是倒了大霉，她被"打办"的人没收了几百张剧照，损失巨大。从此，她的买卖不得不转入地下。有时，她见剧照卖完了，来不及去杭州进货，就自己学着去翻拍制作。她拿起一台借来的相机，虽相机锈迹斑驳，零件松动，但她坐在绣湖电影院的第一排，看准年轻人喜爱的几个镜头连连"咔嚓"按下快门，回家连夜冲洗出照片。

背着相机赚钱的日子里她忙碌而又小心翼翼。第二天一早，王巧儿就去更多的地方偷偷售卖这些小物件。让她万万没想到的是，当她起早贪黑在大街上大声吆喝每张1元的照片时，由于剧照角度拍得好，摊前围观者竟然里三层外三层……

那时，王巧儿连续半年没睡过一个安稳觉，每天凌晨两三点钟睡觉，早上五六点起床。开始几天，她晚上在家制作明信片，白天出去赶集。渐渐地，她把做买卖的地点固定在县前街一块空地上。生意最好时，一个晚上要制作5000多张明信片。她最大的心愿竟然是能让自己舒舒服服睡上三天三夜的觉。

县前街这个自发形成的市场，正是孕育第一代小百货市场的摇篮。这里集聚着许多提篮叫卖各种小百货的农民，还有不少是早年曾担着红糖到异地他乡收购鸡毛的货郎。货郎们已不只是卖糖,还兼做小百货买卖和批发,他们是最早的流动摊贩,是串联各地的"毛细血管"。

王巧儿凭着再苦再累就当自己是"二百五"、再难再险就当自己是"二皮脸"的一番干劲,林妹妹、宝哥哥剧照,小生意歇不下来,同时这些黑白剧照也通过敲糖换鸡毛的担子,迅速销往全国各地……

"十亿人民九亿倒,还有一亿在寻找。"对这一句带有浓厚时代特色的打油诗,相信很多人并不陌生。当时,大街小巷流行的倒爷,说的正是个体户。虽说表面上看他们有着改革开放第一拨创业者的骄傲头衔,实际上却与主流社会格格不入,个体户一词在人们的印象里,贬义的成分更多一些。

最开始,每次碰到以前的小学同学,王巧儿都尽力回避。为什么呢?因为她总觉得干这个粗言滥语、上不了台面的行业,实在太丢人现眼。

后来,王巧儿凭着敏锐的判断力,不断转换经营方向,先后销售年历卡片、绣品、帽子、仿真项链等。有时尽管不赚一分钱,但她照旧发货给客户。

一些人很不理解,就上门询问:"巧儿,你的货这么便宜,价格真实惠,肯定是少赚了。"

可王巧儿并不这么认为:"有时看到孩子喜欢,我就送给他一个本子或笔,这些小东西值不了几个钱。"

"你这样做生意,肯定是亏大了。"

王巧儿解释道:"不亏不亏,做生意怎能老是想着赚多少钱。有句话叫作'人聚财散,财聚人散',你老是想搞钱,人气就没了,生意就没法持续。"

"那倒也是。"

提篮女

王巧儿又说:"做生意就要有规矩,必须出六进四、让利于人,不能只考虑自己赚,也要考虑身后的人。如果今天不卖出,那些给我绣花、明信片和原料的人怎么办?"

听到这话时,一些给王巧儿发货的同行竖起大拇指夸奖道:"巧儿,你做得对!做生意就要多交你这样的朋友,这样做才能成为最大的赢家。"

王巧儿莞尔一笑说:"做人不能眼盲,更不能心盲。只有这样,人家对你才有好感。有一次,我从广州市区进货回来,发现对方多算给我 500 多元,我核算清楚后,马上一分不少地找补给对方。有几次我从外地一家店里拿货,人家少算我好几百元,我发现后也没去斤斤计较。"

"巧儿,你做买卖童叟无欺。"

"只要诚信经营,一辈子肯定会有挣不完的钱。要是当个缺德鬼,必然祸水外溢,有悔不完的心。"

"是啊,欺瞒狡诈,买卖短命,不该赚的钱的确一分也不能要。"

几天后,王巧儿从收音机中听到,北京正在召开全国性的"光彩事业"表彰会,会上受表彰的不仅有小饭店的店主,还有开照相馆的个体户。听着听着,她的眼眶湿润了,思索着:"到底什么是光彩的事业?哦,我明白了,原来只要通过辛勤劳动所得就是光荣的,就是光彩的!"

这一年,在王巧儿的鼓动下,她的身边有 30 多名个体户涌入城里设摊经营。王巧儿对这些左邻右舍说:"小百货市场很有吸引力,可如果这个市场只有我王巧儿一个人,谁会到这儿来呢?只有人气旺了,市场才能兴起来。我要的就是一片森林,我们都只是森林中的一员,一棵小树而已,要尽自己的能力去培养一大片森林。"大伙听了深表敬意。

此时,县委县政府领导又对当地农民生活状况和城里摆摊者情况进行调查。随后,县里又召开了一次关系到义乌老百姓未来几十年命运的 600 人大型会议。

县委谢书记眼神清亮地坐在主席台上,望着台下黑压压的人群,他郑重地宣布:"同志们,农民要脱贫致富,就要允许他们经商。大家要全力支持,谁都不能眼红!"话音刚落,掌声响彻整个会场。

当时,王巧儿因为迟到,只能远远地站在走廊后面。谢书记继续说:"中央允许一部分人、一部分地区先富起来,这是一步妙棋。无论干部还是群众,都不要去为难个体户,要尊重他们。义乌有了第一代市场还不够,我们还要积极创造条件,筹建第二代、第三代市场……"

谢书记主持召开的这次大会,重要性难以估量,他是真正的第一次吃螃蟹的人。听到这里,王巧儿情绪激动。政府支持办市场,就等于鼓励农民放开手脚大胆干,如同奏响了一支市场开放的迎春圆舞曲。这对广大个体户来说,如同吃了一颗定心丸,更像打了一剂强心针。

谢书记的话像一盏指路明灯,照亮了百姓的致富路。这不仅让经营户可以拥有一个安心经商的场地,更是发给提篮女、货郎们的一张张发家致富的通行证。这看似简单的通行证,却如同火山里的岩浆,让旧观念融化于火山口,也犹如波涛,将涌动的商业潮水吸聚过来,推动各种市场要素快速在此集聚。

如果方向没错,也够努力,经商者就能成为这个行业的翘楚,硬着脖子,站着也能把钱挣了。一张张小小的营业执照,犹如一声声春雷唤醒了蛰伏一冬的万物,给一直被不少人蔑称为坑蒙拐骗的经商行为正了名。

那是一个久旱不雨的夏天,天热得发了狂,太阳刚露出云层,地上就像着了火,烤得田里泥鳅都翻了白。义乌江水一下子低了好几尺,那些裸露在水面的石头,陡地变大,连铁器被夏日的太阳一晒,都像一个个烤熟的红薯,让人不敢去触碰。

谢书记平时不打牌、不钓鱼、不喝酒,眼里只有工作。他的工作特点就是吃透上头精神,潜心研究当地实际,抓住有可能成为热门的冷门,创造性地贯彻上级指示精神,干出地方特色。他善于理论联系实际,反对形式主义,白天 80% 以上时间跑基层,每晚花近 5 个小时在办公室吸收消化各种信息,笔记本上都是大小不一的批注,密密麻麻。

这天是周日,本该是休息的日子,可县委大院内,谢书记仍在办公室里一边摇着麦秆扇,一边认真研究市场发展的门道。他在翻看《激荡的百年史》这本书,边看边做深入研究,并联系实际,总结出独到的见解。

他想:"作为资源小国的日本能在战后东山再起,贸易立国、科教兴国是两大法宝,我们可以借鉴。"

突然,他的脑门亮到发光,脑海里蹦出"兴商建县、振兴义乌"八个字。他连忙将这八个字记在笔记本上,生怕一不小心这几个字就会立刻从脑海里溜走似的。

谢书记反复看着这八个透着墨迹也透着岁月沧桑的字,绞尽脑汁思考着如何才能找到一条更适合义乌发展的新路子。

在前期调研中,谢书记了解到,由于农民潮水般涌向市场,没过多久,湖清门摊位根本满足不了经营户的进场需求了,湖清门臭水沟边的百米小街涨潮般地满了堵了。

义乌工业基础薄弱,农民土地少,财政又没多少资金,要兴商建县谈何容易?在全国科技兴农的大背景下,谢书记再次来到义东区进行实地调研,收获不小。

1984 年 10 月 5 日,在一次全县区、镇、乡党委书记会议上,谢书记说:"我们义乌有经商传统,小商品经营是一大优势,应该肯定和鼓励。要做好兴商建县工作,把商业搞大搞活,促进商品流通,我们不应只一味地弯道超车,更要加速换道超车,才能助推我县经济快速发展。"

会上,谢书记又点燃一根烟,重点强调说:"通过前期市场调研,我们发现这里每天都在诞生新的老板,这是一片孕育梦想的沃土,也是一块制造传奇和精彩的热土,更是市场转型的鲜活样本,有着广阔的前景。我想县政府应该向银行贷款,兴建一座摊棚式的小商品市场。大家看看,还有什么意见或面临的困难?"

"这思路好是好,可我们毕竟只是一个小县级银行,哪来这么多的钱投资呢?"有人疑虑重重。

谢书记接过话说:"这个问题我也考虑过,由于资金需求量较大,县级银行的确不可能贷出更多的钱。但我们可以进一步拓宽思路,向省级银行要贷款嘛,这个难题不就迎刃而解了吗?"

"向省级银行要贷款?谢书记,你这个想法太超前,很不现实,只能是个幻想。因为上级既无明确政策,也无先例,条条都是禁区,你说这怎么行得通呢?"

谢书记掷地有声地说:"行与不行,不是我老谢说了算,到时候试了才知道!办市场就像抱孙子,要熬到儿子会当爹,核心的一件事只有成败,没有是非。"

当谢书记说出扩建市场想法时,眼前所面临的压力和争议特别大,但最后他还是果断地拍板贷款 57 万元,由当地政府、工商行政管理局和个体经营户共同出资筹建摊棚式小商品市场,第二代市场升格之路就在这次会上开启了绿灯。

不久,在新马路北端的太祖田畈,一座占地 35 万平方米、拥有 1800

个摊位的第二代小商品市场拔地而起,里面是清一色的水泥板摊位和钢架玻璃瓦棚顶,摊主们告别油毡布棚,搬进水泥摊位,钢架玻璃瓦棚顶正好可挡住烈日暴雨。远远看去就像一片片小小的风帆,载着上千艘航船劈波斩浪去远航。

因为第二代市场架设钢架玻璃瓦棚顶,它被形象地称为草帽市场,这里很快像吹气球般膨胀成小城最臃肿的商业市场。

第二代市场开业后,随着周边人流量剧增,各种问题层出不穷。市场边上有个红星剧院,人流量较大,周边也缺少公共厕所,城建指挥部的同志在多次协调无果的情况下,请示县委谢书记,他当即指定稠城镇政府出面解决此事。

稠城镇镇长经过了解发现,第二代市场周边有红星剧院、供电局和汽车站三家铁饭碗单位,但这些单位都不想让公共厕所建在自己的地盘上,怕公厕建了以后臭气熏天,有碍观瞻。

稠城镇立即召集这三家单位负责人召开协调会。会上,稠城镇镇长毫不客气地说:"如今第二代市场建起来了,可周边却没有一个公厕,这怎么能行?红星剧院、供电局和汽车站都用到我们稠城镇的土地。你们这三家单位却连建个公厕也要推三阻四,把县领导的话当耳边风。要是你们谁都不愿建这个公厕,那就请你们这三家单位统统离开稠城,行不行?我们稠城的老百姓大不了以后一不坐公共汽车就走路,二不点电灯就点油灯,三不进剧院看戏,这样总该行了吧!"

镇长的这一番话,说得这三家单位负责人脸一阵红,一阵白,公厕纠纷便在强大的政策攻势下迎刃而解。

自从建起第二代小商品市场,因有政府的政策扶持,它的发展速度超出人们的想象。第二代市场上还建起四层服务大楼,并配有工商所、税收稽征组、银行分理处、个体劳协、寄存和饮食服务、招待所、问讯广播室、民警值勤室、治安委员会等服务机构,马路市场摇身变成标准市场,经营品类达 2800 种,流通范围逐渐冲出本县和周边市县,并向外省辐射。

在广大经商户的吆喝声中,县委决策者顺应民意,积极听取各方意见,召开各种会议,很快形成以商兴县的发展思路。县委县政府将市场摆在经济发展的龙头位置,把商贸业作为主导产业。不久,这里的异常举动引起金华和省里领导的关注。当时,金华专门派调查组前来调研,省委领导也多次来到这里,亲眼看到县政府为经商农民拔穷根摘穷帽、带动农村经济发展的生动实践后十分欣慰。

王巧儿知道,小商品市场是上天赐给义乌农民的一份厚礼。她最敬佩的人是谢书记,正是这个县委书记用不落俗套的言行,松开了农民头上的金刚圈,使各路能人在商海中腾云驾雾,来去自如。

王巧儿知道,在经商这条道上,定要亲自下海。在商海中扑腾,难免会遇到浅滩和暗礁,真正能拉自己一把的摆渡人是自己。市场如同一面镜子,皱眉视之,它也会皱眉看你;笑着对它,它也会笑着看你。

王巧儿知道,只有在风雨中走过的人,才知道痛苦和快乐究竟意味着什么。她希望自己能成为一个可以在市场上呼风唤雨的“孙行者”,披荆斩棘,承压前行,在泥泞中踩出深深的足迹,不断见证自身的价值。

第二代市场开业后,犹如莺入乔木,燕入高楼,王巧儿也搬进了新市场经营,心情特别舒畅。在摊位上,与形形色色的客户打交道是每天的必修课。她善于察言观色,捕捉客户面部表情所流露的内心情感信息。通过与客户沟通,筹划、决断、洞察、执行力陡增,获得客户信息的渠道越来越广。

这天,张志来走进市场,看到场内各种各样的鞋子、时髦褂子和潮流裤子,琳琅满目,还有色彩鲜艳的小饰品和各种各样的包包。通道上人潮涌动,行人川流不息,客商们正忙着选购自己中意的商品。

张志来已经好几天没有见到王巧儿,心中多少有些想念。此时,他的双眼就像一台摄像机,扫过一个个摊位,突然,他的视线在一个摊位前定格,人潮中缓缓出现一个熟悉的面孔。也许是心有灵犀一点通,他很快看见了王巧儿,便朝她快速走过去。

"嗨!巧儿,你竟然在这儿,这个摊位好难找呀。"

见到多日没见的张志来,就像一股春风吹进王巧儿的心田。她惊讶地说道:"志来哥,今天是什么风把你给吹来啦,是回家走错门了吧?"

"这么个大活人,怎么可能走错门。多日不见,想你了呗!"

王巧儿道:"志来哥,你这是想的哪一出呀?"

张志来眼里放射出一团火焰:"这山看那山高,不知哪山有柴烧。你心里还没点数吗?"

王巧儿一听,有些不高兴地说:"我又不是你肚里的蛔虫,怎么知道你是怎么想的呀。"

张志来的脸腾地变红继而发白,眉头紧皱,像醋瓶子被打翻在地,不知说什么才好,现场气氛变得有些尴尬:"巧儿,你可不能生我的气。"

王巧儿说:"我哪敢生你的气,少来这一套。"

张志来懊悔地说:"我只想开个小小的玩笑,你别误会。"

"你走吧,别来烦我!"

张志来拼命跺脚,一个劲地认错,心里却在想着什么新招。不小心伤害对方最好的弥补办法是什么?他搜肠刮肚,费力地想着,还是不得而知。尴尬使他的额头直冒冷汗,他显得有些狼狈,似乎陷入了绝境。

"巧儿,你要是生气了,我可不能原谅自己。"

"这又不关我的事。"

"你不搭理我,并不代表心里没有我。"

"别在我的面前耍贫嘴。"

眼看就要理屈词穷,张志来急中生智,立刻跑到附近的鲜花店,精心挑选了一束百合花。

"我一定要给她来个惊喜。"

这念头从张志来走进鲜花店那一刻起,就一直在脑海中盘旋。他将鲜化藏到身后,再次出现在王巧儿面前时,这一下轮到王巧儿惊讶了:"神秘兮兮的,你想搞什么名堂?"

张志来急忙将身后的秘密武器亮出。看到鲜花,王巧儿的脸腾地红了,深感意外,可心里却是暖烘烘的。她用手捂着脸偷偷乐,眼里有泪花在闪动,好奇地问:"志来哥,你送这束鲜花是什么意思?"

张志来一本正经地说:"这可是百里挑一的百合,象征着纯洁庄严。有百年好合之意,代表顺利高贵,请你收下我的这片心意!"

用这样的方式表达情感,张志来真是想得太周到了。看到这一幕,隔壁摊位上的同年哥同年嫂纷纷围拢过来,七嘴八舌地打趣道:"巧儿,这小伙子是谁呀,真是不赖。我家如有女儿,一定要嫁给这样的男孩。"

"这小伙子既懂女孩子的心思,又会哄人开心,真不错啊!"

听到这些赞美声,王巧儿顿觉久违的情感如雪后初融的冰块被激发出来。她接过鲜花,张开双臂,在众目睽睽下和张志来紧紧相拥……

王巧儿闭着眼,美美地享受着这份情意,她幸福得想哭,却又双眼发涩。正当她胡思乱想之际,一个声音突然冲天而起:"巧儿,千层饼都没你的脸皮厚。你这脸皮恐怕连夏天的蚊子都扎不进去。"

不知何时,王巧儿的父亲王财宝犹如神兵天将,毫无征兆地出现在他们眼前。他捶了捶王巧儿的肩,一把夺过女儿手上的鲜花,不顾情面地一脚将它踩烂在地。

王巧儿顿时吓得不知如何是好,又气又急,脸上直冒冷汗:"爸……你到底想干什么呀?"

王财宝气急败坏地道:"想干什么,你自己想想,这是什么地方? 我是不是来得不是时候啊?"

王巧儿努力控制着情绪:"不,不是这样的……"

"一个大姑娘家,这么多人看着,你不难为情我都难为情啊!"

被王财宝这样一说,王巧儿如同泄了气的皮球,半天闷声不响。父亲的数落,令她颜面扫地,心情郁闷到极点。可王财宝仍不依不饶:"明知心里难受,你为啥还不知趣点?"

备受冷落的王巧儿,脸色苍白如纸,抗拒道:"爸,以后这日子是我自己过,你何必整天看我都不顺眼,动不动就拿我当出气筒?"

"是你自己一天天总不让人省心。"

王巧儿用冷漠的目光扫了一眼:"爸,我都这么大了,你还有什么不省心的呀?"

王财宝瞪了女儿一眼:"你看看这是什么场合,是大市场,可不是大剧场!"

见父女俩唇枪舌剑,火药味十足,张志来实在看不下去,忙上前和稀泥:"叔叔,你们是一家人,巧儿也没有什么错,你为什么就不能为她想想呢? 这样下去,何时是个头?"

王财宝说:"你给我闭嘴。这不关你的事,别瞎掺和。"

张志来担心这场家庭内战会突然升级,不想在一旁观战。王巧儿努力控制着崩溃的情绪,央求道:"爸,我们能不能别再吵了,我要躲你远远的。"

王财宝说:"你干吗要躲着我?"

"因为你这个人太不讲情面,我实在受不了。"王巧儿颤着声,用伤心的眼神望着父亲,不顾一切地拔腿就往外跑……

张志来见王巧儿哭着跑出去,生怕出什么事情,也跟在她后面穷追不舍。这一男一女一前一后在马路上奔跑,一口气跑到了绣湖公园。

放眼望去,绣湖公园烟波浩渺,远处阡陌交错,村庄田野,炊烟袅袅,树林中一声声清脆的鸟叫声冲破了沉静。此时,太阳正从云层里钻出来,阳光照亮了整个城市,似乎也照亮了王巧儿的内心世界。她深吸一口气,内心深处突然有一种想泪奔的冲动。

绣湖公园内有一座大安寺塔,这是义乌境内现存最早的砖木结构观赏塔。它静静地矗立在一个不起眼的角落里,好像从来就没有人注意过它。王巧儿跑累了,身子软软地贴着大安寺塔,两手反剪在背后,双眼傻傻凝望着对面的绣湖。只见湖水荡漾,阳光照射在湖面上,跃动着万点金光,映衬着周围几座远近不同的建筑。她的脑海里一片空白,此刻虽看不见父亲那张琢磨不透的脸,但那副凶巴巴的样子似乎仍在眼前晃个不停。

"巧儿,你知道吗?这座大安寺塔始建于宋大观四年,距今已有900余年历史,它已成为绣湖公园内的老古董。"

"是吗?这塔好古老啊。"

张志来转过身,一只手按住大安寺塔塔身,一只手拿手帕给王巧儿擦汗。这时候,周围的一切好像全都消失不见了,这世界仿佛只剩下他们俩。

　　眼前的绣湖是个湖泊,湖是活的,层层波浪随风而起,伴随着跳跃的湖光在追逐嬉戏。王巧儿在一条石凳上坐了下来,静静地享受着这份难得的宁静。张志来对这一带的环境太熟悉了,因为他小时候常和小伙伴们跑到这儿玩耍。以前的绣湖被片片贫瘠的田野包围着,四周稀稀疏疏散落着几户低矮的茅屋,就好像一个被人遗忘的土包子。

　　可眼前的绣湖早已变了模样。看那一汪湖水,浑身透着儒雅和文化气息,似乎正在诉说着一段流传千古的美丽传说。绣湖像龙眼,无声地望向远方,条条触须随风飘荡,那是湖边幢幢耸立的楼群,大安寺塔的倒影在粼粼波光中不停地摇曳。

　　"志来哥,绣湖有一个美丽的传说,你听说过吗?"

　　"当然听说过,那是一个百听不厌的传奇故事,你想听吗?"

　　"想听啊,你快给我讲讲。"

　　于是,张志来便一五一十地讲起来:

　　很久很久以前,城里有个大湖,但不知何故,大湖经常发大水,淹没大片大片的良田,经常弄得庄稼颗粒无收。

　　一天,湖边来了一个白发道人,认定湖水泛滥是因为湖底有水牛精在作怪。这水牛精是牛魔王的幼子,自小横行霸道,爱惹是生非,被父亲赶出家门,安身在此。

　　百姓们齐心协力,汇集所有水车,不分昼夜轮流排水,一直排了81天,最终只剩下湖底的水。

　　道人立刻动员大家:"水牛精中午要打盹,必须在它醒来之前排完湖水,然后将它烧死在湖底。"

　　于是,老百姓从四面八方赶来,很快排干了湖水,果然湖底有一头形状吓人的水牛精正盘着头、缩着脚,呼呼大睡。

众人用干柴盖住水牛精,倒上油,点着火,烧了 3 天 3 夜,终于把水牛精烧成了灰。

由于担心水牛精阴灵不散,再跑出来兴风作浪,百姓们在上面又填上泥土和石块,并造了一座宝塔镇压。

为了纪念道人的功德,乡亲们又在塔旁建起一座寺,称大安寺,并将塔命名为大安寺塔。从此,这里风调雨顺,风景如画似绣,故取名为"绣湖"。

张志来告诉王巧儿:"除了这个传说,绣湖在唐代就很有名气。明代时,有一次知县刘同邀请文友在绣湖边饮酒赏玩。酒过三巡,诗兴大发,就把绣湖风景概括为驿楼晚照、烟市晓钟、花岛红云、柳州画舫、湖亭渔市、画桥系马、松梢落月、荷荡惊鸥等八大景,并作诗歌咏绣湖八大景观,流传至今。"

"志来哥,有你陪在身边,这种感觉真好。"

"那我今天就多陪陪你,反正你爸又不会追到这儿来。"

"快看,那尖尖的塔身多美啊!"

"是呀,塔是一个时代、一座城市的标志性建筑。守住塔,就能留住时代的特色。"

穿过一条小径,映入王巧儿眼帘的是一片绿茵茵的草坪。张志来抬眼看天,踢了一脚地上的石子,目光坚定地说:"巧儿,你愿做我的女朋友吗?"

此刻的王巧儿,内心正受到父亲的撕裂。王财宝那冷冷的眼神又一次浮现在眼前,王巧儿踱着步子,吃惊地反问:"我父亲极力反对你我交往,你觉得有可能吗?"

"当然有啊。我不要求你承诺什么,只要记得我就够了。"

这世界就像一张蛛网交织成的因果网,曲线密布,错综复杂。王巧儿知道,缘分就像一本书,翻得不经意会错过,读得太认真会泪流。缘分也是冥冥之中的安排,不可预知,也不可刻意而为之。人与人之间相遇且相识的概率少之又少,王巧儿偏偏在火车开动的那一刻遇到张志来,难道这就是命中注定吗?

王巧儿知道,在张志来身上有一种与众不同的气质吸引着自己。她曾无数次问自己:"他身上究竟哪一点最令我心动?"张志来帅气中透着憨厚,潇洒中溢着清秀,谈吐中更显机灵。王巧儿觉得眼前这份情很珍贵,这个梦也很美。在公园里逛了一圈的王巧儿,只想和张志来多待一会儿,尽管天色暗下来,她仍不想回家。

头顶的太阳渐渐褪去光亮,离地面还有一竿子高,王巧儿才决定和张志来分手回家。两人都有些无奈,但更多的是不舍。

王巧儿走到家门口,却不敢迈进家门。王财宝已回到家中。一见到那张铁青的脸,王巧儿就有一种不祥的预兆。

见到女儿,王财宝又开始数落起来:"你的胆子越来越大了,还知道回这个家啊。"

王巧儿一愣,赌气嚷道:"你不让我回来,干脆打死我算了。"

"在公共场合搂搂抱抱,成何体统?有本事你就别回家。"

见王财宝怒气未消,王巧儿倒吸一口冷气。她不想因一点小事跟父亲闹僵,心儿软了下来。她知道有些东西努力了就可得到,而有些东西却没那么简单。一边是志来,一边是父亲,始终像两块巨石将她夹在中间动弹不得。选择不被父母看好的感情,或许一辈子都得不到家人的祝福。重重的家庭矛盾,让王巧儿左右为难,感到迷茫和无助。

入夜,窗外"吧嗒吧嗒"下起雨来。王巧儿躺在床上,翻来覆去睡不着。她的眼圈有些红肿,泪水也决堤了,如窗外那断了线的雨珠子。想起这些天所经历的一切,她有一种孤立无援的感觉。觉得家里人也靠不住了……

王巧儿想不通,为什么父女之间除了代沟还是代沟?她一脸苦恼,慢慢地寻思着:"自己的亲生父亲为什么总是与自己对着干,且无缘无故发脾气?"

伤心、无语、痛苦……简直什么感受都有。爱一个人真的好难,放弃心爱的人则更难。王巧儿的心里闷得像一罐醋。她将张志来比作一瓶无糖酸奶,渴了饿了,却怎么也无法喝到口。

第二天一大早,依旧是阴雨连绵。王巧儿实在没心情吃早餐,她空着肚子去摆摊儿。感情的事总是恼人,一想到最亲的人却伤自己最深,她的内心一阵绞痛。

刚进入市场时,抬眼望去,这里到处是摊位。向东不见头,向西不见尾,各交易区顾客扎堆,其中六成以上都是外地人。

王巧儿知道,之前在温州乐清也有一个规模不小的服装市场,但随着义乌第二代市场的兴起,在那里经商的人纷纷迁了过来。无论人气、名气还是影响力,温州市场根本没法跟义乌比。有个温州干部做过一项统计,他发现80年代初在温州从事小商品经营的个体户中,有一半以上的人已转战义乌市场。

由于全国各地客商不断像潮水般涌来,经营户像石榴籽一样迅猛增多,市场摊位一增再增,不久,刚开业才几个月的第二代市场又显得太小了。于是,工商部门集中财力又搭建了300个临时摊位。几经扩建,却仍无法满足更多经营户的需求。有关部门只得又在部分地块两排棚架之间塞加摊位,市场摊位总数顿时达到3000多个。

提篮女

第二代市场以品种多、价格低、服务好吸引全省乃至全国各地更多的客商。谢书记每次路过市场看到这种热闹的场景，总是舒眉展颜，显得特别兴奋。这个市场就像赤条条的婴儿，从无到有，从小到大，这一切都是在自己手上培育起来的，他能不打心眼里高兴吗？眼看市场人气逐渐兴旺，谢书记又召开县委班子会议，商讨新的对策和方案。

在会上，谢书记开门见山道："做市场就像年轻人谈恋爱，女孩子不容易追到手时，要想成功必须尝试各种各样的办法。很多时候女孩子会故意考验男孩子，验证男孩子是否真心，是否具有耐力，这就要求男孩子善打持久战。成功追到女孩，获得芳心的，往往不是那些高富帅，而是具有耐力的男子。经营市场，获得顾客青睐也是一样，必须经历很多的阵痛。"

谢书记点燃一支烟，继续说道："感情需要轰轰烈烈，但如果不持久就会变味。做市场也一样，每个市场都有各自的优势与不足，也需要不断地发现自己的特色。要想繁荣市场，我们必须拉满弓，尽快完善配套政策，不断给市场注入活力，这才是最关键的一环。"

政策就像阳光和空气，没有这两样东西，即使有再好的领导干部也是枉然。这次县委班子会议后，县委遵照兴商建县方针，出台了放宽审批政策，简化市场登记，让经营户更加放得开，更能留得住。不到一个月，义乌便再次掀起一股经商办厂热潮，个体户队伍迅速扩大，很快突破一万户。

这天，稠城红星剧院陆续涌入近百号人，主席台前用红纸贴着"稠城镇勤劳致富表彰会"几个字。张志来没想到的是，自己居然有幸被授予"勤劳致富光荣奖"。

给张志来颁奖的是稠城镇镇长，当张志来从镇长手上接过这张奖状时,镇长送给他一个暖暖的微笑。

只见奖状上写着:

张志来专业户(重点户、联合体、专业村):

　　在振兴农村经济中成绩显著,特此表彰。望再接再厉,为大力发展商品生产、实现农业现代化做出更大的贡献。

中共稠城镇委

稠城镇人民政府

一九八四年十一月

看着手中的奖状,张志来显得特别高兴。他做梦都没有想到,在物资匮乏的年代,自己还能成为一名万元户,这可不是一件容易的事。台下的人议论纷纷,有的说:“我们不能光羡慕别人,勤劳致富靠每个人去争取!”

有的说:“穷打工,富经商,人人都想挣大钱。可挣大钱又不是天上掉下来的馅饼,哪有那么容易啊。”

也有的说:“榜样就在身边,我们可别辜负了市场经济的大好春光。”

镇长说:“同志们,大家静一静,下面有请张志来发表一下获奖感言,大家欢迎、鼓掌。”

张志来一改往日的紧张和拘谨,大大方方地说:“镇长让我发表感言,我就说两句话。在这个市场上,许多个体户都在冒险下赌注,赚了笑一笑,亏了却不能当众哭,只能抹着眼泪做下一单生意。我今天能获得这个勤劳致富奖,是县委和稠城镇委对市场精心培育的结果,以后我定要加倍努力,诚信经营,争取让我们的市场更加红火,让日子更加好过。”

提篮女

说罢,台下响起阵阵掌声。此时,在张志来的眼前,许多往事如画卷般徐徐展开……

冬春农闲季节,10多岁的张志来跟随父亲,和当地的货郎一起,手摇拨浪鼓,肩挑货郎担,一路吆喝着"鸡毛换糖咧"。箩筐的一头装着鸡毛鸭毛,另一头装着各种山货、小商品和自制的糖块,这是用于换鸡毛鸭毛的营利资本。货郎们两人一组同行,既相互照应,又相互补货。换回的鸡毛鸭毛分类存放,优质的销往杭州、上海,或制成鸡毛掸子进行销售,下脚毛则用以肥田……

兴商建县前,张志来家里曾开过一个小卖部,随着稠城、廿三里两地摆摊农民的增多,市场的种子开始萌芽。特别是湖清门市场开张后,个体户的物品对国营、集体商业起到了拾遗补阙的作用。这里有更多的人像鸭子被赶上架一样迅速转行。这时,张志来和父母商量后,决定关掉小卖部,当个体户。当时,人们追求的目标就是成为万元户,因为这一万元放在那个年代是一笔巨款。七八十年代,工资和物价基本相关联,大米每斤1毛多钱,猪肉每斤不到1元,想想这样的消费层面,1万元可买到很多的东西,万元户实属顶层。

当了个体户后,正如土菜大受欢迎一样,张志来经过苦心经营,这个行当成了他可以炫耀的资本。只因一个摆摊的决定,他就莫名其妙成了万元户,成了大伙学习的榜样,仿佛注入一股源头活水,每天有了不菲的收入,他再也不用为柴米油盐发愁了,这让周围的人特别羡慕,也让生活在底层的农民燃起了希望之火,觉得美好的生活就在眼前不远处招手。

为了方便送货,张志来还在县城买了辆嘉陵摩托车,那车开到马路中间,就像飞骑般一闪而过,可拉风啦,常常引得过往路人驻足观望,令人羡慕妒忌恨。

家里有了余钱后,张志来的父亲又连续采购水泥、钢筋、砖瓦等建材,像燕子衔泥垒窝似的,一大家子忙了一年,总算翻造起一幢两上两下的新楼房,左邻右舍见了,无不称赞。在众人眼里,张志来的确够幸运的,年纪轻轻就有车有房,真像一个小老板。

从稠城受奖回来,张志来去市场找王巧儿报喜。王巧儿见他走路呼呼生风,就半开玩笑半认真地说:"志来哥,今天又是什么风把你给吹来了,看你高兴得就像小时候偷吃了糖葫芦一样。"

"你猜嘛,看猜得准不准。"

王巧儿嘿嘿一笑:"该不会是一大早捡到宝了吧?"

"错了,比捡到宝还高兴。"

见张志来说话这么带劲,王巧儿眼中闪着光,好奇地问:"到底捡到什么宝啦,快说来听听。"

"其实也没有什么,只是得了一个奖。"

"啊?一个奖也值得你如此炫耀,到底是什么奖呀?快让我瞧瞧!"

于是,张志来便从怀里掏出一张纸,在王巧儿眼前一晃,原来是一张红彤彤的奖状。

王巧儿接过一看,脸"唰"地涨红了。这一刻,轻轻的一纸奖状,在她手里却变得如此沉重……

张志来问:"巧儿,你咋了?"

王巧儿说:"没什么。志来哥,你真了不起,我替你高兴,没想到做生意也能拿奖。"

"你可是001号执照的摊主,我可没法跟你比。"

"这两样东西没有可比性。"

"同样是纸,怎么会没有可比性呢?"

"你的奖状是一种荣誉,是一种鼓励,代表着政府对你的认可!"

"你那001号营业执照也不是吃素的。"

王巧儿说:"反正我还差得远哩。"

张志来说:"你的能量可不小,眼下义乌有这么好的经商政策,还怕以后没机会?生小孩还要十月怀胎,而义乌却不到十个月就有了第二代市场,发展潜力巨大呀!"

王巧儿抚摸着奖状,就像一面明亮的镜子照着她的脸。透过这张奖状,她仿佛又看到了张志来以前走过的那些歪歪斜斜的脚印……

在张志来家,房屋的北墙上以前也曾贴过一墙的奖状。那贴满奖状的墙至今仍清晰印在张志来的脑海里,成为一道特殊的风景,是那么显眼,那么鲜艳,永远也抹不去。

回忆就像是一扇窗,打开之后就很难再合上。那一张张奖状,常常唤起张志来美好的回忆,他那一叶想象的白帆又驶回到少年时代,想起那个年代和那些如烟的往事。

其实,那时不管是谁家,都少不了各种各样的奖状,有五好社员、护林模范、劳动模范等。记得小时候过年,张志来到各家拜年,总要好奇地数一数人家墙上贴了多少张奖状,看看贴了哪些奖状。

有的亲戚家奖状特别多,一张张、一排排,贴满整堵墙,成为一种独特的家庭文化,成为那个时代的特殊符号。奖状上的字体、图案、样式也是五花八门。张志来记得最清晰的,是那些奖状都留有时代痕迹:伟人头像在正上方的中间熠熠生辉,像的两侧各有三面旗帜,十分耀眼醒目。头像也有不同姿势,有正面的和侧面的,但大都穿着军装,十分威武。有的奖状上方是闪闪发光的五角星,但五角星造型设计各不相同,五星四周是各种各样的图案,十分吸引人的眼球。

奖状的中间大都印有当时最流行的语录。奖状的两侧,还印着标语口号,如"团结起来,争取更大胜利""发扬革命传统,争取更大光荣"。一张张奖状就像是一面面旗帜,又像燃烧的火焰,照得人心里十分亮堂。

"巧儿,以前我见过很多奖状,但只有这张奖状我觉得最实在,也最有分量!"

王巧儿的情绪似乎被张志来所感染:"那你就把它当作一份记忆,好好珍藏在心底吧!"

兴商战略是时势发展的必然,也是义乌县委县政府因势利导的成功实践。农民们生意可做了,再也不需要害怕什么,农民们也没了后顾之忧,这让所有人都吃了一颗定心丸。

义乌市场犹如一部电视连续剧,一开播便无法剧终,且精彩连连。王巧儿的眼前常常产生错觉,当初用几块水泥板搭建的一个小摊,怎么一夜间就变成了扑朔迷离的大市场?然而摆摊的经历,又让她早已习惯于接受这种快刀斩乱麻似的变化。在这个草根市场上,没有特别的主角,只有一个个草根出身的农民,他们正以莫名其妙的方式,缔造着一部中国的商业神话。

鸡毛换糖是义乌人特有的商业模式,这种看似原始而简陋的模式,背后却蕴藏着完整的产业链。义乌凭借精湛的制糖技艺熬成的糖块,深受各家各户欢迎,甚至成为一代人苦涩的童年记忆。人们这种记忆的闸门一旦打开,简直就跟汛期暴发洪水一样,收都收不住。

随着肩挑日月、背负乾坤的糖担队伍不断壮大,义乌逐渐形成一支以拨浪鼓为图腾、有着明确分工和组织纪律的团队——敲糖帮。他们的经营范围不再局限于鸡毛和糖块,而转向山区一直短缺的日用小百货,形成出六进四、让利于人的行业规则。

当第一代小商品市场横空出世时,这只是一个市场传奇的开端。在市场买东西,就如同打一场拉锯战,硝烟变幻莫测。人们有时嗓门要大,气势要足,上来先杀到五折;有时需低声细语,慢慢商量,先让他三分。在进退之间达到一个平衡点,直到拿到满意的价格为止。这种斤斤计较的习惯,源于义乌人穷困岁月的经历,一分一厘决不乱花,看上去的确很抠。

自从县委县政府逆风办起市场,并接纳众多农民进场交易,商户就如同千军万马,排山倒海而来。起初,这里的商品主要来自广州、宁波和温州等地,只有少部分属于当地加工制造。外地制造业利润高,而本地只提供服务,一时成为无法改变的现实困境,导致当地一些经销商心里不平衡。

于是,一些精明的小商小贩开始改变思维,靠倒手贸易经营廉价的小商品,吸引大批国内优秀企业入驻投资建厂,越来越多的义乌制造便成为这里的主角。市场无序竞争的浮躁气息被洗去,更多理性的商业思维迅速蔓延。令人眩晕的光环之下,义乌模式引起外界越来越多的关注。

这天,张志来又去找王巧儿,刚一见面,王巧儿的声音变得清亮起来:"志来哥,你觉得义乌市场的经济活力从何而来?"

张志来心底早有答案:"我觉得低成本的草根创业是经济活力的源泉,当然也离不开谢书记的精心培育。"

王巧儿眨眨眼说:"听说这个最喜欢兰花的县委书记,曾对草根经济念念不忘。"

"他是个特别有意思的人。巧儿,你与他接触较多,肯定对他了解得更透彻一些。"

"是啊，这个县委书记常在马路上溜达，总喜欢穿一身土得不能再土的衣裳，有着比农民还农民的模样。"

"他只牵挂一座城，那便是义乌。义乌市场是他亲手开发的第一丘试验田。虽是穷家薄业，白手起家，但他始终将它当成手心里的宝，努力让这里的人们的生活变得更好。"

"是啊，这个大伙不得不承认！"

"在谢书记眼里，义乌人先义后利，以义赢利，能在商海中掀起惊涛巨浪，他最看重的就是这一点。听说他来义乌上任之前，连自己都不知到底能有什么作为，赴任后却没受到同事的排挤和打压，因此他特别感激，这自然是他最应该牵挂的一座城。"

"巧儿，要是当初没有你和谢书记唇枪舌剑，或许他不一定能为个体经济打开大门。"

"这个我不得而知。我只知道谢书记就像一只叮咚作响的拨浪鼓，鼓声摇到哪里，义乌农民就能富到哪里。"

一个扁担两个筐，三五成群走四方，拨浪鼓儿叮咚响，松子花生一样样，日出头哟天又亮，叫卖声里生活忙。王巧儿说的拨浪鼓就是货郎外出谋生的工具，一面小鼓，两侧缀有两枚弹丸，鼓下有柄，转动鼓柄，弹丸击鼓会发出叮咚叮咚的声音。鼓身有木的，也有竹的，还有泥的或硬纸做的；鼓面用羊皮、牛皮、蛇皮或纸制成，其中以木身羊皮面的拨浪鼓最为典型。

能盘点出的关于谢书记的温情故事，在街头巷尾一抓一大把……

这是一个盛夏的早晨，太阳刚刚升起，大地就像蒸笼一样，道路两边梧桐树上的知了热得叫个不停。

提篮女

大安寺塔下，绣湖东北角，县委大院内。早上8点，个子高高的谢书记来到食堂，捧着一个钢精罐状铝制饭盒，也不夹热菜，只要了一块嫩豆腐，用筷子将它和霉干菜拌在一起，就大口大口地吃起来。没扒几口，一碗饭很快就下肚了。

碰到刚吃完饭的杨一笔，谢书记说："小杨，今天我们到稠城各地去转一转。"

杨一笔回答："好啊。"

于是，谢书记就将一顶草帽往头上一戴，在楼梯口拎出一辆骑得破旧的永久牌自行车，车把上搭着一条旧毛巾，三脚架上挂着一只用了很久已褪了色的帆布袋，里面放着文件资料和笔记本。他左脚一蹬，右腿一跨，轻捷地骑上自行车，飞也似的向前驶去。

在谢书记身后，杨一笔也骑着刚买的海狮牌自行车，却怎么也追不上谢书记的身影。

稠城经与城阳进行区镇合并，在五个区里范围最广，面积最大，人口最多。当时，农村刚实行家庭联产承包责任制，加上个体私营经济蓬勃兴起，经济体制的巨大变革猛烈冲击着人们的思想观念。不只是群众不适应，就连乡镇干部也跟不上。面对快速发展的形势和出现的各种问题，大伙就像老虎咬刺猬，不知从何下口。

一方水土养一方物种，义乌有"枣乡"之称，"日吃三个枣，一生不易老"，这个民谚在当地流传甚广。清乾隆时，南枣曾被列为贡品，有"京果"之称。当谢书记首站来到塘李乡时，往田野方向远远看去，只见一片片枣林在绿叶掩映下，显得格外耀眼。在繁密的枝间结满了一串串小枣儿，好像许多灵巧的手一下子做了成百上千个精致的小灯笼，又如一个个小"玛瑙"挂满枝头。

可一路上，谢书记却无心欣赏沿途的风景，他连忙召集乡长及分管农业的副乡长到实地了解旱情,接着又与乡里同志一道前往水库检查抗旱工地落实进度,还察看了干旱严重的两个村农作物生长情况,要求乡村两级干部尽快维修或购置抗旱机械设备。

一路转到莲塘村时,谢书记又向村党支部书记和分管工业的同志了解企业的发展情况和存在的问题。

他一边用毛巾擦汗,一边用笔在本子上记着要点,并不时地提出一些关心的问题,和乡里同志共同探讨对策。

很快,午饭时间到了,谢书记和杨一笔回到稠城公家食堂吃了点工作餐,准备再到其他地方转转。

稠城的同志立即拦住他们,说:"谢书记,现在外面温度高达36℃,天气这么热,你先休息一下再走吧!"

在同志们的一再坚持下,谢书记这才与大伙一起坐下来,谈起其他工作当作休息。他说话略带衢州口音,那张国字形的瘦脸一笑起来,很有感染力。由于心里装着比天还大、比山还重的"人民"两字,谢书记天天有做不完的事,浑身有使不完的劲,满眼都是活。

和基层干部聊了个把小时,谢书记再也坐不住,抓起草帽,顶着烈日,冒着酷暑,和杨一笔再次骑车驶向柳青、前洪……

在杨村乡楼下村,谢书记进村入户与村民交谈,详细了解各项工作完成情况,询问群众对乡干部工作态度、工作作风等方面的意见。

谢书记和杨一笔在乡下转了一大圈,等回到县委大院时,夜幕早已降临。其他同志早已吃过晚饭,正坐在院子里纳凉呢。

除了到县里开会,谢书记总是骑着那辆老旧的自行车跑乡村,深入基层联系群众,及时掌握乡镇干部德能勤绩,详细了解群众疾苦。

谢书记已50多岁,下乡时不管是砂石的机耕路,还是尺把宽的田塍路,骑车时双手始终握住车把,让它保持平衡,眼睛目视前方,从不盯着地面,身体也很放松,且把自行车骑得飞快,怎么骑都不会倒。由于他经常与群众一起下地劳作,又不注意保养,不久他落下严重的胃病,并被切除四分之三的胃,从此整个人就瘦得像一根竹竿。

虽然谢书记身体有病,但他做人有风度,做事有尺度,格局非凡,胆魄惊人,不惹事更不怕事,从不瞻前顾后,干什么事都干脆利落,因此被当地农民誉为"解难题的能手"。

常在基层跑,风吹雨淋又日晒,谢书记脸上的皮肤早已呈现古铜色,一些年轻干部的脚步都跟不上他,有的同事甚至害怕跟他一起下基层……

王巧儿和张志来一谈起谢书记的点点滴滴,就感到往事宛如一条旧巷,寂寥而悠长。

张志来十分欣赏地说:"谢书记身处领导岗位,不甘平庸无为,时时为农民着想,处处为发展服务,给市场经营户带来的福利真是不少。"

"是啊。义乌不沿边,不靠海,原本就是贫瘠的弹丸之地,更没有任何优势做支撑。我特别欣赏谢书记的魄力。"

"这个内陆港,发展的剧本谁都无力改写,只能按照预定的轨迹走下去。随着第二代市场的兴起,这里从事敲糖换鸡毛的人突然一夜间消失了。"

"是啊,真没想到老祖宗留下来的鸡毛换糖,会消失得这么快,我有时甚至觉得对不住那些老祖宗。"

"许多年轻人从没听过鸡毛换糖的叫卖声。那个年代的穷酸气不能再让他们沾了,但鸡毛换糖的精神我们却不能丢,这可是一笔巨大的财富啊!"

那爆豆似的拨浪鼓声,对王巧儿来说太熟悉了,曾使无数个村庄山鸣谷应。"皮麻绳头,换针换洋火,头发换糖喽。"那时,货郎担一来,整个村庄立刻活跃起来。小孩子欢呼雀跃,一窝蜂冲在前面迎接,妇女则纷纷放下手头活计,云合雾集。这种吆喝声常引来路人围观,很多小年轻疑惑不解,自家平时扔掉的废弃物竟是药材?他们没料到鸡肫皮、鳖壳、乌贼骨全都是有用的药材。货郎们从中看到商机,为赚取差价,便到各家各户收购这些废料,再积攒起来送到回收站。这一进一出,还可赚点小钱铜钿。

过了几天,张志来骑着摩托车去送货,送完货走到半路时,正好是午饭时间。他便将车停在篁园路旁,走进一家江西人开的饭店,店老板姓李。

店里很是热闹,有的在吃饭,有的在喝酒,有的在交谈,虽看上去这店内一片杂乱,却洋溢着浓郁的商业气息。

张志来刚坐定,便向李老板叫了几个菜——一个冷碟、一份糖醋鱼,外加一个特价菜,特价菜是饭店老板为吸引顾客卖的赔本菜。

张志来觉得这家店菜味鲜美,价格实惠。在与李老板交谈中,张志来得知每桌饭菜要亏 10 多元,生意火爆是顺理成章的事。许多食客说这样的饭店肯定坚持不了几天,就要关门大吉。但出人意料的是,这饭店不仅坚持了下来,还增开了分店。

张志来有些不解地问:"李老板,你是外地人,做这种亏本生意到底图啥?"

李老板实言相告:"很多小饭店其实都在苦苦挣扎,因房租、工资等开支都是死的,你一天不做,还是要掏出这些钱。"

"那为何亏了,还要继续干呢?"

"不开,亏得会更多。我是在广积人脉和资源,等这段时间过去,看看会不会好转一点。身边有些朋友就是这样,上班也不情愿,还是做生意,服装做不了,水果卖不出去,连卖个生活用品开个小超市也没什么生意。想想人总要吃饭,于是很多人都往餐饮市场上挤,将这水搅浑了。我想再坚持一把,真没别的想法。"

张志来边吃边与李老板掏心窝子,虽隔行如隔山,每一行都有各自的门道,差别也很大,但万变不离其宗,只要一头扎进去,总能画好翻身路线图。

在交谈中,张志来得知李老板除了开饭店外,还开了一家加工厂,把几间民房改装成车间,安排40多个工人生产时尚的无顶太阳帽。这小作坊开足马力时,几天便可生产上万个太阳帽,经贸易商一转手,全部挂进大卖场。

李老板知道,这个看起来工序简单的太阳帽,一旦挂进大卖场,身价就会攀升几倍甚至十几倍。但他的定位仍是一个帽子只赚一两分钱。

李老板说:"一分钱打天下首先就是要控制成本,而不是盲目缩减工序。加上这里有得天独厚的兴商建县环境,虽利微难创暴利,但足可养活一帮工人小兄弟。"

张志来听得心里热乎:"李老板,今天到你店里吃这顿饭,我可向你学到了不少东西。"

李老板拱手道:"和你们比,咱们外地人在这里打拼,衣食住行样样都不容易,要想走得更远,没有当地人帮衬绝对不行。"

张志来说:"这个我信。你所跨出的每一步,终会得到回报。"

"你知道为什么义乌小商品便宜吗?许多初到者都不敢相信。价格是市场竞争取胜的有力手段,同类同质的商品,在义乌要便宜50%甚至更多。一件衬衫五分利,一双袜子赚几厘,能便宜到让你怀疑人生。这样的生意恐怕搁哪儿也没人会放在眼里,但义乌人不但在乎,还乐意接受这样的事实,这就是义乌市场莫名其妙取胜的法宝。"

张志来说:"李老板,真没想到,你虽不是义乌人,但对义乌市场行情了如指掌,我真是服了你!"

1982 年 11 月 25 日,天晴得像一张蓝纸,几片薄薄的白云随风飘荡着。义乌县委县政府正在召开全县农村专业户、重点户代表大会,王巧儿、张志来也受邀参加。

会上,谢书记说:"要允许专业户、重点户承包的口粮田责任田转包,转包者为被转包者提供收购牌价的部分或全部口粮和农副产品;要允许专业户、重点户、能工巧匠在经过批准的前提下,带三至五名学徒或帮手,这不叫雇工剥削;要允许专业户、重点户在完成国家统购、派购任务以后,将农副产品继续卖给国家或者拿到市场上搞议价销售;在国家计划指导下,保证完成国家统购、派购任务以后,除粮食外,要允许长途运销。我们的财富不是靠天上掉下来、地上冒出来,而是靠党的政策,靠艰苦奋斗,靠科学技术。"

这"四个允许"是在以计划经济为特点的工商法规尚在施行的背景下,谢书记顶住重重压力提出来的。为了落实谢书记的讲话要求,1982 年 12 月 4 日,县委下发《关于大力支持专业户、重点户的几点意见》,重申"四个允许",文字上稍做了一些改动。提出"四个允许"的第 743 天后,谢书记就调任金华市委农村工作部部长。离任前,他做的最后一件大事是,为全国第一个兴商的小县城确立新的发展战略。

1984 年 12 月,经过努力争取,义乌县政府被浙江省委列为全省农村工作会议的典型发言单位。这意味着义乌将首次以书面形式确立兴商建县的发展战略思想。

这份发言材料初稿由县委报道组副组长张念中撰写。他日夜构思,经过反复推敲,三天两夜钻在稿堆里,费尽心思,数易其稿,精心修改润色,总算完成了初稿。

　　谢书记看了张念中撰写的发言稿后,只说了一句:"秀才写出来的文章肯定好。"张念中一听,才松了口气。后经县委县政府"两办"领导再次进行修改,又经省委领导审阅把关,汇报材料才算最后定稿。

　　在1985年2月召开的全省农村工作会议上,由新任县委书记以县委名义汇报这份材料,将义乌兴商建县的发展战略推向全省。

　　全省农村工作会议召开时,谢书记已离任义乌。在这次大会上,新任县委书记赵重光以《兴商建县　振兴义乌》为题做了典型发言。在总结农村发展经验时,他指出:"谢书记是义乌小商品市场的创始人,1982年他带领县委做出正式开放小百货市场的决定,实行事关市场生存和发展的'四个允许',即允许农民经商,允许从事长途贩运,允许放开城乡市场,允许多渠道竞争。这是一大贡献。"

　　许多人并不知道,"四个允许"的出炉,前后表述在文字上并不一致,一些新闻媒体记者在报道时,也常常混淆这两个版本的具体内容。

　　尽管新任书记的"四个允许"与谢书记版的"四个允许"内容有所变动,但这两个版本的精髓是一脉相承的。

　　谢书记离任时,义乌生产总值比五年前翻了一番。从1982年5月到任至1984年11月离开,谢书记在位共923天。横在他面前的都是禁区,农与商的矛盾十分突出,想做一点事儿却随时都有可能闯大祸。最严重的一次是擅自进行税改,这应是影响他仕途的最危险的一次行动。

　　谢书记后来说:"那种认为市场经济就是放手不管、自生自灭的观点肯定是错误的。政府不能越界,但也不能无所作为。现在回头看,'四个允许'是小百货市场合理合法合规发展的重要保障。"

　　谢书记用两年半离经叛道的县委工作生涯,为义乌大地挖掉了穷根,他的大胆决定了他名声大噪,甚至有人背后称他为"谢大为"。

　　可没人知道,在那个特殊的年代,生活在赤贫家庭的谢书记却被关在牛棚里 5 年,甚至险些丧命。因此他练就了一套保护自己的话术:一是不谈市场,而用马克思价值规律替换;二是不谈工业产品,而强调鸡毛换糖;三是开放小商品市场的"四个允许",也只能口头表达,不准留下任何文字记录。

　　谢书记说:"工农业产值快速增长,就在于尊重价值规律。价值规律是不以人们的意志为转移的,想要发展商品生产,就得尊重它。"

　　这虽是一种常识,但在当时却颇受争议。谢书记提出要搞活市场经济,就有记者在采访他时当面反问:"谢书记,在活字上这样大做文章,难道你一点儿也不担心害怕吗?"

　　谢书记坦然回答:"开始是有点担心的。后来,翻看了一些关于政治经济学的著作,就不担心害怕了。因为我们国家实行公有制,价值规律起作用并不是盲目的,正确利用它,就不会出大的乱子。就拿开放小商品市场来说吧,当时决定开放时,许多人说这下市场物价要往上涨了。然而去市场看,大部分商品价格都不高,有些比牌价还低 30％。这一点也不奇怪,一放开,起先有些东西会贵上去,正因为贵,才会刺激生产;生产一上去,价格非跌不可。这不就是价值规律吗?"

　　谢书记对市场的推崇引发一些不满,有位副省长甚至当面批评:"你们大搞第三产业,不产生价值,光消费产品,这怎么能行?"

　　谢书记当场就怼了回去:"没有第三产业,无论是第一产业还是第二产业,都是库存品,都是废品。"

　　市场一开放,供销社意见最大,抱怨自己被人抢了生意。谢书记就拿自己买铅笔举例:"明明在柜台里,服务员就说没有,你们被抢了生意是你们自己活该。"

谢书记是佃农出身，家里没有田地，以前全家 14 口人挤在三间茅草屋里。整日借粮度日，而父母给他起的名字就是"叫花子"。

有人认为谢书记的调离与税收风波有关。他离开时，没有告诉朝夕相处的同事。为他送行的，只有县政府的吉普车司机。可谢书记却毫不在乎地坦言："让老百姓吃饱肚子就是天大的事。只要对大众有利，打破条条框框，我们干部自己的得失又算得了什么呢？"

浙江省政府咨询委员会三农发展部部长有一次在会上说："谢书记是一个敢想敢试、积极作为的基层领导干部。他为人为官在浙江干部群众中有很好口碑，背后承载了他当官为民最朴素的仕途理想，是开创市场的功臣。"

杨一笔也非常了解谢书记的为人，他说："谢书记常穿大号解放鞋，穿解放鞋就要解放思想。一对皮革沙发土得掉渣，是他离开时带回老家的唯一家具，扶手表皮裂开后边角都磨破了，仍用了十几年。他从不把乌纱帽牢牢按在头顶，而是别在腰间，随时准备丢官。更难能可贵的是，谢书记在义乌既没房产，没商铺，也没持股。就连在上海工作的小孙女想到义乌考察市场，谢书记也一再叮嘱：'你们可不准打着我的旗号去谋利。'"

无论以前还是现在，清白廉洁都是谢书记的一贯作风。记得 1976 年 3 月，谢书记的小弟谢兆生从部队退伍，想通过时任衢州县委副书记的哥哥找一份工作，他来到办公室找哥哥。

这时，恰好有一位局长正在汇报工作。得知来人是谢书记的弟弟，这位局长马上问："你有没有工作？没有的话就到我们单位来吧。"听到这话，谢书记立即严肃地说："你不要胡来！他不符合要求，要是胡来我就撤你的职！只要可能受影响，这个口子就绝不能开！"

　　按照当时义务兵退伍相关规定,入伍时是农民的,退伍后都应回原居住地参加农业生产。心有不甘的谢兆生再次找到哥哥,谢书记向他耐心解释:"衢州县有500多名退伍军人,如果我给你安排工作,其他人要不要安排?"兄弟俩沉默相对。最后,谢兆生还是回到老家做了一回农民。很长一段时间,他既无奈又生气,认为哥哥对家人过于冷漠。后来,他开始敬佩起谢书记的坚守:"我哥就是这样的人,为了公家的事可以奉献一切,但谋取私利的底线,他绝对不会突破和触碰。"

　　很多人说谢书记是"三无书记"。他来时是一副铺盖,回去时还是一副铺盖,唯一新增的财产是一对皮沙发。这是他女儿去照顾他时花120元买的,被谢书记视为宝贝,常坐着看书、看报、聊天。

　　也有人说谢书记淡泊名利,严于律己,从来不把自己的荣辱升迁放在心上,始终怀着一种崇敬和不舍之情。他的心里始终刻着一条红线,在红线之上还有高压线,谁都不能触碰,甚至有人称他为"义乌之父"。

　　可谁能料到,就是这样一位敢冒巨大政治风险的瘦高竿书记,却用自己的三板斧,为义乌农民创造了开天辟地的市场传奇。

第四章

下海弄潮涛声远

从 80 年代起,全国各地不断有人克隆义乌小商品市场。然而,这些克隆市场不少面临着环境恶劣、配套落后、效率低下等问题。

这时,有一个克隆市场却越做越大,被誉为中国向西南开放的桥头堡,它就是云南云湾市场。在云南,被称为湾的地方,与滇池水域或滇池水系有关。

云湾,元代之前是盘龙江的河尾,滇池与盘龙江在此衔接,盘龙江、玉带河与滇池在这里构成三面临水的渔港,还设有渡口。因水上长年云雾缭绕,故名"云湾"。古代有不少文人墨客曾多次在游记里描写过这里的美丽景致。

云湾市场的兴起,和一个义乌商人有关,他就是王巧儿的堂哥王高。王高理一个露额短发,两侧剃短后,头型更显得清爽,一副满脸自信的模样。在学生时代,他以优异成绩考入义乌一中,由于近千度近视严重影响了学习和生活,他不得不休学在家。

王高的父亲王金宝原是个敲糖换鸡毛的好把式,市场开业后,他便结束以前的营生,有了新的创业门路。休学在家的王高时不时帮父亲打理商铺,助他一臂之力,渐渐地摸索出一些经商门道。

王高觉得经商和上大学没什么两样,无论走哪一条路都一样,但王金宝还是认为读书考上大学才是出路。

有一天,王金宝将王高叫到跟前,说:"王高啊,你天天休学在家,要是什么都不学不干,就会变成一个废人,特别依赖别人。"

　　但王高反驳道："爸,人各有志,我觉得不读书的人也并非全是废人。"

　　"这些天你跟我学做生意,做糊涂了呀?"

　　"爸,我不仅没有糊涂,而且更加清醒了! 有道是'肩挑柜台走四方,不用算盘不记账,出门跑外一担货,回家挑来一担粮'。以前敲糖换鸡毛这么辛苦,你都经常远走他乡,从没放弃。如今市场办到自己家门口,政府又引导农民进市场,鼓励大伙勤劳致富,有这么好的政策,我为何要放弃?"

　　王金宝想起自己以前背井离乡、走南闯北的种种艰辛和不易,有时为了防止被抓,过的简直是过街老鼠一般的生活,这样的日子虽然已过去,但做生意似不被王金宝看好。他劝说道:"以前是以前,现在是现在,时代不同了。我以前外出谋生,那是被生活所逼。如今我只希望你尽快考上大学,最好读到博士学位,跳出农门,求个正当职业。你要是不读书,就是大材小用,不觉得太可惜吗?"

　　王高却打着自己的如意小算盘:"我可不觉得有什么可惜的!"

　　王金宝被儿子的话怔住:"你这个小子,怎么这么固执呢,真是一头犟驴!"

　　王高纠正说:"爸,我可要提醒你,我绝不是一头犟驴,而是一匹烈马,以后我会用自己的方式证明给你看!"

　　王金宝眉头紧锁道:"你别自以为是、执迷不悟,说不定前面就是个坑!"

　　王高抬起头说:"即使是个大坑,我也要往里跳。"

　　见儿子如此认死理,王金宝气得指尖发麻:"你太让我失望了!"

　　见怎么劝都劝不住自己儿子,王金宝决定只给儿子3000双手套作本钱,想让他吃点苦头后回心转意去读书。可王高得到手套后,却如获至宝:"靠这些手套,我就能捞到第一桶金。"

为了尽快筹集资金,王高采取低价倾销策略,每双手套售价比别人低五分甚至一毛。令王金宝意想不到的是,儿子竟然很快将所有手套脱销。挣到第一桶金后,王高做起生意似乎更带劲了。这次经历启发了王高,让他更坚定了根据自己的兴趣和特长去选择发展方向的决心。

这年春节前夕,王高的视野似乎更宽了,他看准节日的气球生意。他先到苏州气球厂批了一些气球,然后坐火车赶回义乌销售。当天卖完后又坐车去苏州进货,进完货又立马打道回府。

连续六天六夜,王高像个不停旋转的陀螺一样来回奔波,几个月过后,就意外挣到1万多元。

眼看着到手的一张张崭新的人民币,工高边数边笑,感受到了经商的成就感。

不久,王高只身跑到上海寻找商机,但事情远非他想象的那么简单。上海的中外合资企业对来自浙江的个体户,大门紧闭,门卫根本不让他进去。

王高软磨硬泡,让门卫在下班时把公司销售员指点给自己。然后,王刚买了礼品跟在销售员后面,直跟到他的家中。经过一番周折,这位销售员被王高的执着所感动,同意把公司B级袜子卖给他。

一车B级袜子拉回来时,王高立刻挨了父亲一顿臭骂:"你这小子是不是脑残呀,次品哪个人会要?你运回来干什么?"

很多市场经营户也认为这些袜子根本就卖不出去,王高犹如被当头泼了一瓢凉水,从头冷到脚。

乍一看,这车B级袜子,乱七八糟,什么颜色都有,且一没商标,二没包装,规格也大小不一,甚至还有不少次品,也有需要重新染色的。这下子可让王高犯愁了,他身上的钱偏偏所剩无几。

家里人的担忧也不无道理,这样一笔投资要是亏损,就有可能陷入烂泥地里,咸鱼再也翻不了身。

王高不甘心去种地,这可不是他的强项。王高收购这些杂牌货不仅需要极大的勇气,更要冒巨大的风险,机会出现在眼前就不能让它白白溜走,自己抓不住,还能怪谁呢?

王高想:"手头没钱怎么办?得向别人借。要尽快卖出这批货,就必须经过大量人工挑选、归类、染色、包装,且每道工序都要花许多时间。"

没想到世上竟有慧眼识珠的人。正在此时,王高隔壁摊上的摊主看出王高的窘境,就将两万元钱递到他手上,并大方地说:"王高啊,同等条件下别人不能挣到钱,而你一定能。因为你有经商头脑,洞悉商机,更有智慧。我看好你,放手大胆去干吧!"

王高紧紧握住摊主的手,怎么也不愿松开,他激动地说:"真没想到借来的火,一样能煮熟自家的米饭。我最感激的,就是像你这种危难中救人于水火的人,你就是我的雪中送炭人,太感谢了。"

此时的王高,似乎觉得连空气中都弥漫着走运的气息。这两万元钱,着实让他高兴了一阵子。可王高看到眼前堆积如山的货,心里又犯愁了:"一车的袜子,一个人要忙到何时?现在已进入秋天,挑选加工又得好几个月,到时恐怕还会错过袜子销售旺季。"

更让王高忧心忡忡的是,要将袜子销出去,还要贴商标,并将袜子重新包装。但王高是十头牛也拉不回的犟驴,他马上雇人对这批袜子进行再加工。王高又买来染料,自己亲自进行漂白和染色。他雇人将漂得好的染成白色或红色,将漂不好的染成肉色,肉色染不好的就染成咖啡色,因货而定。一个月后,王高将染好的袜子摆上摊位,虽然当时不是袜子的销售旺季,但两元一双的短袜一上市,竟十分抢手,仅十余天工夫就销售一空,这是他真正意义上获得的第二桶金。

此时的王高忽然觉得手不颤了,心不慌了,底气更足了。他对经商似乎更上瘾了,戒也戒不掉,甩也甩不开。

人生道路总是充满曲折和坎坷,就像大海一样,有时风平浪静,有时惊涛骇浪。在王高身上,上演着许多逆风经营、逆势翻盘的温情故事。他的精彩故事也时时潜移默化地激励着堂妹王巧儿。

王巧儿跟许多草根创业的农民一起进出市场,市场上每天都有近万人进场交易。原本小小的义乌城不断向外拓展,很快变成全国最大的小商品市场,产品辐射海南岛至黑龙江,甚至跨越边境进入尼泊尔和缅甸。

这天上午,王巧儿的电话铃声突然急促地响起。电话那头,传来张志来的声音:"是巧儿吗?"

"志来哥,你有什么事,说吧。"

"我这里有个江西老表,因家遇急事,想低价转让自己的摊位,你要不要?"

"摊位在哪里?"

"在第二代市场内。"

"你等一等,我先过来看看。"

"行。"

刚打完电话,王巧儿就急匆匆地跑了过去。一问转让费1万元就说:"这个摊位我要了。"

张志来说:"巧儿,你真行啊!"

"我天生就是一个当牛做马的劳碌命。"

"可不是嘛。"

"我真佩服你!"

"以前我们想创业,还要到处求爷爷告奶奶、托人情找关系。现在自家门口办市场,门槛又低,管他有鞋没鞋,先跑起来再说。"

"要是人人都像你这样胆子大,发财就十拿九稳。"

"我们不仅要胆子大,更要敢于挑战。"

"在我眼里,你就是一个提篮雄兵!"

"提篮雄兵?哪里算得上,我顶多只是只不起眼的小蚂蚁。"

"这个市场很神奇,可以创造许多不为人知的财富,不管本地人还是外地人,都能很好地融入。"

"在这个开放的草根市场,由政府出面让经济火车重回市场轨道。不管对外地人还是本地人都一视同仁,这就是市场的最大魅力。"

"是啊,每天走在街上,这里除了能闻到满大街的汗味,还有满大街的财富味。"

"把不该管的统统放出去交给市场,群众就不会说风凉话,做恼人事。"

王巧儿和张志来像打乒乓球似的交谈着,一抬头,见天色渐晚,但市场上依旧繁忙而热闹。

王巧儿拿到新摊位,觉得捡了个大漏。以前自己做提篮女时,曾摆地摊多年,也算半个老资历,对于市场前景可算知根知底。但市场毕竟是残酷的,干这一行的人虽然都有干劲,能成功者却寥寥无几。比起每天忙碌的劳累,生意不好才更让人揪心。

市场上偶尔碰到几个前来买东西的老外,他们基本上不讲价,义乌人把卖给老外的产品称外贸,而大批外贸货则是收入的主要来源,少了这一块,每天的营业额就会少许多。

这天傍晚,一回到家,王巧儿见到父亲,就兴奋地说:"爸,我又找到一个新的发财门路。"

王财宝反问道:"瞧你这开心的样子,到底是什么发财门路呀?"

"我刚买了个新的摊位。"

"什么,刚买的? 共花了多少钱。这么大的事,你为何不事先跟我打个招呼。"

"1万元。"

王财宝一听,火冒三丈地吼道:"这么大的事,你也敢自己做主。"

"我想给你个惊喜嘛!"

"这哪里是惊喜,而是惊吓。这一大把钱,能买半套房呢!"

王财宝的话,如一盆冰水浇在王巧儿脑壳上:"爸,你不理财,财不理你! 我这是借鸡生蛋!"

王财宝嘲讽似的说:"自己的一亩三分地都还没能守住,你这是什么狗屁逻辑?"

"爸,现在政府鼓励农民经商,带动就业。多个摊位就多一份驴肉,多一份保障,这不就更好吗?"

"政府鼓励农民经商是没错,可做买卖不可能一夜暴富,你得脚踏实地,一步一步来。"

"若要富,到义乌。眼下许多外地人都知道这个道理,我们义乌人岂能自己拖自己的后腿?"

"这哪是拖后腿? 要是亏出个大洞来,所有的投资就全打水漂。"

"爸,现在国家政策这么好,只要四肢勤快,能亏到哪里去?"

王财宝的不理解,让王巧儿有种严重的挫败感和失落感,她的内心仿佛被撕成两半。

这天晚上开饭时,灶上热气腾腾,一锅刚烧好的饭正冒着白气。王金宝和王高父子坐在八仙桌旁。桌旁放着一张长条的几案,上面雕刻着一些金色的人物和花草,这张几案显然有些年头了。

王高的母亲吴香球端上一盘霉干菜炒肉，还有一盘豆腐、一碗酱。以前农村家家都穷，能在这道霉干菜中添几块肥肉的少之又少。现在市场开放了，农民手头稍微宽裕了一些，日子不再过得紧巴，菜品也开始丰富起来。

王高给父亲王金宝倒满自酿的黄酒，父亲接过杯酒，与儿子碰杯，随后一饮而尽，父子俩的心也似乎碰到一块，便饶有兴致地攀谈起来。

王高一脸虔诚，试探着问："爸，你觉得我最近生意做得怎么样？"

王金宝呷一口酒，半眯着眼说："你这小子，才刚跨出一小步，可别高兴得太早，小心摔跟斗。"

"爸，我胆小，你可别吓唬我。"

"吓唬，这是吓唬吗？你这小子有时候就是太狂傲。"

"爸，你别说得那么难听行吗，我走的可是市场路线。"

"市场路线？我看你是自信过了头。"

"爸，你走过的桥比我走过的路还多。你就直说了吧，别绕弯子。"

王金宝用手轻敲着桌子说："实话告诉你，做生意可不能当二道贩子。再这样下去，你迟早会自吞苦果，甚至自断财路。"

王高一愣："二道贩子又不是洪水猛兽，哪有那么可怕。"

见王高像一块榆木疙瘩，三斧子也劈不开，王金宝指点迷津道："办市场初期，我也和二道贩子打过交道。经销袜子，最初是靠经销别人的产品赚钱。而这些厂家有的可能是面临倒闭或产品销路不畅，我都尽数将货揽进来推销。结果呢，别人的厂子救活了，产品销路打开了。可厂家随即提高价格，自己的辛劳却只能得到微薄利润，吃力不讨好！"

王高认真听着，王金宝继续说："更要命的是，靠推销别人的产品赚钱的生意越来越难做，而消费者需求却丝毫没减。因为大部分厂家或客户，在产品畅销后就跳过中间商，直接与厂家或客户进行业务往来，中间商只能劳而无获。"

见王高若有所思，王金宝继续趁热打铁："做生意与做人一样，受别人的牵制就会非常被动，市场上要是没有自己的主打产品，就无法拥有更多的话语权。你眼下正在走我以前走过的老路，这些你知道吗？"

以前，王金宝很少跟儿子这样面对面交流，父亲的形象总在王高眼里蒙着一层雾，王高一直以为父亲是生活中最深奥的人。听了这一席话，王高迷茫地问："爸，那我该怎么办？"

"怎么办？你只有一条路可走。"

"什么路？"王高浑身像触了电似的一震。

"创办自己的公司，打出自己的品牌，把生产出的比别人档次更高、质量更好的产品投放市场，或许你还有救。"

王高一听，愧疚道："爸，今天你用重锤敲了响鼓，我怎么就没想到这一点呢？这么多年我算是白活了。"

"你这小子向来心高气傲，自以为是。"

经父亲一番点拨，王高热血沸腾，燃起了自己创业的激情。他暗想："创业的春天在哪里？全新的创业机遇又在哪儿呢？"

听了父亲的话，王高决定出去看看。没过几天，他就动身去广东佛山考察。最初他想把产品加工基地选在广东佛山，因为那里有特别优惠的办厂政策，如电价优惠10%，保证企业停电不超过30小时，其次在土地出让方面也能给予较大优惠，加上佛山配套设施、市场竞争、交通运输等都比义乌有利，当地的一些领导曾多次邀请他去那里发展。

在佛山，王高虽看到办厂条件比较优越，但身处异乡，总有孤独感。他的自尊心又特别强，义乌人必然要为地方经济增光添彩。

机会就在一念间，迟疑了就会错过。从佛山返回后，王高说干就干，决定在义乌创业。他果断斥资购买了20台袜机，办起一家袜子加工厂。经过短时间筹备,工厂有了转机。不到个把月,袜机又新增一倍,规模也随之扩大。

这时,由于国内外市场需求旺盛,王高迫切想扩大产能。谁知刚进入初夏,气温飙升到 30℃ 以上,火辣辣的太阳让当地许多工厂陷入电荒泥潭。猝不及防的用电荒成了袜厂最大的拦路虎,这可怎么办?

王高连忙跑到供电部门一打听,发现整个县城都缺电,浙江也刚下发文件,停止一切工业用地审批,王高扩大再生产的愿望不仅成了泡影,连原有的生产线,也因严重缺电无法开足马力生产。

王高马上意识到,本地资源有限,不能只将目光盯在义乌这个地盘上,更不能仅在老家抢占有限的资源和能源,还要学会跨出义乌看全国,跳出商城谋突破,否则就会被清规戒律缚住手脚,更严重的甚至会捆死工厂。于是,他决定放宽眼界,走向更广阔的创业舞台。没过几天,他凭借一股冲劲和干劲,又跑到江苏苏北市场考察了三天,便决定在那里投资兴业。

苏北是西楚霸王项羽的故乡,王高之所以这么快就作出决定,是由于他认为苏北市场起点高,发展环境好,特别是听了苏北市委书记李兴的介绍后怦然心动了。

随后,王高在当地银行的鼎力支持下,决定在苏北投资兴业。他和董事们商量说:"我们必须投资,占有股份,参与经营管理,不干一锤子买卖。"

王高作风泼辣,行动果断,马上准备兴建一座苏北义乌商贸城。入驻苏北几天后,他发现事情的发展并非想象的那么顺利。在感叹当地工商局办证神速的同时,他也意识到其他部门的办事效率没法跟浙江比。王高对某些部门办事拖沓、推诿扯皮现象深感焦虑和痛苦。

这天,苏北经济开发区管委会通知进区企业代表召开座谈,会议室正上方醒目地贴着一条横幅"客商来投资，苏北怎么办"。

这次会议由开发区管委会主任李刚主持，受邀的 10 名代表都陆续到来，会议室里不时传出"嗡嗡嗡"的议论声。

刚来苏北 20 多天，王高首先发言说："各位领导和投资者，我到这里还不到一个月，觉得苏北和义乌最大的差距是思想观念不同。"

王高的话引起各方兴趣，会议室不时传来窃窃私语。王高继续说："苏北决策者极为重视招商引资，但到了下面，某些部门办事效率总是快不起来，特别是有的办事员，总以为自己办事迅速已足够快，已经为客商大开了绿灯，其实不然。我来苏北投资，想的是企业早一天投产，就能为当地多做一天贡献。可有些人却错误地认为，政府招商引资、工业发展好坏跟他无关，这个是很要命的问题。"

李刚认识到问题严重性，插话说："王高同志说得有道理，这一点的确要引起我们足够的重视和警惕。"

见自己的话被领导认可，王高又说："一些单位工作效率不高，办事人缺乏相互沟通的团队精神，上下环节衔接不紧密。说句实话，苏北要想留住投资者的心，必须采用深圳速度和发达地区的发展观念促进办事效率提高。思想不转变，我们怎么能缩短与发达地区的差距？"

"说得对，投资兴业不能光吼一嗓子！当大家投入到创业大潮时，一些陈旧的、纠缠的、匪夷所思的法条和政策，却有可能成为一只只的拦路虎。我们除了要呼唤鼓励投资者创业外，更要有打虎棒，及时动手清除路障，这个非常有必要！"

王高又说："至于有关部门之间扯皮、推诿、紊乱的病症谁来治？当创业者鼓起勇气来苏北投资，却有可能在一些环节上被卡脖子，甚至在手足无措中败下阵来，希望这样尴尬的局面以后不要再出现。"

"对，不能只戴个帽子、铺个面子，还要有实实在在的里子。这个里子,在一定程度上就是为投资者排除阻力,这是一件大事,不能应付了事。"李刚说,"苏北的知名度不高,要打造好城市品牌,提升城市形象,改善投资环境,就要靠在座的投资者积极建言献策,多提宝贵意见。"

提到城市知名度,王高又说:"温州原先因假冒伪劣商品多而名声在外,很多企业都不敢打温州牌。后来在政府引导下,企业共同努力,终于打出崭新的城市品牌,企业又争着标明温州产了。苏北在外知名度不高,建议我们的政府能到央视这样有影响力的媒体上多作宣传,让国内外的同行逐渐了解认识苏北,提高知名度和美誉度。"

王高话音刚落,会议室里顿时响起阵阵掌声。那掌声如此响亮,它代表的是一种肯定、一种鼓励、一种支持和一种赞美,这种声音也有可能成为创业途中推动进度和效率的某种神秘力量。

一些代表也纷纷发表意见和看法,阐述自己的观点和见解。有一位代表说:"苏北没有足够强大的产业,要趁机实行产业转移,培育真正的支柱型产业。"

另一位代表说:"苏北培育产业要参考发达地区产业转移经验。由于盛夏用电量过猛,如今的上海电力不够用,企业每天只能开工八九个小时。随着发展的需要,很多产业都会迁出上海,浙江不少地方正在做迎接上海产业转移的基础工作,苏北也要抓住这种难得的机遇,尽快培育纺织、食品、化工等产业,实现优化组合。"

还有一位代表说:"苏北现有的产业并未形成一定的规模,带来理想效益。我们可以借鉴浙江在农村培育铺天盖地办小企业的做法,因地制宜培育新产业。这样既可以让千家万户的农民早日脱贫,也便于带动产业升级。"

这场客商投资讨论会,带给主办方的震撼余波未尽,带给投资者的感触连绵不绝,也让王高看到了苏北改进投资环境的决心和信心。

过了一会儿,李刚归纳总结说:"同志们,苏北确实需要一个快速崛起的发展环境。人心齐,泰山移,时代发展要求我们必须上下齐心,共克发展中遇到的各种难题。坚信有各位大力支持,我们对苏北的发展很有信心,一定能用实绩回报给广大投资者!"

这场讨论会犹如一场酣畅淋漓的及时雨,将有关部门领导头脑中的旧观念及时更新,也冲破禁锢在投资者思想中的陈旧观念,大大提振了投资者的士气。

观念一变天地宽,有了政府支持,王高的投资项目很快取得突破性进展。在兴建苏北义乌商贸城时,王高试图尝试商业、产业联动发展模式,还建了个工业园区,以此吸引更多的企业入驻,形成前店后厂式的发展模式,这样就可降低运输成本。随后,他又选择"两条腿走路":一条"腿"创办苏北义乌商贸城,另一条"腿"又在云南重磅投资,准备打造中国西南部最大的云湾市场。

王高琢磨着:"沿海经济较发达地区面临着产业升级和转移问题,而云南这个位于中国西南方的省份正好能承接这样的产业转移,云湾市场的诞生正逢其时。"

每一座城市都有自己独特的基因密码,王高虽然知道云湾比义乌迟一步踏入商业市场,但他觉得这里的人身上有一个鲜活的文化符号,蕴藏着一种精神密码——"和合文化":人与自然和生,人与社会和处,人与人和立,人与心灵和达。云湾人有天人之合、道器之合、义利之合、百工之合的理念,这和其历史、人文背景有关。

这里既有千姿百态的自然生态,又有循环往复的移民历史。云湾人起初拼命赚钱只是为了解决温饱的初级需求,集草商、义商、儒商于一体。他们自恋又好学,硬气又善良,时尚又本分,功利又仗义,抱团又独立。云湾人的精神特性,有时从一句简单问候中就有透露,有时也融入滇菜记忆里。

王高入乡随俗，将和合文化运用得炉火纯青。他觉得大伙抱在一起相互取暖特别重要。云湾市场项目由12名商人共同投资，其中义商资本占大头，仅王高一人就占股近一半。

这个市场商品从何而来？一部分来自老云湾市场商户，而另一部分从珠三角或长三角过来，把工业集聚起来支撑商贸，这才是真正的"义乌模式"。

王高又从全局考虑，将云湾市场项目分成市场、工业园区和仓储物流园区三部分。在他心目中，云湾和苏北大不一样。苏北辐射功能有限，而云湾经商氛围更浓。从某种程度上说，在云湾办市场更接近义乌模式，也能更多地吸收这种模式的精髓。

义乌模式不同于以集体工业为起点的苏南模式，更不同于以往外向型经济为主导的珠三角模式。它的形成和发展，在不少地方得益于温州模式，但与温州模式又有诸多不同点。云湾市场引进这种模式，与传统市场相比，最大的区别在于科学配置、全面应用，改变传统商贸市场一条道走到底的费时劳神弊端，使市场变为高规格的百货商场，从而提升市场的购物环境，增强顾客吸引力。

云湾市场与义乌市场遥相呼应，把浙中市场的源头货、源头价输送到这里，形成领先大西南及东南亚、南亚地区的商品价格竞争力，并第一时间共享小商品信息资源，形成"东有义乌，西有云湾"的战略合作关系。

也就是说，云湾市场可作为义乌小商品市场的一个支点，撬动西部市场突破发展。义乌小商品可在云湾市场建立展示、销售中心，并利用区位优势，抢占更广阔的边远地区市场。

在还没建成云湾市场前，王高记得许多越南商人原先到达中国采购小商品时,首选地是义乌。不过他们得先到越南首都河内,然后从河内坐飞机,5小时后抵达上海,再从上海坐火车4小时才能到义乌,这样至少得花一天时间。采购货物后,再从海上运输至少一周才能到达越南河内。

云湾市场建成后,越南商人可选择乘飞机1小时抵达这里;在云湾市场花2小时采购完货物,当天就可返回越南,比原先快捷多了。第二天一早,他购买的货物又能顺利送达目的地。

云湾市场一开业,商户猛增到两万,其中浙江商户占了半壁江山。

义乌商人李中华在云湾市场经营小五金,尽管小五金的利润较为微薄,可他乐此不疲。

一天,李中华在市场上遇到王高,王高问:"李老哥,你在这里经商,生意做得怎么样?"

李中华笑笑说:"积少成多,还行!老家还有人帮我进货呢,到货也很及时,我在这里做生意比同行轻松多了。"

王高开心地鼓励他说:"光有市场,没有产业支撑,市场就难以为继。只有产业,没有市场,也很难有较大的发展。以后我要将这个市场和当地的产业结合起来,实现跳跃式繁荣。"

"这个想法好,年轻人就要有一揽子的想法,我们经营户一定全力支持!"

"没有你们支持,仅凭我一己之力,要想水到渠成、瓜熟蒂落谈何容易!"

"王总,你名声在外,一切都是板上钉钉的事,我们看好你!"

在父亲面前,王巧儿就像一只斗败的小鸡,垂头丧气。母亲李翠莲从屋里走出来,对丈夫直翻白眼:"你们俩一见面就吵个不停,火气干吗都这么大。"

"妈,老爸就是个脾气暴躁的炸弹人,跟他在一起,我实在受不了。"

王财宝一脸没趣道:"是我这脾气暴,还是你疑心病太重?"

李翠莲埋怨道:"瞧你这熊样,要不是女儿争气,恐怕连老婆孩子都养不起。她买这个摊位,还不是指望将来能挣大把的钱。你看隔壁的老王家,老婆生日出手都那么大方,而你自从结婚后给我买过送过什么?"

王财宝立刻反驳说:"这年头,能养活一家老小就已算很不错了,你还指望什么?"

"连老婆孩子都没法养活,你居然还有脸说。"

李翠莲的质问声有力地叩击在王财宝的心上,似乎要砸出一个大大的洞。

吵架也是一门艺术,犹如牙齿碰舌头、锅碗碰着勺。在吵架中放下防卫,瓦解心墙,接纳脆弱,只要不将这架儿给"炒煳"就够了。

此时,王财宝脑子里就像一团糨糊:"你穷都怪我,这是我的错吗?要是真的嫌我穷,用不着废话,我们马上离婚!"说完,砰的一声,王财宝便将房门关得死死的。

李翠莲喉咙里像堵着一块铅,不知说啥好。她生气地说:"离就离,有什么大不了。你就是死要面子活受罪。当初我嫁给你,怎么看都不顺眼!"

王巧儿一脸茫然地看着父母吵架,心力俱疲地瘫软下来:"妈,咱惹不起还躲得起,你就别跟他这个老顽固一般见识。"

"你爸就是个疯子,彻头彻尾的疯子。"

"妈,别理他。都是我不好,这架也是因我而吵的。"

李翠莲内疚地说:"巧儿,你一点错都没有,年轻人就要敢闯荡,妈永远支持你。生活可不是麻将牌,输了可以推倒重来。要怨只能怨我,嫁了你爸这个死硬分子。"

听了母亲的话，王巧儿心情突然松弛下来："行了，妈，床头吵架床尾和，你就别生死硬分子的气啦。"

"有你这样的爸，能不生气吗。还是巧儿会疼妈。像你这样的娃，再生七个八个都不嫌多。"

在同一个屋檐下生活，难免会发生这样那样的摩擦和矛盾，为这些鸡毛蒜皮的事儿较真，有时候想想真犯不着。见王财宝不示弱也不妥协，李翠莲眼圈红红的，嘴上气鼓鼓的。

"你干吗哭了?"王财宝从屋里走出来，见妻子泪光闪烁，心突然软了下来。

李翠莲忙擦去泪水："都是你惹的祸，你这个死硬分子为何老欺负自家人!"

王财宝怔住，吵完一架，他似乎也想通了："翠莲，对不起。你养6个娃不容易，很辛苦很累，是我给你的压力太大了。"

李翠莲沉着脸，一反常态道："以前的事就当没发生过，以后你可要改掉这些臭脾气，别一见面就吵。"

第二天一早，王巧儿吃过早饭照例出门摆摊儿。回想起这些年辍学摆地摊，起早摸黑地干，又想到有朝一日自己也能挣大把的钱，让摆摊梦开枝散叶，王巧儿觉得很开心。

记得刚来市场摆摊时，王巧儿曾卖过高效清洁干净剂，进货40箱，一个礼拜全部卖完。赚了400元，比进厂打工赚得更多。首战告捷，她乐得像渔人雾海中望见了灯塔。她自信满满地自言自语："照这样摆下去，岂不在短时间内就能赚到不少的钱?"

第二天，王巧儿又给厂家打电话订了60箱。到货后才知道，这批货很普通，可她在销售时将购买现场烘托得十分火爆，只用了几天就全部出货。

　　眼看着旧摊位进账不少,王巧儿便准备将新摊位也好好张罗起来。她没想好要卖什么,只好请张志来过来参谋参谋,并试着一同去进货。

　　可王巧儿给张志来打了七八个电话都没人接,正当王巧儿想去找他时,张志来才回电,说晚上睡过头了,没听到电话铃声。

　　于是,他俩便在电话中约定第二天上午 10 点去进货。次日早上,两人一路上,都不说话,到达目的地时快 12 点了,先去路边饭店吃了饭。等取到货时已是下午 2 点,折腾了大半天,回到家时已是下午 4 点。

　　这回王巧儿进的全是围巾,第二天细细整理一番,将货摆上摊位。摆摊这种事,货是最重要的,一定要快速出手,价格便宜实惠,还一定要敢于吆喝。第一次摆摊,先练胆子,胆子练出来,就使劲叫卖吆喝,以此吸引顾客的注意力,很多人都是图着赶热闹去的。

　　要是卖衣服,最好把样品穿在身上,做一个流动模特,让顾客一下子就把衣服款式、质地、面料等看得一清二楚,女孩子见了就会在心里想:"自己要是穿上这个,会有什么样的效果呢?"

　　围巾也一样,王巧儿将一条围巾大大方方地挂在脖子上,另一条拿在手上摆弄着,十分卖力地吆喝叫卖,很快吸引一大拨围观者。围观的人一多,人气自然就上来了。

　　帮手是干什么的,防止丢货的,有些爱占小便宜的人,很会察言观色,看到生疏的,趁着人多,就会顺手牵羊把货拿走。人多时,最好找两个帮手,一个帮你看护,一个配合展示,在讲解产品时,做到示范,引起其他行人的购买欲望。可惜王巧儿人手不够,没有这种高规格的配置。

　　又有一天,王巧儿叫张志来帮自己张罗。由于货色对路,王巧儿的围巾很快被一抢而空。她高兴地说:"志来哥,只要能将这两个摊位守住,不出三年,我就能发大财!"

"那当然。你看啊,做生意没有一成不变的经营法则,所谓定规定矩是根本不存在的。它讲求薄利多销,任何成功的老板,都不会死守规矩,一成不变。根据不同的行业、不同的环境和不同的消费群体随机应变,才能掌握主动权。"

"没错。听说以前在香港,做钻石生意多半是家族式的。当时香港有个叫梁适华的人,从小就跟父亲学做钻石生意。他的父亲以门市零售为主,经营实施厚利多赚法。而对批发生意没什么兴趣,也很少做。梁适华入主公司后,对香港钻石市场进行考察,得出一个结论:应变厚利多赚为薄利多销,这样公司才能迅速发展。因为经营批发生意,薄利多销,只要眼光独到,肯花工夫,即使利润减少,也仍有钱赚,且会赚得更快。做零售生意利润虽高,但需花更多的时间和精力说服顾客购买,很不合算。况且如把这种心思用在批发上则更可取。"

自从找准自己的角色和定位后,王巧儿准备大展拳脚,开启逐梦之旅。

提及小商品市场,人们会首先想到浙江义乌。说到办市场的人,人们更不会忘记谢书记,而一讲起将义乌市场输出到江苏苏北和云南云湾的人,人们又自然而然地想到王高。

义乌市场的商品交易量、价格走向、市场走势对全国日用消费品市场的影响举足轻重。然而,往前倒推几年,从经济发展角度看,义乌却没有任何的资源,也没有工业基础,这里的发展被称为"莫名其妙"。

似乎一夜间,王高摇身一变成了云南盛鼎置业公司的掌门人,他深知无中生有的奥妙。从17岁开始他就开始在市场上练摊,一排排琳琅满目的商品间,他度过了人生中最得意的青春岁月,渐渐从单纯贸易,发展到开办企业和开发市场,完成了从学生到商人、从商人到企业家的转型。

种种记忆,都成为王高对无中生有的理解。在江苏苏北兴建义乌商贸城时,他将无中生有的经验带到苏北;移师云南后,云湾市场又让他迅速喜欢上这个地方。

在王高眼里,再没有哪一座城市,能像云湾这样拥有中国西南地区这么好的区位优势。显然,在这里做商贸生意,已不单单是无中生有这么简单。可以说,云湾拥有比当年义乌好几倍的基础。

"这里一定可以建成一个能真正与义乌小商品市场媲美的大市场。"王高反复强调"真正"二字体现在规模、理念及影响力上,"建成后将成为全国第二大商贸市场。"

王高抢占这样一个面向东盟的桥头堡,就是看中云湾的区位优势。但这里的商业业态层次较低,过去的云湾商业业态较为分散,往往某类商品有多个同类市场。旧有的云湾市场多多少少存在这样那样的一些问题,多年来成了云湾市政府眼中的一块鸡肋。

旧的云湾有多个市场,且大部分都卖服装,存在极大的浪费。这些市场无一不面临着环境恶劣、配套落后、效率低下等问题,有待重新规划调整。

王高进军云湾后,萌生出带领一帮重量级商人重建市场的设想,立刻获得云南省政府的重视,项目也被列为省重点工程,云湾市政府给予大力支持,打算对资源进行有效整合,将散落各地的市场珍珠般串联起来。

要新建市场,搬迁工程一直面临着诸多难题,其中最大的问题是旧市场在老商户心目中已有很深的感情,他们对新市场前景缺乏足够了解。

　　王高胸有成竹，及时提出优化方案，一方面加大宣传，让老商户更深入地了解新云湾情况，另一方面针对老商户的恋市情结，以巨惠惊喜不断吸引投资者的目光。如让老商户只需交5万元诚意金，即可获得一个云湾商贸城的商位使用权。

　　在王高心目中，云湾不仅是中国的云湾，更是世界的云湾。他要借义乌的模式和经验，依托区域众多的消费人口，打造东南亚第一商贸圈，这是一项划时代的伟大工程。

　　到底什么是义乌模式和义乌经验呢？大江落日圆，风帆起珠江。回顾中国改革开放史，从珠三角到长三角，再到环渤海，可以说这些区域的发展首先依赖贸易，尤其是边境贸易。

　　义乌的发展实际上最早依靠苏联及东盟等地的边贸，打开市场以后，才得以以商转工、以工扶商，一步步引导做生意的人纷纷办厂。以商转工、以工扶商也是王高总结出来的义乌模式。

　　在王高的脑海中，至今仍清晰地记得当年在二连浩特做边贸生意的往事。

　　那是1982年的早春，沉寂了多年的中苏边境贸易开始全面解禁复苏。数不清的中国人大包小裹拎着二锅头（白酒）、运动服涌向中苏边境。"去苏联，卖什么都赚钱"是当时中苏边境倒爷们通过在空间上的价格差异，倒买倒卖商品赚取差价的一句口头禅。

　　随着开放的大门越敞越大，蒙古国及东欧多国越来越多的商人开始同中国人做交易。由于语言不通，买卖双方几乎都不说话，而只打手语，一掌为5元，两掌是10元；或点头表示成交，摇头则作罢。当地人将这种交易趣称为"手语生意"。

　　翻开地图可清晰地看到，二连浩特位于内蒙古自治区正北部，人口满打满算不到10万。二连浩特是蒙古语汉译音，"二连"以额仁淖尔湖命名，系"额仁"讹音，沿用市郊"额仁达布散淖尔"之名，意为"斑斓"，是牧人对荒漠戈壁景色的一种美好描述，有海市蜃楼之意。"浩特"意为城市。百年马嘶和驼铃声虽已远去，昔日万里茶道上的驿站，却逐渐发展成为中蒙苏经济走廊上的一颗闪亮的明珠。

二连浩特小巧玲珑，干净明快，洋味十足，几乎所有临街门市都有俄文、蒙文做标志，有的商店甚至没有中文，专门对苏联人、蒙古人开放。当时，去二连浩特做边贸生意的人不少。《人民日报》还刊登过义乌人在二连浩特做买卖的新闻。

冬日的一天，气温骤降，天气格外寒冷。王高长途奔波，从温州批量购买了一些打火机，乘火车去二连浩特销售。在列车上，王高成了最有趣的乘客。他个子不高，说着一口流利的义乌话，可能当天喝了点小酒，一路上竟不停哼唱着流行歌曲。打火机在当时属于违禁品，禁止带上火车。那该怎么办？王高灵机一动，将它秘藏于棉衣里。等没人注意时，他偷偷取出随身携带的几只打火机，瞒着列车员在每节车厢上向乘客暗暗兜售，逢人就卖，不漏一节车厢。

可不巧的是，这是一列无烟车厢，不允许乘客私带打火机，王高以为可在厕所里躲过检查，却没料到还是被列车员逮住。于是，他便装疯卖傻，开始和列车员斗智斗勇。刚开始时是小吵，后来就有点不走寻常路了。王高身上多个口袋里都藏着打火机，他像个机灵的魔术师，不停地快速变着戏法，手法特别灵巧，列车员收也收不完。最后列车员实在没有办法，只得放任不管。等脸面都混熟了，当列车到达二连浩特车站时，王高随身所带的打火机也卖得精光，该赚的都赚够了。

温州的打火机生产曾在国内外赫赫有名。当时，国内销售温州打火机，主要通过义乌小商品市场批发到全国各地。一般是义乌人下订单，温州人按单量生产，货卖完后结账，卖不完退货。开始时，王高经营打火机颇为顺利,还结交了一批温州客商,大伙基本都守信用,讲规矩。王高下订单时,一个电话就搞定。温州人接单后,打火机交货很及时,货款也能按时收回。

后来,由于竞争过于激烈,不亏本就算大吉了。打火机这东西,就打火点烟这一点小用场,小商品市场一个摊位几百个品种,能吸引外地批发商眼球的全靠设计新颖。厂家搞一个新品,交给义乌人一试销,产品的确不错,于是就立即下单。鉴于商业机密,一般都是悄悄下单。温州人接单后,都各自悄悄赶货,谁都觉得抓住了商机,利润可期。可结果等打火机运到义乌市场一销售,才发现供大于求。最后,将卖不掉的货退给温州厂家,温州人空欢喜一场。有时开头销路好,义乌人便追加订单,温州人就抓紧时间加班赶货,殊不知市场却早已饱和,加上信息不是很灵通,后面生产的也就销路不畅。经慎重考虑,王高觉得放弃和转行也是一种出路,不能这样蛮干下去,于是他只得忍痛割爱……

云湾市场建成后不久,作为小商品市场的一个延伸点,义乌商品可源源不断配送到那里,并建立展示、销售中心,利用云湾区位优势,抢占边远地区的市场份额,生意竟十分火爆。

云湾市场并非当年义乌小百货市场起步时的农民层次,正是看到这一点,王高还特意将大伯王财宝和自己父亲王金宝等第一代货郎们请到云湾把脉问诊,开方抓药,让云湾的经营户异常兴奋。

从义乌到苏北,从苏北到云湾,王高的生意越做越大,朋友越交越多,也逐渐提升着自己的人生格局。

不久,一辆挂着江苏牌照的高级轿车突然出现在苏北街头,这辆车的主人就是王高。在这座小城,这辆当时全国只有两辆的豪车是人们热议的谈资。

当时苏北还是一座欠发达的城市,到底是什么地方一夜间吸引着全国各地的客商前来投资创业？王高曾对媒体记者说："当初选择在苏北投资,就是看中这里的政策和服务环境好。"

当时,苏北市委书记李兴推出的新政中,就有一项招商引资措施:推行 1/3 干部离岗招商、1/3 干部轮岗创业,政府下达招商引资任务,给予招商引资的人一定奖励,一般不超过引资额的 5％。

这项新政像一阵疾风骤雨,在苏北迅速引发不小的震荡。

义乌市场以天天低价、物美价廉而名声远播,靠的就是诚信和重质量、守信用这块金字招牌。一次偶然的机会,王巧儿在生意场上结识了一个浙江台州的小老弟,他叫余海华,在这片崇信尚义的土地上抢码头、占地盘,虽没有刀光剑影,却也战马嘶鸣。

夏日的一天,骄阳似火,天气酷热。在台州路桥通往义乌的中巴车上,有三个乘客特别显眼。一个是身材健硕、圆脸,嘴角留一些短胡子,脸上有几条暗淡鱼尾纹,一双熠熠生辉的眼睛特别有神,穿了件皱巴巴略有些发黄的白衬衫,年纪约 40 挂零的壮年男人,他就是余海华父亲;坐在身边的一个农妇看上去心情不错,一身小碎花衬衣显得沉稳又不失活泼,一头乌黑的短发下脸庞清瘦,身体微靠着车窗,可能是第一次出门的缘故,她时而沉默,时而望着窗外,那是余海华母亲;靠在农妇身边那个活泼好动的小孩子当然就是余海华了,年仅 14 岁。

余海华父母以前曾多次听经营塑料制品的老乡提起,义乌小百货市场名气很大,心里十分向往,总想去看一看。于是,这个三口之家便身揣全部积蓄,乘车前来义乌逛市场。

中巴车刚到城中路停车场,车子还未停稳,机灵的余海华就迫不及待第一个冲下车,在陌生的城市街头东张张、西望望,似乎连空气都觉得那么新鲜。第一眼扑入余海华眼帘的是一座望江楼宾馆,只

提篮女

见它静静矗立于城中路与篁园路交叉口,它和白天鹅宾馆、红楼宾馆都算是标志性建筑。余海华和他父母亲羡慕地看了又看,却不敢有踏进入住的奢望,因为那时他们兜里没有几个钱,根本住不起这么高档的宾馆。当晚,他们一家三口就蹲在望江楼宾馆对面的屋檐一角熬到了大天亮。

第二天一早,窗外泛起白光,父母带着余海华在靠近篁园路的保联东街找了间仅有30平方米的小房暂住下来。不到几天,余海华父亲身上所带的钱花得差不多了,这可怎么办?刚来几天,难道这么快就要打道回府?余海华的父亲既无奈,又不甘心。

经过几天几夜的琢磨,余海华的父亲终于和在台州路桥老家的舅舅通上电话。他俩一商量,认为要想挣到第一桶金必须冒险。于是,便决定由舅舅、舅母出面,到台州路桥镇熟人创办的厂里,赊了一车价值1万元的塑料制品,与人拼货整车发往义乌销售。

由于余海华父亲还是个经商新手,没什么经验,整车货物都没捆扎,颜色也不对路,产品品相不好,卖相更差,很多客商见了都摇头,货物自然没人敢要。几天过去,这批货销出去不多。余海华父亲怎么也舍不得放弃,可又没有其他更好的办法,最后只得降价处理。等第一车货卖完时,余海华父亲不仅没赚到一分钱,还亏了2000多元。这让余海华看在眼里,痛在心上。他想:"眼看着父母亲辛苦做出的第一单生意就亏这么多,这生意也太难做了!"

有了第一次惨痛的教训,在第二次进货时,余海华父亲就显得格外小心。他亲自跑到台州去进货,这次他选择的产品颜色鲜艳饱满多了,捆扎更加规整。没想货刚到义乌,就被一个沈阳客商全部打包买走了,这下子海华父亲不仅还清了债,还净赚了一千多元。看到父亲终于赚到第一桶金,余海华心里也有说不出的兴奋和激动,仿佛一抬手、一迈步都带上一种轻快的节奏。

可好景不长,随着长途货运的增加,绍兴嵊县长乐税务检查站对长途车辆税务政策进行严控,余海华家只做一点小本生意,很多厂家在出货时都不愿开票。为了节省费用,余海华的父亲每次进货,只能绕道走磐安县大磐山、小磐山的山道。他每次跟父亲出去进货,车辆行驶在狭窄的盘山公路上,押车时每回都将心提到嗓子眼上,生怕整车货物一不小心翻下悬崖。可每一回看到车辆稳稳地停在仓库门前时,他心里总有一种欢呼雀跃的感觉,似乎打了一场平安仗、胜利仗。

有许多次,凌晨两三点钟货刚到仓库,余海华便马上和父母翻身下床,将放在门店内的床铺折叠起来,把仓库整理干净后就开始打包。后半夜活儿忙累了,就将纸箱当床,随便往地上一铺就睡下。天亮后,又将床板重新铺出来,两头垫两只小纸箱,就当作产品展示台,等待客人前来提货,这也是一种最典型、最传统的前店后床式的商业生活,唯义乌街头独有。

渐渐地,余海华家的生意从保联东街开始做起,经营五花八门的衣架,后来又移至桂林街、庐山街,再搬进新市场,仅两三年工夫,他家便将生意做到黑龙江佳木斯、河南郑州至广东广州、福建福州⋯⋯

随后,父母就将余海华送到诸暨中学去念书。每个月读完两星期放一次小假,他回义乌一有空就给父母帮忙。父母见余海华读书这么辛苦,也不愿意让他干这干那。余海华每次都勤快地学着帮父母进货、和客商算账,忙时还去送货⋯⋯父母的勤劳质朴,给孩子一种潜移默化的影响,灌输着无论做人还是做买卖都要内诚于心、外信于人的道理。

一天早上,一个姓陈的沈阳客商来到余海华家的摊位上进货,看中样品后决定订购 70 箱红蓝黄三色衣架,可当时摊上只有 30 箱红蓝黄的衣架,其余 40 箱只有红蓝两色,缺了黄色品种。为做成这单送上门来的生意,余海华父亲连忙坐车赶回台州组货,货一组好,连夜又赶回来,货到义乌已是后半夜,全家人就开夜工打包。一只编织袋装四箱,并需要一针一线缝好袋口,用打包绳包装成井字形捆扎好。第二天是周六,余海华一回到家,就帮父母背货、扛包,用板车拉到联托运站,几小时后,这批货终于装上五吨厢式货车,顺利发往沈阳……

做生意靠的就是讲信用,凭实力。人家给你机会,能不能做下去就靠你自己。沈阳的客户收到货后非常满意。此后,这位陈老板每次来义乌,都指定订余海华家的货,他也成了余海华家忠实的回头客。

还有一次,正是暑假,安徽阜阳的林老板到余海华家摊上订购了一批 3 万元的货物。平时,余海华父亲对客户都很友善,相信这世上总是好人居多,因此货款让客户欠上一两个月也是常有的事。可这位林老板不知怎么回事,货款一欠就是一年多。3 万元对做小买卖的家庭就是一笔巨款,再加上每天开销又大,余海华母亲心里着急,她几次数落丈夫,这批货八成被人给骗了,肯定追不回来。她硬要丈夫上门去对方家里催讨。这下,余海华的父亲只好亲自到安徽阜阳跑一趟。

到了安徽阜阳,余海华父亲多方打听,才找到林老板家。林老板一见到余海华父亲上门,先是一惊,后是羞愧难当。

"林老板,你的货款拖了这么久,是不是家中遇到什么突发情况?"

林老板低着头,无奈地说:"余老板呀,你大老远跑来要账,实在是辛苦你了。不瞒你说,你家的货早已脱手,我本该早早将货款付你,可屋漏偏逢连天雨,偏偏家里着了把大火,将所有货烧个精光。这一次我失信了,真对不住你……"

欠下一屁股债没还,不知该怎么办,林老板觉得无地自容。余海华父亲见他一副自责的模样,既伤心又同情。看到他身边两个女儿也还小,他老婆看上去老实又本分,余海华父亲的心便软了下来,劝道:"林老板,钱没了事小,只要人平安就好! 你家里还有货吗? 要是没有,我再给你补发 1 万元的货,你看行不行?"

林老板一听,眼睛顿时发亮,兴奋不已,他真的不敢相信自己的耳朵:"什么? 你再给我补货 1 万元,这可是雪中送炭啊!"

"对,1 万元,就这么定了!"余海华父亲说完,还从口袋里掏出 300 元递给林老板,"这些钱你先用着,不必还我,希望能帮你渡过眼下这个难关。"

林老板接过钱,一把抱住余老板,激动得声泪俱下,大哭不止……

两天后,余海华父亲刚回到义乌,他妻子就急着追问:"海华他爸,你这趟去安徽阜阳,见到林老板了吗,钱要到手没有?"

丈夫便将讨账的经过如实告诉妻子,余海华母亲一听气不打一处来:"我家只做个小买卖,又不是做慈善的,你既送货又送钱给人家,以为做这赔本生意,天下就太平了吗?"

余海华父亲急忙解释道:"海华他妈,话可不能这么说,我看那林老板不像个坏人,他真是遇到了难处。不拉他一把,也许这辈子他可要完了。"

幸好海华他妈还算是个通情达理的女人。她想起自家困难时,别人也出手帮过一把。谁都可能有困难的时候,她就决定再信林老板一回。

第二天,余海华父亲就将 1 万元货准时给林老板发过去。没想到这批货在阜阳相当热销,林老板手上的货很快全部脱销。事后,林老板见到余海华父亲时,便感恩戴德说:"余老板,你真是个活菩萨。这次要不是你帮忙,我真不知该怎么办!"

商海中永远充满不确定性,经商有风险,也会遇到各种惊喜。这以后,林老板始终和余海华家保持来往,密切合作,跨过一道道沟坎、涉过一个个险滩,他的生意瞬间从四面楚歌中突围出来。几个月后,经过一次次艰难博弈,林老板不仅还清了所有债务,还赚了一笔,他终于挣脱苦海爬上岸。他知道做人要懂得感恩,成了余海华家最忠实的代理商,而且只要有货源,余海华父亲就会第一个发给他。

此时,余海华家的生意也变得越来越好……最多的时候,他家的衣架品种多达400多种,只要市面上有想得到的价格,他家就有相对应的货。

起初,王高的丝袜是落地苏北的项目之一,完成落地后,王高不再满足于只做丝袜生意,还准备新建苏北义乌商贸城,这是当地最大的外来投资项目。

苏北义乌商贸城项目由王高组建的盛鼎公司摘牌成交。在奠基仪式上,李兴带着苏北市委市政府领导班子成员出席开工典礼。在开工典礼上,他声音洪亮地承诺说:"各位嘉宾、投资者们,苏北义乌商贸城今天隆重奠基了。市委市政府要求有关部门把小商品城打造成苏北乃至淮海经济区综合性的商品集散地……"

后来,苏北义乌商贸城占地面积近千亩,市场建成后最鼎盛时期,经营户达4000余户。

不久,李兴又从苏北调云南任云湾市委书记,王高曾远赴云湾看望。到达云湾后,王高得知李兴在下一盘更大的棋:云湾不仅是亚洲地理中心,也是亚洲5小时航空圈中心。李兴主政云湾时,将苏北大拆大建的模式带了过去。仅一个月,云湾市政府就审批近百个重点招商引资项目。他再次采用苏北招商引资手法,在云湾市抽调上百号人组成30多个招商分局,赴全国各地展开拉网式驻点招商,还请人到云湾授课。

　　他想在云湾复制一个苏北模式,渐渐将投资者吸引到这里,王高也成为云湾市重点招商引资对象之一。

　　李兴打算关闭旧云湾市场,在滇池东岸新建一个新的云湾市场,这是他经营城市的重要项目。在他看来,旧云湾这个农民化的市场早该让位了。

　　按照计划,云湾新建小商品市场要上规模,一期建筑面积300万平方米,远超义乌市场。苏北市场的成功,使王高在云湾也备受器重。在云南云湾,王高注册成立的公司12名自然股东中,他认缴最多,这些股东几乎都是义乌帮。

　　按照云湾市公布的土地利用总体规划,未来10年,滇池东岸应是被保留为绿色地区。在李兴的新规划中,原来的规划被突破。在云湾市土地交易中心举行的拍卖会上,整个过程只持续5分钟,王高的盛鼎公司以高价获得面积约860亩的7块土地。

　　从浙江义乌到江苏苏北,再到云南云湾,王高一直渴望复制义乌模式。他心里十分清楚,义乌人之所以能扶贫济困、施仁布泽,皆因信奉有义才有利的道理。先秦孝子颜乌因孝感群乌,葬父而死,被人称为孝宗。各种光环也无数次罩在他的头上,连在大街上开出租车的司机都知道这个人,他们对王高的评价是:"这个义乌老板年轻有为,很有想法,还把义乌生意做到苏北和云湾,真是厉害!"

　　王小明是王高认识20余年的老同学,有人问他:"在你印象中,王高是个什么样的人?"

　　王小明爽快地回答:"他是一个朴实无华的人。低调做人、高调做事是他一贯的大智慧,他更有豁达的胸襟。"

提篮女

"你为什么这么说？"

王小明一本正经道："王高是个典型的义商，除了天生的生意直觉，更重要的是，他拥有商贸文化中吃苦耐劳的创业精神。从商多年，他一直保留着这种朴素作风。自从当上老总后，他身上的衣服和鞋子有时还是旧的，连他的司机都穿得比他要好几倍。"

随着经商队伍扩大，义乌市场也不断更新换代。当崭新的小商品市场开业时，政府出台了又一项新规，负责小商品市场招商的管理部门公开宣布："只要认购三个摊位，就可以在春江路或篁园新村认购一处门面地基。"余海华家共认购了3个摊位，并幸运地抓阄拿到一块地基，他父亲一高兴，喝了口小酒，就壮胆交清了地基款。

可余海华母亲得知后，心疼这赚钱太难，死活不同意要这地基，就对丈夫说："我们是台州人，在义乌造房子，难道你想在这儿落地生根待一辈子吗？我是迟早要回台州的，你赶快把地基款给我退掉。"

在余海华母亲的强烈反对下，余海华父亲十分无奈。第二天，他只好请一位村干部帮忙去说情，才将地基退掉。哪里晓得数年后，义乌城里的土地就像变戏法似的突然升值，余海华母亲后悔都来不及。

在诸暨中学念书时，余海华学习成绩不错，一直位于班上前十名。毕业后，他以优异成绩考入浙江工业大学。当拿到大学录取通知书时，余海华父亲特别高兴。因为儿子是家里第一个大学生，能不高兴吗？他父亲破例拉着母亲带上儿子，一家人在稠州路找了家小馆子，吃了顿味道鲜美的骨头煲，以示庆贺。

开学后，在开学典礼上，浙江工业大学校长给同学们上了人生第一课："同学们，诚实守信是大学生的基本准则，诚信是每个人思想道德素质的外在表现，是立足社会不可或缺的无形资本。一个人诚信状况如何,直接反应在他的思想道德水平与综合素质上。诚信是人与人之间相处的道德规范,更是作为当代大学生必备的品质。我们每个同学都要学会以诚待人、守信用、重承诺、践约定,成为当代大学生诚实守信的楷模。"

浙江工业大学在杭州,从杭州站到义乌每次坐车需两个半小时,尽管路途不算很近,除了寒暑假或元旦、国庆假期外,余海华每月有两个周末赶回家和父母团聚,并干些力所能及的事,包括样品打样、算成本、算开模具费用、算利润等。

有时,父亲累得不行,余海华就骑着三轮车替他送货到红楼宾馆、篁园路小旅店等,每个角落都跑遍,哪怕到三四楼,他也照样把大包小包都扛上去,虽然苦点累点,但能让客户满意就是值得,余海华也渐渐成了义乌街头巷尾的"活地图"。

就在不知不觉的忙乱中,余海华4年的大学生活很快结束了。经过再三考虑,他决定放弃外出找工作的机会,毅然选择回义乌继承父亲的事业。于是,余海华父母便将手头生意全都交到儿子手上,二老选择回台州老家。

余海华父母走后,将儿子一人扔在义乌。离开父母后,头几个月,余海华似乎很不适应。后来,他痛下决心,重新在庐山街12号租下两间70平方米的店面,原店叫红光塑料制品商行,余海华接手后将它改名为鸿佩塑料制品商行,并利用自己在大学学到的知识做了装修,店面风格与父辈迥然不同。

此时,余海华的门店不仅经营衣架,还增加茶杯、水桶和脸盆等塑料日用品,依托小商品市场的强大辐射力,产品面向全国各大超市,湖南、成都、沈阳、黑龙江及上海等地都成了他的新目标。

随着订单量不断增多,余海华又在篁园路租下三间更大的店面,将市场拓展到安哥拉、罗马尼亚、意大利、西班牙等国,成为外贸部的重点供应商。

后来,余海华又成了诚信通原始会员。这天,台湾南投县一家外贸公司的李先生突然找上门来。当他出现在余海华面前时,余海华感到很震惊意外。李先生说是在网上看到联系方式后,就匆匆赶来,想采购一批商品。

看样、下订单,一切顺理成章。可让余海华没想到的是,这批货刚发出去就发现有瑕疵。外观虽然相同,但每只杯子重量比订单上轻了4克,对方要求协商解决。

诚信如金,坚硬而耀眼。经权衡利弊,余海华当即决定,除了将这批杯子差价款全部补给李先生外,再补给他5箱货。

李先生见余海华态度如此诚恳,感激地说:"余老板,今后我公司的业务都由你组货,双方可签一份战略合作协议。"由于深受对方信任,余海华的生意越做越顺,钱也越赚越多,这家外贸公司每年从余海华商行购货达500多万元。

一个月后,江苏动力集团有限公司采购部张经理在义乌市场转了一圈,没有发现他想要的刻度杯。当张经理转到余海华的商行时,手上拿着一只样品杯,直截了当问:"老板,你知道这市场上哪里能找到这种刻度杯,我要订购4000个。"

余海华仔细看了看张经理手上的样品杯,从没见过这种新款式,便陪同张经理到其他摊位上去找,可转了大半天,还是没找着。张经理虽很失望,但仍不死心地说:"老板,我请你吃个饭,你能否替我想想办法,这批货要发到非洲安哥拉一家医院给难民们用,要是不能及时发货,那边的难民身体健康就会受到严重威胁。"

这批货数量太少,照单接收肯定要蚀血本。不接吧,又于心不忍,怎么办？看着对方那无奈的表情，余海华心中起了波澜，"张经理，这样行不行，我们就算交个朋友，你给我 20 天时间，即使亏本我也帮你做。以后如有别的生意，你一定要照顾我。"

张经理一听，心怀感激地说："太感谢你了，一言为定！"

为了信守承诺，余海华还在自己的记事本上写下"万事诚为本，交友先交心"这句充满真情流露的感言。于是，余海华就动员厂家日夜加班，在第 18 天就帮张经理加工好这批刻度杯。虽然这个订单亏了 7000元，但这单生意成交后，张经理也因此与余海华建立起良好的合作伙伴关系。后来，这家公司全年在余海华商行订货 1000 万元。

王巧儿很佩服余海华，她觉得诚信既是自己与他人、与社会的一份契约，更是自己与良心的一个约定。有一天，王巧儿在市场上见到余海华时说："海华老弟，你诚而有信、因信而成的故事，让我很钦佩。诚信是人生中最重要的东西，不管什么都比不上它。只有将诚信深埋于心，才能结出致富果。"

余海华笑笑说："巧儿姐，你过奖了。我们不能只为了眼前利益而丢掉最基本的诚信。心有所信，方能行远。为人诚信，就是我对经营的一种态度。"

第五章

奋力扬帆搏海外

"提篮女,踏遍坎坷路;货郎担,洒满苦汗珠。

拨浪鼓,摇来万家富;小商品,垒起金义乌。"

这段广为传唱的歌谣,是提篮女、货郎们独特而艰辛的生活写照,也是他们驱冬雾、涌春潮、搏夏日、揽秋光真实的生存状态。

风霜雪雨,四季交替。多少年来,无不如此。义乌这个名不见经传的小县城,因小商品批发,在全国负有盛名。

当第二代小商品市场开放后,市场建设进入飞速发展期。每天前来交易的客商过万,商户摊位逐渐又扩展到朱店街。这条街曾是王巧儿最初摆摊的地方,以前由于条件太差,连遮风挡雨的棚子都没有,一到下雨天,就得立刻收摊。小商品市场如同从缝隙中艰难长出的一棵小草,迎着春风生根发芽,不断地生长进化,逐渐转型升级。

小商品市场流淌着义商们吃苦耐劳和勇者无畏的血液。符合时代潮流的新生事物,往往具有强大的生命力。一年又一年,时代给予义乌人很多机会,广大经营户进一步扩大市场规模的呼声日益高涨。

1985 年 4 月 25 日,县长姜甫根、副县长陈振兴召集县工商局、小商品市场工商所负责人和一部分个体户代表,共同研究解决市场扩建问题。

会后,副县长陈振兴就第二代市场易址新建、规划占地 60 亩、设摊4000 个的新构想,提交县委县政府领导班子开会讨论。在讨论中,大家对市场规模、只建一个小商品市场和将原市场改为农贸市场均无异议,但对市场要占用 60 亩良田提出质疑。

同年 7 月中旬，县委召开班子联席会，邀请工商、土管、财税、计委、城建等部门和稠城镇政府班子成员参加，对新建小商品市场设想方案进行专题讨论。为解决颇有争议的选址问题，县委赵书记带领与会同志到朝阳村附近、仓后路进行了实地察看，最后作出决定：兴建新市场，场址选在城中路以东、前大路与标准件厂之间地块。市场扩建工作由分管副县长牵头负责，整个建设现场总指挥部人员由县工商局干部担任。

敲起锣打起鼓，唱响了大兴市场歌。义乌第三代市场于 1985 年 12 月破土动工，具体选址在城中路东面稠城镇朝阳村。1986 年 9 月中旬，又在篁园路扩建一个火车站月台式、天穹式的小百货市场，可容纳 3 万人进场交易。市场建设前后仅用了 10 个月。

很多人都看好这市场，但在市场建设过程中，人们的认可程度也是千差万别的。第三代市场建设并非一开始就是一帆风顺的。一位经历过两次市场建设的工商局干部对常务副县长吴桃说："吴县长，第三代市场扩建方案提出后，社会各界持反对意见的不少，他们中有人提出，第二代市场刚开业，再建一个新市场根本没必要；个别态度激烈的人甚至还以这一带是良田为由，向省级和中央领导写信反映：将良田毁掉建市场太可惜了，光靠市场，能吃饱饭吗？"

对于建设这样一个集贸市场，工商局的一些同志思想上也是顾虑重重，不敢贸然下狠手。

脚下无路，便踏出一条路来。在第三代市场建设过程中，县里原计划兴建乡镇工业产品展销服务楼，为各区乡企办提供一个面向市场的窗口，由于牵头单位积极性不高，最后只得改由挂靠工商的个体协会投资，此事几经反复才得以落实。

市场建设就像烙大饼一样,烙出的饼再大,也要受到那口锅的限制,第三代市场建设就像这张大饼一样,是否能烙出大伙都满意的效果,完全取决于烙它的那口锅,这就是所谓的格局。

为加强对小商品市场筹备工作的领导,县政府成立市场开业筹备小组。1986 年 9 月 26 日,第三代市场——城中路市场开业,市场硬件由第二代简单的石棉瓦棚架变为钢筋混凝土棚架。在没有汽车运货的时代,马路上的自行车、三轮车上载着小商品,大伙儿脸上洋溢着笑容,千军万马赶早来经营……

这个地处朝阳门外的小商品市场,比上海的人民广场还要大一倍。开业当天,连国务委员和常务副省长都前来参加开业剪彩。走进市场,人们才真正体验到万商云集这句话的内涵。全国各地的商贾蜂拥而入,人山人海,各地的方言在此交融,每天三四万人潮水般进进出出,热闹得就如同赶庙会一样。

当天,还有 22 家新闻单位 40 多名记者来到望江楼宾馆参加记者招待会。会上,稠城镇镇长成了这一历史性场面的见证者和参与者。有位记者当场问副县长陈振兴:"陈县长,义乌新市场刚开业,人气就这么旺,它无疑是东南亚最大的市场。对此你有何新的感想?"

陈振兴沉思片刻,巧妙地回答:"记者同志,义乌市场是东南亚最大的小商品市场,这话可是你刚才说的,而不是我说的。不过,你有没有看到过这样一则新闻?北京有一架飞机飞到韩国去,100 个乘客当中就有 2 个是在义乌做生意的。"

陈振兴的言下之意是,开放这个市场就如同打开一道拦水闸门,数万农民很快加入商品经济的滚滚洪流中,沐浴着改革春风,茁壮成长。义商们融入血液里的商业基因被激活,思想桎梏被冲破,发展动力空前释放。正如大江奔流,这成了一股谁也阻挡不住的时代洪流。

提篮女

第三代市场开业后,王巧儿就像一个带着答案回头看题目的考生,强烈地感受到浓郁的商业气息扑面而来。看着如此热闹的街头巷尾,真有一种恍然大悟的感觉。一个月后,以《开发民间市场带动农村各业——义乌"兴商建县"变富步伐快》为题的报道见报,并配发评论员文章《大兴民间商业》,为义乌新市场摇旗呐喊。

此时,摆摊一词突然在全国迅速走红,各行各业的人都迫不及待公布自己要出摊的消息。有一座城市的人正在埋头赚钱,不声不响成为这波政策红利中最大的赢家,这便是中国义乌。它的奇迹在不知不觉中萌发,在人们疑惑、非难中顽强地生存,在惊异、意外中迅猛发展、迭代升级……1987年5月,一位能讲一口流利中国话、还起了个中国名字的美国人"马紫梅"博士为撰写《时代之子吴晗》书稿,来到吴晗老家义乌苦竹塘村采访。陪同的中国翻译热心地把她带到市场去逛。站在人头攒动、熙熙攘攘的义乌小商品市场里,她惊叹道:"在这里我绝不亚于看到了一处从未发现过的异域文明。"

随后,马紫梅博士双手一摊,一口气惊讶地问了一连串的"why"——为什么美国在工业文明初期,没有出现过像义乌小商品市场这样的超大型专业市场?为什么一场前所未有的专业市场浪潮,会偏偏出现在中国?而在中国,最大的专业市场又为什么会出现在并不出名的义乌?

不到一代人的时间,从地摊、货郎担再到专业市场,这座靠摆地摊起家的城市成了励志的典范、摆摊界的王者。优秀的城市是由优秀的人构成的,在这里,王巧儿经常听到各类鲜活而又传奇的励志故事,主人公们都有一个共同点——创业从摆地摊开始。人们总觉得摆摊面子上不好看,但靠劳动吃饭永远不丢脸,这是颠扑不破的真理。

在义乌摆摊极为便利,每个角落都是市场。这里不仅外来人口众多、消费能力强,关键是离货源只有一步之遥。在交易中,大伙争先恐后地交钱订货,店家以最快速度提货发货。一订一发,就像心脏的一次用力收缩,将物美价廉的货物源源不断输送到全国各地。

开始时,摆摊常被人轻视,大概是因为这行业本身违反规则,且摆的货也不高端。然而,规则需要付费,高端也只能服务少数人。在许多贫穷国家或地区,摆摊不仅接纳无业的底层民众,甚至成为当地经济的支柱。它为规则内处于绝对劣势的人提供糊口的门路和翻身机会。摆个摊儿,只要有手有脚,肯定饿不着,弄不好还能致富。也许是老天的偏爱,也可能是由于地理位置好,义乌这地方很少有自然灾害,也从没经历过地震海啸。偶尔来一点台风,也只是刮断家门口的树杈,给人一种安全感。

这里不仅有给摊位供货的商人,还有扎堆于此追求梦想的老外。在王巧儿认识的外商中,有个名叫穆罕奈德的埃及人,他给自己起个中文名叫雷翁。在这里他算是老牌的摊主,两年前开始摆摊,两年后就学会说普通话和义乌话,还租了个门面,将一家人全都接过来,筹划着再攒钱开个大店。

有一天,王巧儿在市场上正巧碰到穆罕奈德,他高兴地对王巧儿说:"我非常喜欢中国义乌,很愿意留在这里干,因为这个地方既包容又安全。虽然也有人担心这里的发展前景,认为再怎么着,它也只是个低端、人头攒动的小商品集散地。但我是看着它一点点从小变大、慢慢变好的。即使离开一阵子,我也会把家人放心地单独留在这座城市,这可不是所有城市都能给我的。"

王巧儿说:"我也认为义乌是一座传奇城市。在这个地方,人人都可以做生意当老板,跟大街上不认识的人说话也称对方老板、老板娘,真有点像广东的靓仔和美女称呼。"

穆罕奈德说："在中国待久了，我便能感受到从摊主到官员都有强烈的创新意愿和实干精神。他们从一片废墟中建起市场，并一直在忧虑共处中成长。许多国家的人都需要中国义乌的小商品，离不开这玩意儿。越来越多的人在这里摆摊追梦，并深深爱上这里。无论什么时候，义乌人走到哪儿都不缺朋友。"

王巧儿说："是啊，这一点谁也不可否认，在大家心目中，义乌代表着神秘的东方力量，这种力量让它蒙上一层神秘的色彩。要是觉得这只是酒香不怕巷子深，那就太低估了这座城市。殊不知，这里的触角，早已顺着季风和洋流，伸进了国际的海洋。"

新的历史，注定是一个新传奇的开始。义乌市场在边争论、边繁荣中崛起并孵化成形。市场上的商品一应俱全、应有尽有，让人们看得眼花缭乱；客商人头攒动，叹为观止。

随着人气渐旺，摊位的价值也水涨船高。一些想进场交易的人因没有摊位，有摊位的生产经营大户又嫌摊小而难以施展拳脚。于是，他们又将目光转向市场周围一个个门店，自然而然形成一条条专业街。

得春风之先、逢机遇之运、获政策垂青，历史总能与传奇融为一体。此时，特有的两层半建筑便有了特殊的用武之地：底层为商铺，上层为住宅。从产品代理销售，摇身一变成了前店后厂，逐渐形成贸易繁华的专业街市场，仿佛又打开了一扇新的天窗。

历史的发展，总是这样瞬息万变。最早的专业街是稠城前大路松紧带拉链一条街。第三代市场建成后，因经营主体陡增，部分温州松紧带、拉链厂家和经销商，通过市场代卖摊主渠道了解到市场行情火爆，便慕名前来淘金。由于场小商多，无奈之下，他们便在紧靠市场的前大路坐店经营。同类商品自行组合,形成一条独特的专业街风景线,为市场发展与繁荣当好配角。

时光就像一阵风,吹过一个又一个春夏秋冬。随着岁月的沉淀,王巧儿的性格也变得既刚强又柔和,敢闯敢试的拼劲也激励着她身边的一些经营者。

义商就像天生为贸易而存在,满脑子都是商业细胞。这年夏天的一个周日,太阳一寸一寸地往上挪移,射出万丈光芒,云彩好似被烧化了,晒得人亮晶晶的汗珠直往下滚。这天,张志来到市场找到王巧儿,他兴奋地说:"巧儿,有个客商很想采购一批衬衫,一天的发货量要装8车。"

王巧儿惊讶道:"志来哥,你该不会吹牛吧?明天快带他来见我。"

第二天下午,张志来果然带着一个高鼻梁、蓝眼睛的客商来到摊位前。客商虽有一副典型的苏联人面孔,却讲着一口具有磁性的地道东北话,王巧儿一看惊呆了。

"我叫董德升,俄文名字彼得罗夫,是地地道道的中国人,第四代俄罗斯族。"虽然董德升一句俄语都不会讲,但他的东北话十分标准。

"非常欢迎你的到来。你是苏联人?"

"不,我家住在中苏边境黑龙江省黑河市的逊克县,那里住着许多中国的俄罗斯族。"

张志来对王巧儿说:"董德升先生称中国义乌小商品市场很 OK,他想在这里长住,感受市场的魅力。"

董德升和王巧儿刚见面,他就嚷嚷着要采购一批服装运到苏联去销售。王巧儿凭着敏锐的商业触角,从中捕捉到巨大商机。一来二去,王巧儿很快和董德升谈妥了这笔订单,谁知这个订单竟让她差点儿付出沉重代价，好久都缓不过气来。

当接到这批货值达 20 万元的单子时，王巧儿也犹豫过，因为自己以前从没做过外贸出口订单。可她想的是，犹豫一万次，不如实践一次。华丽的跌倒，胜过无数次的徘徊。于是，经过一次次讨价还价，双方最终才确认价格、交货时间、运输渠道、付款方式等。于是，王巧儿以最快速度招收了一批缝纫车工，办起一个服装加工厂。

王巧儿好不容易加班加点将这批外贸衬衫做好，并按董德升要求发往上海等待装船出海。可等王巧儿按约定日期去跟董德升结算货款时，意想不到的事情发生了。董德升不知什么原因一直没露面，而且以各种理由拒付货款。虽几经交涉，王巧儿还是没拿到一分钱货款。这实在是令人防不胜防，王巧儿厚实的心墙犹如万丈高楼瞬间轰然倒塌。

成功异常艰难，但毁灭却在一瞬间。王巧儿暗想："收不到货款，就可能是破产的前奏。这可怎么办？"所有努力都恢复成原有的模样。王巧儿蒙了，她做梦都想把款子要回来，可现实却狠狠地打了她一巴掌。

20 万元货款突然从人间蒸发，这可不是一笔小数目，要是能顺利结款，或许王巧儿的人生会是另一番模样。可现实竟如此残酷，董德升再也没有出现，电话也一直打不通。王巧儿有些坐立不安，胸闷心慌，无数个念头在她脑海中闪现，她更希望董德升不是一个老赖。

结不了货款，王巧儿不仅身无分文，还引发一连串连锁反应，这就像多米诺骨牌效应。此时，服装厂 30 多个车工的工资、供应商的布料款等，都成了压倒她的最后一根稻草。资金链一断，一切就会像雪崩一样，她觉得自己的人生快要崩溃了。

见不到董德升，王巧儿真不知该找谁去要钱。可所有的困难和补刀，只不过是她涅槃中的燃料。无奈之下，王巧儿决定奋力自救。她先盘掉工厂，等支付完工人工资和供应商的货款后，又决定重振旗鼓，另找商机。

母亲李翠莲得知女儿的货款迟迟要不回来,生怕出事忙出来安抚:"巧儿,天气时晴时雨,生意也会有赚有赔,以后老老实实做点小生意混口饭吃就得了。"

要装进一杯新泉,就必须倒掉已有的陈水;要获取一枝玫瑰,就必须放弃到手的蔷薇。就在王巧儿绝望之际,张志来风风火火跑来,带来一个天大的消息:"巧儿,我听说市场上刚成立一个司法调解所,你何不死马当作活马医,去那里碰碰运气?"

王巧儿一听,慌乱之中仿佛心里被投入了一颗小石子,荡起阵阵涟漪。这虽是一种荒谬的努力,却也是唯一能做的事,王巧儿犹如抓到压死骆驼的最后一根稻草,连忙拽着张志来朝市场司法所跑去。

此时,市场司法所长陈津和刚调解完一起案件回所里,屁股还没坐热,就听见外面吵吵嚷嚷。他赶紧出门一看,只见走廊那头有群人朝这边走来,其中还有两个警察。陈津和想:"这些定是刚才派出所那边打电话说要过来找我调解的人。"来人一共 5 个,包括双方当事人 3 个,外加 2 个警员。

陈津和不解地问:"这是怎回事?还要警察押送?"

其中一个高个子警员说:"陈所长,是这样的,这两个是我们当地的经营户,说这个名叫董德升的东北人欠了王巧儿 20 万元货款。今天她见欠货款的东北人在义乌街上露面,怕他赖账跑掉,就和边上这小伙抓住他,一定要赔付货款。"

陈津和把事情来龙去脉了解清楚后,二话没说,就忙将他们引到调解室。刚坐定,陈津和就叫小王开始录音,一般调解案件他都喜欢用录音留下证据。王巧儿的陈述,让陈津和基本摸清了实情。

开始调解时,董德升马上哭诉起来:"所长啊,并非我故意拖欠对方货款,实在是窟窿眼儿大,即使卖掉我家老宅也还不起这笔欠款!"

董德升流着泪说完,"扑通"一声跪下求王巧儿谅解:"巧儿,你定要给我指条活路。"

窗外一阵风吹来,吹得王巧儿头发凌乱,心也乱了,可她耸耸肩,装作若无其事的样子说:"你这是鳄鱼的眼泪,肯定在撒谎。我不管,这货款你必须给我打过来。"

谎言不可怕,谁信谁尴尬。见王巧儿心如火焚,陈津和开口说道:"你俩都别激动,想不想先听听我的一些见解。"

王巧儿顺水推舟道:"陈所长,有话你就直说吧。"

"从我对董德升的观察来看,我觉得他的诉说是真实的。巧儿,你好心对他,肯定不会吃亏,不妨再信他一次。你自己也说过,之前与他有生意往来的人从没欠过货款,这是第一次。"

"对呀,我这次也算是倒霉透了。"

"可我认为,人这一辈子不可能一直倒霉。也许董德升真的有难言之隐。这次他栽了,肯定连他自己都不甘心。更别说将他作为诈骗犯投监入狱,就算把他枪毙了,也不一定能拿回这笔货款。"

"那该怎么办呢?"

陈津和脸上收住笑容,刚坐下来就直奔主题,他从情理法角度给王巧儿分析利弊:"请再给董德升一次机会,也给自己一次将来把生意做得更好的机会。"

现场立刻变得肃静,见王巧儿不说话,陈津和知道刚才的话起了作用,继续趁热打铁道:"我的意见是,让董德升给你写张还款欠条,约定在还清款项之前要他只跟你做生意,今后每笔生意都以现金交易,拿多少钱交多少货,怎么样?"

"陈所长,你这是要把我再次架到火上烤!"

"你放心吧,应该不会横生枝节。"

事已至此,王巧儿也是束手无策,只得尽人事、听天命,表示愿赌一把。董德升更是求之不得,最后双方达成一致意见:一、第一个半年,董德升还王巧儿货款 20 万的 1/3;二、第二个半年,再还所欠货款的 1/3,以此类推……

得到王巧儿的谅解,董德升激动得哭了,他紧紧握住陈津和的手说:"太感谢你了。"

"不必客气。"

董德升擦了把泪,脸上露出满意笑容:"巧儿,你压根儿就没把我当外人。今后我定会好好跟义乌人做生意,尽快将钱还上。我还要将义乌人的好告诉全世界,让全世界人都来这里做生意。"

见董德升说话诚恳,王巧儿嘴角扬起了一缕微笑……

当国门打开,地球上各种肤色、各种语言的异族人,跨过大洋,涉过大川,越过大漠,来到义乌经商做生意时,这里便成了"世界商人之家"。这是真正意义上的大家庭。正因为有了这个大家庭,来这儿经商的人尤显得容光焕发。义乌以海纳百川的肚量,让每一个前来筑梦的客商,都拥有一个无比温馨的第二故乡。

一年后,董德升信守诺言,主动揽账,顺利还清王巧儿的货款。见到失而复得的巨款时,王巧儿满脸喜悦,激动地将心里的五味杂陈打成了五谷杂粮。

毫无疑问,这是一次非常深刻的教训,这次危机顺利化解,对王巧儿来说是一种柳暗花明的历练。她知道以后的路,起点始终在自己脚下,必须把每一天当作一个新的起点,把每一次难题当作一个新的机遇,把每一个目标当作一场新的冲刺。从零开始,就如同一张白纸,白纸上是一幅丹青妙笔还是涂鸦之作,完全取决于自己的思路和经营决策。一番番春秋冬夏,一场场酸甜苦辣。经历一次次摸爬滚打、磕磕绊绊后,王巧儿似乎重新找回了自信和追求事业的激情。

收到货款后,王巧儿再次来到市场司法所,紧紧握住陈津和的手说:"陈所长,真没想到我的钱还能要回来,感觉这笔钱就像是从天上掉下来的馅饼。"

陈津和笑笑,风趣地逗着王巧儿:"天上也能掉馅饼,那是好事啊!"

有时候,做生意就如同赌博一样需要孤注一掷,溢满了打拼中的欢笑与眼泪。当拿到这笔失而复得的货款,王巧儿的心就像一壶刚烧开的沸腾之水。两天后,她决定到哈尔滨、绥芬河口岸等地考察市场,但无功而返。后来,有个朋友告诉她:"北京秀水街和雅宝路市场不错,可去那儿瞧瞧。"

于是,王巧儿又一路北上。此次北漂,既是一次市场考察之旅,也是一次对人生奋斗之路和命运的反思之旅。通过实地考察和研判,她决定在秀水街和雅宝路市场进行二次创业。这里号称海外游客前往购物的民间贸易中心,王巧儿的生活虽一地鸡毛,但依然要高歌猛进。她这次的选择没有错,秀水街和雅宝路的经营环境、软硬件设施都很不错,贸易范围广、渠道丰富,市场也更广阔。

到达北京后,王巧儿发现来到秀水街和雅宝路市场采购的外商,大多来自苏联、保加利亚、捷克等斯拉夫语系国家。为便于交流,更好地与外商打交道获取更多的订单,她主动报了斯拉夫语培训班充电。义乌大陈、苏溪的 6 家服装厂成了王巧儿的供货商,她还结交了一些新的外国朋友。几个月下来,王巧儿赚了不少钱,常常笑得合不拢嘴。但好景不长,因为当时卢布突然大幅度贬值,造成苏联等国客商无力采购商品,秀水街和雅宝路市场一度进入萧条期,买卖一落千丈,有时一天也卖不出几件货,生意清淡到让人看不到曙光。

1988 年 5 月的一天,王巧儿从电视上看到义乌撤县建市的消息。这意味着在改革开放大潮中,义乌率先成了一座没有围墙的城市。对这座小城而言,撤县建市犹如涌动的春潮,注定波澜壮阔,更如延续华夏的荣光,注定要被人写进历史。

王巧儿知道,兴商建县和兴商建市,虽一字之差,但财富和价值却天壤之别。政府不断通过丰富品牌内涵做文章,使品牌更加饱满,促使小商品市场辐射范围由周边县市逐步向省内、国内乃至国外拓展,国内外相关经济主体和区域间分工协作得以不断强化和发展。这破大荒的举措,成了大伙公认的最成功的发展战略。

正当王巧儿心血来潮想回老家放手一搏时,有个在南斯拉夫做生意的义乌人贝小芬,找上王巧儿的亲戚,请他帮忙采购货柜空调扇,而这个亲戚就联系王巧儿,因为她对市场行情特别了解。生意成交后,王巧儿就与贝小芬熟悉起来,并有了进一步交往。

有一天,远在南斯拉夫的贝小芬突然给王巧儿打来电话,邀请她去南斯拉夫考察。经过一番深入交谈,王巧儿心动了,流淌在血液里的创业激情再次被唤醒,便萌生出国创业的念头。

王巧儿拨通了张志来的电话:"志来哥,世界那么大,我想去国外看看。"

张志来一听,头摇得像拨浪鼓:"去国外干吗,你疯了吗?"

"去看看外面的世界。"

"出国可不是出柜,你以为有那么简单吗?"

"你可别对我放冷箭。现在刚好有个机会,不管是火焰山还是北冰洋,我都想去试试。"

"既然你打定了主意,那还问我干什么。你想去哪里?"

"南斯拉夫贝尔格莱德。"

"为何要去那儿?"

"朋友约我去。"

"不会是你最近新交的男朋友吧?"

"你可想哪儿去了,这怎么可能!"

"那我跟你一块去。"

"你要去? 你也疯了吗?"

"你都没疯,我怎么可能会疯掉呢。"

刚放下电话,王巧儿思来想去,怎么也没料到张志来竟会想跟自己一块出国。

王巧儿对贝尔格莱德情况了解并不多,为此,她专门跑到图书馆查阅资料。贝尔格莱德地处巴尔干半岛,坐落在多瑙河与萨瓦河的交汇处,居多瑙河和巴尔干半岛的水陆交通要道,是欧洲和近东的重要联络点,被称为"巴尔干之钥"。

出国前,王巧儿先给父亲王财宝打了个告别电话,告诉他自己想出趟国门。王财宝一听,说什么也不同意女儿的请求,苦苦挽留,劝她放弃这一念头。可王巧儿就是不听,想要来一场说走就走的旅行,这想法一旦定下来,连十头牛也拽不回来,谁拿她都没办法。

于是,王巧儿和张志来就瞒着家人,做出国的准备。

出发之前,王巧儿了解到当天出国的人并不多,尤其是去贝尔格莱德的更少。从贝小芬处一打听才知,需要先去北京找南斯拉夫大使馆办签证,回义乌后买机票也很麻烦。权衡利弊后,她在杭州找了家航空机票代理公司,总算买到笕桥至贝尔格莱德的两张机票。

　　几天后的一个早晨,王巧儿和张志来背起行囊,乘车来到杭州笕桥机场,走上扶梯登机,坐上了去贝尔格莱德的飞机。不一会儿,只见一架飞机昂着头,翘着尾,以闪电般的速度在跑道上滑行,飞机螺旋桨旋起的大风将地面调度员的工作服吹得像一面飘飞的旗帜,一眨眼工夫飞机便腾空而起。不一会儿,银色飞机很快变成一个小白点,渐渐消失在茫茫的天空中……

　　经过 10 多个小时的长途飞行,飞机终于到达贝尔格莱德上空。王巧儿从舷窗俯视广袤的大地,城市下面大片的矮小房子尽收眼底,她的心情既激动又紧张,对这片神秘国度充满了好奇心,疲劳感顿时消失。

　　片刻间,飞机稳稳地降落在贝尔格莱德机场。王巧儿手持五星红旗,第一个走出机舱,准备向前来接机的贝小芬打招呼。

　　贝尔格莱德是南斯拉夫首都,王巧儿原本想好好见识一下繁华的机场,可整个机场竟然空荡荡的,只有 10 来个人躺在椅子上过夜,等待第二天转机,真是失望之极。

　　更令人没想到的是,刚下飞机时,王巧儿和张志来等四五名中国人的护照就被当地警察强行收走,人也被关进一个小屋子里。第一次出国也不知怎么回事,后来才知这是南斯拉夫警方在严查偷渡客,等机场所有商店关门,问明详情后,才予以放行。

　　贝小芬在机场左顾右盼,就是不见王巧儿和张志来的身影,她急得像热锅上的蚂蚁,迫不得已只得报警,几经波折才联系上他们。

　　在贝尔格莱德机场办理入境手续比较宽松,警察只粗略查看了王巧儿和张志来的护照就准许入境。这时,贝小芬在机场已等候多时,总算接到人,便立即送他俩到住处安顿下来。

　　在整个西巴尔干地区,作为一国首都,贝尔格莱德无疑最具南斯拉夫气质。从车窗望出去,只见过往的车辆、广告牌和店铺招牌上,有很多

提篮女

"yu"（Yugoslavia）结尾的网址。看着这些网址，颇有些时光倒流的感觉。

到达贝尔格莱德后住了几天，王巧儿觉得这里除了空气潮湿外，其他还算可以。虽然远离家乡，举目无亲，但总算有了一个落脚点。王巧儿和张志来对贝小芬这位朋友特别感激，视她为挚友。

那时，中国对外贸易刚开始发展，与贝尔格莱德的贸易量并不大。南斯拉夫人对中国也不是很了解，中国人在这里做贸易的也不多，大多数都是公派过去的工作人员。

王巧儿了解到贝尔格莱德正由计划经济向市场经济过渡，各种货物奇缺，人们对中国来的日用百货、服装、鞋帽等质优价廉的商品十分喜爱。

没过几天，王巧儿就和张志来租到了一个店面，还将北京的货物全部组柜运过去，店内也不再局限于只卖衬衫，还从中国市场采购五金、玩具、厨房用品等。令人没想到的是，生意居然出奇地好，常常是货刚运到，就被抢购一空。

与许多东欧国家相比，南斯拉夫不仅工业化程度较高，而且经济发展步履坚实。它有着"巴尔干之虎"的美称，甚至连苏联领导人都曾公开表示，南斯拉夫是个先进的社会主义国家。在冷战时期，许多社会主义国家的公民若想出境，尤其去美国十分困难，而南斯拉夫公民却拥有几乎可以让全世界都认可并免签的护照。

贝小芬在贝尔格莱德做清关，能在这里做清关业务的中国人总觉得自己神通广大，各方关系都能拿捏得很有分寸。这让王巧儿觉得自己能交到这种朋友很幸运。人这一辈子，一路走来能有几个这样的知心朋友就够了。

初到贝尔格莱德，王巧儿的英文并不精通，只能用手势与当地人沟通交流。为了增强交往能力，她特意去英语文化交流中心学习英文。

待了两个多月后,机缘巧合,贝小芬的一个老乡有个店面要转让,那个老乡是去贝尔格莱德较早的中国人之一。王巧儿就从他那儿转租了这家店,那老乡就当二房东。这家店面有 70 多平方米,楼上有三层,第二层是印度人租用的制衣厂。

当王巧儿第一个货柜到时,因仓库就在店面后头的院子里,内有一个大铁门是二楼印度人出钱做的。等王巧儿卸柜时,需打开大铁门,平时这扇铁门一直关着无人管束,这时却节外生枝。二楼的印度人也说不出什么道道,故意没事找事,气势汹汹跑过来阻拦,不让王巧儿打开大铁门,并扬言要敲竹杠。王巧儿一怔,见无法卸柜,她告诫自己不要莽撞,一莽撞就容易踩雷,便搬来救兵张志来。双方僵持不下,一言不合竟动起手来。印度人虽人高马大,但那天王巧儿长了个心眼,多请了几个中国人帮忙应对。

刚开始做生意,由于王巧儿经验不足,又没足够的资金,难免遇到这样那样的困难。第一个货柜到时,王巧儿所发的女皮鞋鞋码对不上号,南斯拉夫人脚大,女的脚码都是 39—42 码,她发的是 36—39 码,国内商家坑人说这是欧码,南欧人穿绝对没问题,她家人也不懂就发了过来,结果上当了,鞋子自然难以卖掉。其他中国人卖的鞋都大卖大赚,王巧儿只得亏本处理,20 余万元的货款白白交了学费。

后来,王巧儿决定卖日用杂货,生意就迅速好了起来。贝尔格莱德市场上的货物奇缺,只要发货对路,人们都抢着购买。中国人的货在这里大部分都很畅销,那时王巧儿的仓库里都不会有太多的库存货。有时商店因店面不大,就叫当地人排队等号进店购货,还能赚一笔卖号费。

在那里经商的中国人,每天回家后都忙着整理统计卖货钱,但对印度商人来说却是生意惨淡,成了另一番景象。

提篮女

有人说，要是将南斯拉夫圈起来，就能盖一座世界最大的马戏团。每次见面时，贝小芬都不厌其烦地讲起她的近日新闻：父母早上发的工资还能买一斤肉，到晚上就一片面包也买不起。大家都疯了一般想尽各种办法将钱换成稳定的德国马克，兑换所门前排起长龙。她跑遍黑市，无数次帮父母去排队。望着刚到手的纸币，她发出一声笑："现在的日子还算不坏！"

可谁也难以预料，1999 年 3 月 24 日至 1999 年 6 月 10 日，南斯拉夫突然爆发科索沃战争。尤其是 5 月 8 日凌晨 5 时许，中国驻南联盟大使馆被炸，一时间世界震惊，举国震惊。随后很多地区都爆发了抗议示威游行。

北约轰炸南联盟一下子打乱了王巧儿和张志来的经商节奏。他们在南联盟大使馆人员的帮助下，顺利抵达罗马尼亚，随后返回北京。当飞机平安降落在北京的那一刻，王巧儿提着的心终于放了下来，并马上给家人报了平安。

在北京待了一段时间后，王巧儿和张志来闲不住，又心痒起来，跃跃欲试。他们准备到欧洲中部的斯洛伐克去闯一闯，开启一段全新的创业旅程。

到达斯洛伐克首都布拉迪斯拉发后，王巧儿和张志来重操旧业，还是做服装批发生意，并陆续从国内采购 50 万元的小商品，通过海运到达德国汉堡，随后再通过陆路运抵斯洛伐克。

这时，王巧儿和张志来在布拉迪斯拉发租下一个摊位。他俩将货物赊账给当地的华人销售，卖完货后再付钱给他们。在国外华人的帮助下，很多人都愿意主动跟王巧儿做生意。

商人第一个字是"商"，一切都好商量。在协商中达成共识，在合作中共谋博弈。随着生意日益扩大，王巧儿原先租的摊位不够用。于是，

她就想买一块地，在欧洲开垦处女地，挖掘商机，建造一栋属于自己的商贸城。

当时，距离王巧儿摊位只一街之隔的斯柯达汽车车行土地准备对外出售，于是她瞅准机会斥巨资顺利买下斯柯达车行这块金贵之地，仅用两年时间，投资建成一座金城国际商贸城。主要经销小商品、鞋袜、建材、电器、文具等多种产品，入驻的经营户有华人也有外国人。

一个人只有到了国外，才会感受到祖国这个词特别有分量。不是身临其境，不能感同身受。祖国的强大是海外华人的福音和底气，那种精神上的皈依感和强大的尊严感、自豪感，只有出过国的人才会深深明白。在国外，王巧儿将义乌模式成功复制到欧洲中部的内陆国，金城国际商贸城也算是她为斯洛伐克首都布拉迪斯拉发增添的一个中国符号、一道中国风情。

光阴似箭，日月如梭。日子就像从指尖流过的细沙，在不经意间悄然滑落。注定在一起的两个人，不管绕地球多大的一圈，依然会回到彼此的身边。在布拉迪斯拉发，王巧儿和张志来牵手同行，共度风雨，数次跌倒、数次爬起，厮守着两个人的沧海桑田。要是不曾相遇，怎么能相信，有一种人一相见就有一种对上眼的感觉。

回想起两人在南雁北飞中相遇、在长途奔袭中相识、在长春街头相恋、在义乌市场相帮、在异国他乡相伴的一幕幕暖心画面，莫非这就是传说中的命中注定？一想起这些，王巧儿和张志来忍不住感慨万千。他俩的这一段忠贞爱情不因季节而更迭，创业恒心不因名利而浮沉，这是一种怎样的亘古绵长。

岁月匆匆，荒草成灰。从提篮女起家的王巧儿，仿佛觉得自己就是一片白云，悠悠荡荡，满世界地飘呀飘。

张志来和王巧儿一样,在风起云涌的商海中涉险滩、爬陡坡、闯难关,取得一个个浸透着汗水的业绩。

王巧儿想:"自己能有今天的蜕变,谁是最大的功臣?"在她心里,自然有一个标准答案。她特别要感谢的人是谢书记,是他给予自己创业的勇气和力量,这位县委书记是百姓心中的一座丰碑,王巧儿对他始终怀有一份高山仰止的敬意。

岁月中的遇见,总是充满戏剧性,谢书记的叮咛仿佛又回响在王巧儿耳边:"一个人走得再远,也不要忘了出发的地方。义乌是我们的家,也是根,那里有养育我们的亲人。"

"金鸹鸪,银鸹鸪,飞来飞去飞义乌……"这首民谣在义乌大地传唱了千年,经久不衰。王巧儿觉得自己对故乡始终怀有最深刻的眷恋,特别关注义乌的发展。每次回国都能感受到家乡的巨变。无论何时,她都渴望自己变成一名推介中国义乌的使者,在力所能及范围内,邀请更多欧洲的华人华侨到义乌投资兴业,共享机遇,为家乡发展献尽绵薄之力。

滚滚商海潮,弹指一挥间。时间定格在 2022 年,转眼之间,距离1982 年已是 40 年。其间,社会主义市场经济改革最为深刻、彻底的省份无疑是浙江,而义乌就是走在改革最前沿的探路者、开拓者。40 年里,义乌市场经历了六次易址、十次扩建、五代跃迁,成为被联合国、世界银行与摩根士丹利等权威机构认定的"全球最大的小商品批发市场"。义乌 12 任县(市)委书记,像一个个不知疲倦的火车头,年复一年、日复一日地带动义乌商城急速奔跑。时代变了,风景也变了,但规则丝毫未变。

从 1982 年 9 月 5 日在马路边搭建起简易的第一代市场起,多少个

提篮女

日日夜夜,总有人在惊叹之余犯疑:"义乌小商品市场到底能走多远?"但人们的担忧是多余的,这个草根市场并没有因为时间的流逝而消失。许多义乌商人以敢为天下先的精神勇扛改革大旗,义乌成为全国县域改革开放的一个鲜活样本。一届届领导干部在一次次濒临绝望的破蛹化蝶中,让市场一波又一波地创造出新的辉煌和传奇。

王巧儿知道,以前的马路市场,摇身一变成了全球最大国际商贸城,210万种来自世界各地的商品在此汇聚,销往全球230多个国家和地区,连续31年位居中国专业市场成交额榜首,从一个区域性市场拓展为全国性龙头市场,进而跃升为全球国际大超市。

王巧儿知道,从提篮叫卖单一经营,到肩挑货郎担走南闯北,从马路市场、棚架市场、室内市场,到小商品海洋、购物者天堂,从市区小码头、小车站,到义新欧、义甬舟、跨境电商货通全球的"世界小商品之都",义乌商人凭着一股闯劲,正打造着通达全球的亿吨级世界货源地。1982年至2022年,借助兴商建市的定海神针,义乌市场演绎出"莫名其妙、无中生有、点石成金"的发展奇迹。未来的义乌将是数字变革引领发展的市场、供应链富有韧性的市场、进出口双向驱动的市场、商贸物流互动融合的市场和营商环境极优的市场。它就像一颗璀璨的明珠,在中国县域星空里闪耀着灿烂夺目的光彩。

40年在人类发展史上只是短暂的一瞬间,无论对于中国还是义乌,这40年都是一段砥砺奋进的难忘岁月、一部激动人心的奋斗史诗。义乌人在义乌大地上高速换挡,留下了永不磨灭、永续传承的奋斗痕迹和持之以恒、卓尔不群的进取烙印,让商城再次套上了奇迹之地的光环。

数字虽然枯燥乏味,但总能带来精彩。过去40年义乌小商品城经历过下海潮、中国加入WTO、两次金融危机、互联网大爆发,每个阶段都踩着关键节点做出相应变革,最终发展成拥有7.5万商户、关联210

万产业链中小微企业的商业生态。

世界超市承载着国内消费流行趋势的走向。如今,许多网友意外地发现,在刷短视频时看到的各种生活场景中销量10万＋的爆款小物件,几乎都来自义乌。

总有一些时光,要在流逝后才会发现它已深深镂刻在记忆的光盘里。此时此刻在王巧儿脑海中,又浮现出2014年11月20日的情景,一位国家领导人来义乌考察国际商贸城的情景……

刚迈进义乌国际商贸城,这位领导看到一位坐着轮椅的经营户,立即走上前去,关切地询问身体和经营状况。领导非常随和,让人觉得特别亲切,经营户见了他一点都不紧张。在考察中,他三番五次停下脚步,与群众握手,向大家挥手致意。

当领导来到王财宝经营的商铺时,王巧儿正站在父亲身边。在王财宝和领导握手之后,王巧儿也伸出手去,领导见状,立刻侧过身子,将手伸向王巧儿。她愣了一下,随即笑着握住领导的手。这双手,瞬间给了她无穷的温暖和力量。

王巧儿非常激动,随即取出一只父亲几十年前敲糖换鸡毛时用过的拨浪鼓送给领导,说:"我们从那么艰苦的时光一路过来,现在又把货卖到了全世界,真是不可思议。这不仅是党的英明领导,也是改革开放政策好。没有这些,就算我们是孙悟空也折腾不出来。我给您送一只义乌的拨浪鼓,希望您能轻轻摇一摇它,祝愿义乌的经营户生意兴隆、财源广进!"

领导兴奋地接过拨浪鼓,见这只鼓小巧玲珑,又特别可爱,情不自禁摇了起来,"叮咚"之声响个不停。领导高兴地说:"我应该把这只动听的拨浪鼓转赠给国家博物馆。我知道义乌在创业初期,有一段非同寻常的摇着拨浪鼓走天下的历史,一路走来真是不容易啊。小商品是中国的名片,这个礼物很珍贵,浓缩了一种传奇的草根创业精神!"

听了领导的话,王巧儿内心深处顿时像汹涌的波涛一样异常激动,她欣慰道:"谢谢您的鼓励!"

是啊,拨浪鼓就是义乌商业史的见证者。当得知领导要来考察义乌市场的前一天晚上,王巧儿首先想到的就是,要将家中这只珍藏了半个世纪的拨浪鼓送给他,让他带回北京去,这是义乌的老古董,也是一个吉祥物!

在拥有 120 万件藏品的国家博物馆,也许这个破旧的拨浪鼓太不起眼。羊皮制成的鼓皮已经发黄,镶嵌的铁钉亦已生锈,连接鼓体和鼓耳的红绳几近散开。但在物资匮乏的二十世纪六七十年代,小商小贩正是摇着它走街串巷,以糖等物品换取居民家中的鸡毛等废品以获取微利,歧路纷杂,这是何等穷困,何等艰难。

随后,领导又来到国际商贸城二区三楼的银河电讯器材商行,店主王国田正在电脑上查看自己产品购销情况。

领导走进店里,王国田一下子还没回过神来。领导走到电脑前,问:"你在看什么呀?"

王国田说:"我在看网上的销售情况。"

领导又问:"像你这样的小微企业,负担重不重?知不知道国家出台了为小微企业降费清税的政策,尤其是最新实施的'增值税和营业税免税额提高到 3 万元'?"

王国田回答:"国家对小微企业的扶持政策很多,我知道十月出台的'小微企业月销售额不到 3 万元,免征增值税和营业税'。不过,我的月销售额已超过 3 万。"

领导又问:"你这么一个摊位年租金多少?有没有收不合理的费用?"

王国田答:"这样一个摊位租金每年 1 万多元,小商品城集团此外没收任何额外费用。"

"如果有人来违规收费,你就拿中央文件给他们看!"

王国田随手拿出一本有市场各时代老照片的相册给领导看。领导看后说:"这是市场发展小小的见证,非常珍贵。"

当天上午 10 点,当这位领导结束市场考察时,繁华的义乌国际商贸城给他留下极为深刻的印象。他称赞道:"这里的确名不虚传,我看今天的国际商贸城足以与当年的清明上河图媲美,堪称当代'义乌上河图'!"

此次义乌之行,领导看到了全球最大的小商品批发市场琳琅满目的货物和熙熙攘攘的人群,这里彰显着义乌"买卖全球"的大气魄和快节奏。可收获最大的却是王巧儿,因为她赠送给领导的一只拨浪鼓,后来竟成为国家博物馆"复兴之路"中的陈列展品,那可是一件永载中国改革开放史册的稀罕物啊!

2017 年 11 月 28 日,对王巧儿来说又是一个特殊的日子。位于稠城新马路 12 号的小商品市场旧址公园投入试运营。它始建于 1984 年,见证了市场的崛起之路,此时在原址上恢复原貌,摇身一变就成了一座精致的第一代小商品市场博物馆。

试运行当天,王巧儿和张志来慕名参加了开馆仪式。王巧儿远远就看见一尊汉白玉拨浪鼓女神雕像。只见她昂首挺胸,面带微笑,优雅端庄,自信从容。右手向前伸平,表现出请的神态,喜迎四海宾客;左手拿着拨浪鼓,微微举高,似乎摇响催动前行的鼓点。这座白色雕塑见证了义乌市场的发展变化,浓缩着"勤耕好学、刚正勇为、诚信包容"的义乌精神,成为人们心目中的商业图腾。市场内,一排排双翼钢混式棚架与水泥板摊位建筑单体组合在一起,格外引人注目。内设小商品市场旧址陈列馆,一层将廿三里市场、地摊市场、草帽市场场景做成老照片浮雕墙,二层用影像图片、全息幻影、电子沙盘和三维动画四种形式展现第二代新马路小商品市场演化历程。

王巧儿专注地看着,眼前的人群、风景不断地变换着。突然,她的眼前一亮,与一个瘦瘦高高的背影不期而遇。王巧儿快步走上前,终于看清了对方的面孔。王巧儿既惊又喜:"谢书记,我没看错吧,真的是你呀!"

王巧儿连忙与谢书记握手。此时的谢书记已年满86岁,他是开馆仪式上受邀的特别嘉宾,看上去仍是一脸的清瘦,但精神矍铄。

看到眼前这些小商品市场留下的文物,谢书记抑制不住激动的心情,语重心长地说:"巧儿,义乌第一代市场在商贸业发展史上具有重要的历史纪念价值,是市场发展史上的一个里程碑。"

王巧儿说:"是啊!这个博物馆犹如记录义乌市场发展的一部立体档案,我们每个义乌人都要好好保护。"

站在一旁的张志来也深有同感地说:"谢书记,远见对于义乌来说如大旱之望云霓、雾霾之望大风。这个博物馆不仅得益于党的政策,得益于深厚的商贸文化,更得益于你当年的大胆作为!"

谢书记谦虚地摆摆手说:"我可没什么功劳,成果都是义乌群众创造的,我只是尊重民意。这是义乌人民的伟大壮举,也是市场发展的精神支柱。可以这么说,义乌人会赚钱但不乱花钱,会钻空子但不乱来,会做大事也肯做小事,这些细节品性成就了今日繁荣的义乌。"

王巧儿点点头说:"市场的发展奇迹真了不起,这是中国奇迹的一个缩影,着实令人惊叹!"

张志来也笑着说:"义乌的确是个充满商机的地方,这个市场是中国实体市场的晴雨表。只要强劲的风儿还在,它定能一飞冲天,一鸣惊人。"

谢书记欣慰道："放眼五洲四海，回眸浩浩神州，中国改革开放以来，义乌这座城市破冰前行，从小商品市场起步，建成了一个全球最大的小商品批发市场，得以引领风骚，这是轻微的羽毛激活了发展天地，是改革春风营造了伟大奇迹！"

从发放第一证到认可第一代，从创造神州第一市到异地举办分市场，从兴商建市到建立国际商贸城，每一次决定都反映了一个创业时代的历史缩影。望着眼前的一切，王巧儿脑海里仿佛又浮现出往日那些艰难的岁月，似乎又感受到义商血液里流淌的创业基因。

谢书记深深感叹道："在市场崛起过程中，提篮女、货郎这些群体完成了市场主体从农户—商户—业主—创业者的身份转变，市场载体从晒场—市场—商场—商城的递进，产业复合结构从前店后厂—以贸促工—工商联动的调整，这三大变化昭示一个市场经济的黄金法则。"

有人笑称，以前的义乌一条马路七盏灯，一个喇叭响全城。一个最不可能脱贫的农业小县，却在一路走大、走富、走强中走到了时代前列。如果说义商们在提篮叫卖和敲糖换鸡毛中找到了发家致富的渡口，那么争渡就是改革开放这个永恒的主题。

在义乌异国风情街，每天晚上来自非洲的客商品尝着地道的阿拉伯美食，谈天说地。在远离故乡万里之外的东方小城，他们找到了自己的生活节奏。步履匆匆的客商、各种创新创业的会议都出现在义乌风情街，有人说，这里的空气里都飘浮着商机。

作为一个县级市，义乌的开放包容度让世人印象特别深刻。这里有各类涉外机构6800多家。许多在此经商的外国客商都有一张小小的外籍商友卡，签证延期换发、网上住宿申报等信息都实时更新。这张

提篮女

商友卡让外商在医疗、交通、子女教育等社会保障方面,享受与义乌市民同等待遇。这些新义乌人来自不同的国家,有着不同的肤色,但相同的是,义乌是他们实现梦想的共同之家。在感叹中国大地发生巨变的同时,他们更庆幸自己搭上了中国发展的特快列车。

提篮女,一个不朽的符号;拨浪鼓,一首不老的歌。义乌古邑,吴越旧疆。以鸟命名,沐两千年烟月;以商为魂,铸四十载辉煌。不必东奔西走,义乌应有尽有:从针头线脑、鞋带、纽扣、拉锁、牙签到精致的礼品、精美的饰物;从鞋袜、围巾、帽子、服装到毛纺织品;从各种玩具、打火机到电视机、红木家具、各种五金工具和电子产品。凡是日用百货中人们能想到的,都能买到。此刻的谢书记不禁在想:"当改革开放的风帆将义乌小商品市场托起,那百舸争流、万船竞渡的时代还会远吗?"

决策者是掌舵人,追随者是划桨人。目标是方向,是前进的灯塔。路虽远,行则将至;事虽难,做则必成。如今,吃改革饭长大的义乌国际商贸城给人的感觉,倒不像是小商品市场,更像是大型的会展中心,很有上海新国际展览中心的味道。整个国际商贸城分成 5 个区,内有通道相互连接。而 5 个区加起来,有将近 20 个北京鸟巢体育馆那么大。一眼望不到头的走廊,两侧的商店密密麻麻,更不要说在上面悬挂的商品了,那真是看得人眼花缭乱。如果不带目的地瞎逛,一天逛下来必然是脚疼腿软;更神奇的是还逛不完,真是太魔幻了。这里的人已不甘心于只当搬运工赚差价,开始从价值链的底端向高端攀登。

记忆是有限的,装不下一个人波澜壮阔的一生;记忆又是无穷的,装下了 40 年的变迁和发展。王巧儿深深感叹,生活中,人们离不开义乌小商品;工作中,义乌还是年轻人创业造富的乌托邦。如今,不少像北下朱这样的直播网红村吸引着全国各地网红达人来此淘金;城中村自建房里,三五成群的青年正充满激情地在青岩刘等地倒腾着自己的跨境电商小店。从内贸走向外贸,从线下走向线上,小商品城正引领着更多的新老义乌人从国内的小溪小河走向海外的大江大洋……

你有你的张良计,我有我的过墙梯。中国义乌一城存两面:风光旖旎迷人眼,盛世繁华商贸城。踏上古朴诗意的古月桥,这里有小桥、流水和人家;亲临巍峨秀丽的黄山八面厅,这里更有一望无际的碧空和缠绵悱恻的柔云。这座本可以靠如画风景醉人的城市,却因作为全球最大的小商品集散中心、世界第一大市场而名扬四海。市场的发展,将外商群体源源不断地吸引进来,也将这里的小商品运送到世界各地,更将义乌商城推向全球。

在义乌,数以千计像王巧儿这样的提篮女,敏锐地捕捉到海外市场的巨大商机,虽然面对着文化不同、语言不通等诸多未知的困难,但骨子里和血液里都始终积蓄着敢闯敢创的能量,面对困难不考虑困难有多大,而是积极创造条件去解决。正如几百年前困扰于倭患而到义乌募兵的戚继光所遇到的情景一样,一经号召便三五成群、携亲带友放下锄头、操起狼筅,离开故土驰骋沙场,从而成就了保家卫国的壮举,在历史上以光辉形象留下浓墨重彩的一笔。

于是,一批又一批的义乌人义无反顾离开难舍的故土,离开温馨的家园,踏上不通当地语言、不知当地民俗、不懂当地法律甚至缺医少药、缺水少电、缺衣少食的陌生国度,足迹遍布亚洲、非洲、欧洲、南美洲等各大洲,甚至连印度尼西亚、尼日利亚、坦桑尼亚、安哥拉、墨西哥、老挝、越南等地,全都成了义乌人开拓创业的乐土。

作为丝绸之路经济带和 21 世纪海上丝绸之路重要支点城市,义乌主动融入"一带一路"。实践超过单一维度,向西借陆上丝绸之路出境、向东借海上丝绸之路出洋、线上借网上丝绸之路抢单,全力推进从贸易开放向制度开放转变,在服务畅通国内国际双循环中始终走在前列。

风卷残云,不知遮掩了多少前行者的身影。如果说财富是一朵妖娆的鲜花,那么诚便是土壤,信就是水分,而义则是阳光。一个个像王巧儿这样的义商们,用竹篮子、货郎担敲开一道道财富之门,演绎出点石成金的改革传奇,为甘冒风险的"蚂蚁雄兵"留出一条宽大的后路,也为藏富于民留足了发展空间。

回望来时的路,王巧儿知道,下海经商就如同炒一满桌的菜,酸甜苦辣,应有尽有。任何时候自己就是自己的太阳,无须凭借别人的光。做提篮女的味道就是磨炼的味道,抗争的味道,阳光的味道,喜悦的味道。

坎坷多难的命运造就了义商非凡的经商谋略,在王巧儿身边,有许多拓荒者虽同属草根蚁族,却成了商贸界的大明星;许多昔日敲糖换鸡毛的小商贩,摇身一变成为腰缠万贯的大老板。

历史,总是充满戏剧性。波澜壮阔的历程,通常出人意料地以平凡作为开端。一代代义商用诚立天下、义感亚欧的行动创造着奇迹,使义乌成为新丝绸之路的起点,成为全球最大的小商品基地,成为名冠天下的"世界小商品之都"。

在史诗般的商海中,正因为义商的骨子里经历着太多的取舍抉择,善于将自己当作大染缸里一块布不停地浸泡,所以下海经商的种子才能一遇雨露就发芽,一遇阳光就灿烂。

久久徜徉在小商品市场博物馆里,王巧儿和张志来总有一种神奇的感觉涌上心头。

时代的列车滚滚向前,那些过往的提篮女和货郎们,还能继续摇响手中的拨浪鼓,在新的赛道上奋力奔跑吗? 也许这是一个未解之谜、待解之谜或是无解之谜。

2018 年冬日的一天,王巧儿正在浏览网页,突然,眼前一亮。

一年前荣获"全国商品交易市场终身贡献奖"的谢书记,再次获得殊荣——中共中央、国务院授予他"改革先锋"称号。谢书记还获得中国"最美奋斗者"荣誉,这则是 2019 年的事情了。

2018 年 12 月 13 日上午 8 时,88 岁高龄的谢书记坐着轮椅、手捧鲜花,从衢州市人民医院出发前往北京。他作为党中央、国务院表彰的百名为改革开放做出杰出贡献的个人之一,将被授予一生最高的荣光。

十多天前,因为一次意外的跌倒,谢书记被家人紧急送到医院。手术后苏醒过来,他让孙子拨通手机视频电话,告诉自己的一位老友:"我差一点去见马克思了。但我还不能走,因为我的贡献还很不够,我还有很多要做的事。"

12 月 18 日上午,谢书记受到了隆重表彰。表彰词这样评价他:

改革开放初期,他坚持群众需求就是第一导向,打破条条框框,以敢于改革创新的勇气和担当,毅然拍板给路边摊市场开绿灯,果断提出"四个允许"的政策。首创了"兴商建县"的区域经济发展战略,并带领全县干部勇敢坚持、积极作为、精心培育,从而催生义乌这一全球最大的小商品市场,为全国小商品市场的改革发展树立了榜样。他的先进事迹体现了共产党人一心为民、敢于担当的改革精神,赢得人民群众广泛赞誉。

提篮女

这位喜获改革先锋奖章的老县委书记,虽一直说自己已是个大半截身子入土的人,可仍像播进春天地里的麦粒那样,以最饱满的精神和姿态支持着义乌的改革和发展。获奖后,他激动地说:"真是不敢当,我的工作做得还很不够,成绩归功于党和人民。"

谢书记虽自称不敢当,可在百万义乌人心目中,他配称一个好官。参加完庆祝大会后一回到家,谢书记做的第一件事便是铺开宣纸,郑重写下"改革永无止境"六个大字。

有记者采访谢书记:"作为第一代改革者,您想对今天和未来的中国改革者说些什么?"他坚定地回答:"几十年过去了,我们应该有更高的改革目标和更强的改革能力,但是改革的方向不能变,改革的勇气不能变,改革依靠人民、为了人民的根本宗旨永远不能变!"

这位饱经风霜的老人当年从衢州转义乌任县委书记时,他发现不少农民连饭都吃不饱。只能在秋收冬种农忙结束后摇个拨浪鼓,挑着担子走街串巷。然而就在政策层面农民经商仍被视为投机倒把,摆摊者每天被打办的人劝阻赶堵时,王巧儿现身了,她跑到县委大院向谢书记堵门讨说法。那时,中国国情复杂,对的东西当成错的,错的东西当成对的,老实说连县委县政府领导有时也搞不清楚方向。

在一次全县干部大会上,谢书记一锤定音:"经实地调研,我得出结论,义乌优势就是这支提篮和敲糖换鸡毛队伍,不仅大伙生活需要,社会发展也需要。只有开放市场,才能突出重围!"

统一全县干部思想后,义乌县委县政府就不失时机地在湖清门到火车站一带划出一条街,铺设露天水泥板摊位,让农民集中摆摊,于是便有了湖清门小百货市场的化蛹成蝶。

后来,税收管理矛盾突出。税务部门征税要通过查账计征,可市场上多是小本经营的农民,几乎不记账。税收干部像抓贼一样打击逃税,商贩们怨声载道。对此,谢书记冷静批示:"要放水养鱼,不能杀鸡取卵。不给经营户行方便,就是敲骨吸髓。"于是,县政府便大胆推行定额计征,对每个摊位每季度评议核定固定税额。此政策一出,税收如股价持续增长。

可没料到此举竟引发一场税改风波。谢书记坦言:"当时我已做好接受处分的准备。所幸省里又专门听取汇报,并没有进一步追究。多年后,中国各地兴办市场,普遍推广义乌这个经验。"

谢书记在任时提出兴商建县发展战略,让义乌市场踏上了快车道。特别是提出的"四个允许",彻底给农民松了绑、解了套。

调任金华后,有人猜想这次调动肯定与税收风波有关。谢书记却说:"将县委工作理顺,为义乌找到发展路径,完成省委交给自己的任务,这才是最大的担当。"

老书记拎着乌纱帽开放市场,为打造世界最大的小商品市场铺平道路,缔造出千千万万个百万富翁。他是一个面对最难吞的苦,却能笑着吞下去的人,然而他自己却依旧两袖清风。

从1949年前的放牛娃到共和国的建设者,从泥腿子干部到改革先锋,谢书记的传奇人生,浓缩着共和国建设的艰辛与坎坷。他改天换地的足迹,镌刻在哺育他成长的大地上;他造福一方的政绩,留在那座无字碑上。

可不久,令人没想到的是,王巧儿担心的事最终还是发生了。获评"改革先锋"仅过了一个月,王巧儿在网上看到一则不幸消息,谢书记在浙江衢州老家去世了,这犹如惊天之雷,王巧儿失声痛哭,泪水夺眶而出,她始终难以接受这个现实……谢书记是义乌人心目中最杰出的官,没有之一。在那个一穷二白的年代,他像一只飞翔在辽阔天空和穿行在无边旷野的大雁,引领义乌人民筹建第一代和第二代小商品市场,摆脱穷根。贫且益坚、不坠青云之志,谈何容易!

王巧儿将此噩耗告诉张志来:"太突然了! 谢书记说走就走,他是个好官。我们明天就回国去送送他。"

听到悲讯,张志来也满含热泪地说:"谢书记为民敢当先,治家不破例,这样的好官,必须回去送一程。他虽只在义乌待了两年零八个月,但为市场发展做出了巨大贡献。"

第二天,王巧儿和张志来乘坐飞机回国,降落机场后,他俩便火速赶到衢州殡仪馆,当得知遵照谢老生前遗愿,丧事一切从简,也不举行遗体告别仪式时,王巧儿的热泪再次奔涌而出,这是一种怎样的高尚心境和博大胸怀啊!

就在谢书记遗体火化的前夜,很久不曾下雨的义乌、衢州两地夜色凄凉,突然从后半夜开始乌云密布。几声闷雷过后,狂风挟着暴雨席卷而来,霹雳像在头顶炸裂,豆大的雨点砸了下来,顿时大雨滂沱,这两座城市似乎在同一时间给整个江南平添一份迷蒙与忧伤。此时,天还未大亮,四周昏暗无光,许多农民自发从各地前往衢州送别谢书记。

这场暴雨使空气更加清爽、洁净,道路两旁的树叶上可见水珠晶莹闪亮。义乌群众奔丧的车队绵延排成几公里长龙,车队中,许多车主车身上贴着标语,表达沉痛哀思。到了衢州殡仪馆,只见一些市民举着"谢书记一路走好""谢公成正果,功德圆满归仙去;高华照汗青,初心不忘看未来""衢州在恸哭,商城泪涛涌"等横幅默哀。农民画家叶洪桐创作了一幅《恩泽义乌世代难忘》的油画,雇车将画作送到衢州。还有一位市民连夜从北京赶到衢州送别谢老。他说:"感谢衢州大地培养了谢公,义乌大地锤炼了谢公。谢公为浙江打开了一扇致富的窗,也让我有机会将生意做到全国各地。"

　　现场的人们哽咽不断，哀声绵绵，顿时成了送葬的海洋。当王巧儿的目光发现棺椁内谢书记苍老的遗容如同暮色一样隐去的那一刻，她百感交集，无处不在的是对谢老的回忆和对他无法安放的想念。她痛得流泪，哭着想念，这种万箭穿心的感觉只有她自己知道。

　　山高可攀，水阔可越，灯熄可燃。王巧儿对谢书记这位恩人怎么也放不下，忘不掉。对一个真正走入自己生命中的人，唯有怀而不在，念而不及，一别再无归期的思念才是无可奈何的一声长叹。有一种痛，是无法用语言和文字来表达的。思念无声，却又震耳欲聋。

　　王巧儿心里默念着："谢老，巧儿前来送你最后一程。要是当年没有你那一记重锤给市场开绿灯，也许就没有高光时刻的王巧儿和繁华的义乌！"

　　"国有振世良方，党有崇高威望。办市场不是我凭空想出来的，而是义乌人创造出来的。"在衢州殡仪馆里，王巧儿似乎仍能听见谢书记高亢的声音。当他的遗体被推进焚烧炉那一刻，王巧儿的泪水再次倾泻而下，感觉谢老就像汪洋大海中的一艘帆船，随着巨浪翻腾倒转，最终在浪花中消失……

　　谢书记不汲汲于惊天政绩，不耿耿于显赫声名，在很多"背锅"的工作上，耕耘出前人栽树、后人乘凉的佳话，相信人们会为他在心中立碑。此时此刻，在王巧儿的脑海中，曾经发生过的一件件往事历历在目。她的思绪再次回到1992年那个春天，春雨滋润着大地，天地间荡起滚滚春潮。

　　在义乌小商品市场管理处办公室，涌进一群摆摊的经营户，带头的正是王巧儿和张志来。他们背着一只沉甸甸的编织袋，打开一看，编织袋里装着的竟然是现金。市场管理处的工商干部看了都很紧张，不知道发生了什么事。

王巧儿恳切地说:"领导同志,小商品市场马上要开市十周年,我们想表表心意。"

工商干部疑惑地问:"你们扛来这么多钱,准备做什么呀?"

王巧儿只是嘿嘿地笑着,还是张志来开口了:"我们想塑一尊像。我们几个是代表大家来的。"

工商干部更紧张了,这些人看上去挺认真,劝阻起来恐怕特费劲。

王巧儿说:"我们想为谢书记塑一尊铜像。"

工商干部更惊讶:"你们所说的谢书记,就是1982年任县委书记的吧,可他调离义乌都已八年了,你们怎么还记得他呀?"

王巧儿理直气壮地说:"当然记得! 曾经有人说,全中国最抠门的商人肯定是义乌摊贩,卖一根牙签也要扒出些利润来。可我们懂得该省则省,该花则花。在为谢书记塑铜像这件事上,我们都心甘情愿自掏腰包,原因只有一个:这是为义乌市场发展做过大贡献的人。"

"你们的心情可以理解,但为县委书记塑造铜像,可不是小孩过家家闹着玩的。这么大的事,我们岂能擅做主张,你们还是先把钱拿回去吧!"

当时,虽然谢书记的铜像并没能如愿落成,但他的形象却一直矗立在义乌人民心中。

王巧儿知道,从1995年起,每年的义博会期间,有数百名市民自发组成车队在高速路出口迎接谢书记,他们都把谢书记当成自己店铺或公司的一员,喜迎他回家。

2007年10月20日,谢书记从衢州出发,参加一年一度的义博会。在高速路出口,他被眼前的场面震撼了——107辆奔驰轿车一字排开,车身上张贴着"饮水思源"四字。

来接他的都是当地的老板,他们因市场异军突起而致富,非常感念自己的老书记。

见此情景,谢书记流下了感动的热泪。但他坚持坐自己的丰田车。这辆车已经很破旧,经常发动不了,有时甚至得靠人去推。

谢书记自言自语道:"群众感恩的不只是我谢某人,更是感恩共产党!其实,最应该被感谢的,是他们自己。当年民众办市场的热情就像一堆干柴,我只不过是一根小小的火柴。要是没有这堆干柴,我即便是一百根火柴、一千根火柴,也点燃不起市场经济的熊熊烈火。"

日历再次翻到1982年九月初九,重阳节。一大早天刚蒙蒙亮,谢书记来到义北地区下乡调研,忽闻七都的群众正在偷偷摸摸迎胡公,他好奇地赶到现场去凑热闹,停下脚步驻足而观。胡公名叫胡则,是北宋婺州永康人,字子正,为宋朝婺州第一个进士,是宋太宗、宋真宗、宋仁宗三朝的名臣,一生为官清廉,心系天下黎民百姓,被尊称为"胡公大帝"。因他敢于直谏,民众感念其德,死后为他修寺建庙,朝夕供奉,香火不断。

谢书记了解到七都百姓迎胡公活动已有800余年历史。随着"砰砰"几声铳响,胡公起驾了。只见鸣锣开道,鼓乐齐动。一路上"为官一任,造福一方"大旗引领,仪仗队阵容威严,长矛短剑、铁戈铜戟、锐叉盾牌齐护卫,八名壮汉抬着胡公大帝沿村游走,宛如民俗庙会。

正当谢书记到达晒谷场时,人们正在胡公像前插蜡烛,年猪祭羊排排坐,人们还用鲜嫩莲藕当祭品。他就不解地问身旁一位老乡:"上面不准你们迎胡公,你们为什么还偷偷摸摸地迎?"

这位老乡并不认识谢书记,竟自傲地说:"你应该不是本地人吧,你知道今年9月5日是什么日子吗?县委谢书记带领义乌农民开放小百货市场,他就是像胡公这样的好官。我们心里一高兴,就喜迎胡公,哪怕上面有禁令,我们也不怕!"

谢书记深有感触地说:"胡公虽只是个北宋朝廷命官,但其心系百姓的美德早已深入民众的骨髓。他那清正廉明的为官之道跨越数百年时光,依然深深影响着无数后人。义乌人敢破天下先,让胡公的清廉之气薪火相传,这是信仰的力量,流露出百姓对宋代清官的爱戴。不论时节更替、世事更改,胡公为百姓所做的事将成为经典。"

日历又翻到 2022 年 11 月 24 日上午 10 点,暖阳如沐,这是一个大喜的日子。在市场建设 40 周年之际,义乌市委领导及谢书记家属代表来到市委党校为谢书记雕像揭幕。王巧儿和张志来受邀目睹雕像落成揭幕的全过程。

这座雕塑采用花岗岩材质,谢书记人物站立高度 2.3 米,宽 1 米,重约 6 吨。此时,一束阳光正好照射在雕像上,仿佛舞台的追光,塑造出人物特写。只见谢书记一身素装站在鲜花绿树丛中,这座雕像以具象写实表现手法,再现了老书记的伟岸形象。雕像中的谢书记举起左手,引向前方,双目炯炯有神,远眺东方,饱经风霜的脸上露出无比坚毅的神情,像涂抹了一层蜡,又如一头负重的老牛,眼里透出一种灵气,整个人显得精明利落,饱含着对这座城市的深情;右手叉腰,暗示着谢书记勇于担当、崇尚实干、脚踏实地的人物性格。雕像底座上镂刻着"改革先锋"四个红色大字,使他定格在赤诚的芳华岁月。

王巧儿站在雕像前,望着这位熟悉的老书记,如同窥望一页闪亮的历史画卷。寒风阵阵,那漫天的黄叶从树丛中飘落,仿佛在祈祷谢书记的英灵永远定格在雕像之中……

王巧儿忽然觉得这是焦裕禄式的县委书记在义乌大地的一次重生。谁也没有料到,一个县委书记以自己的胆量和魄力越红线、踩雷区、闯禁区,让当年这座义乌的穷恶小城,变成一个世界级的小商品展示中心。几十年的辛酸和闪耀宛如南柯一梦,虽然他再也无法目睹这座迟来的雕像,但仍会感到活得如此通透。倘若地下有知,他必定会像苦水河里泡大的王巧儿一样,感恩这个伟大的党和伟大的时代。

"回过头去看,世上哪有什么高深莫测,无非是对常识的尊重与坚守,再加上过人的胆识罢了。在谁不改革谁下台的年代,义乌一战成名是逼出来的改革、放出来的活力、摸出来的市场、挡不住的潮流。农民变市民,不仅要草鞋变皮鞋,更重要的是由内而外的改变。市场是人民的伟大创造,我们都是从人民当中来的,群众才是真正的英雄。"在雕像前,谢书记的声音仿佛再次在义乌市委党校上空久久回荡。

王巧儿想:"义乌并不是必然会出现一个这样的县委书记,他出现了,并且改变了市场风向,这是义乌人的荣耀。"

站在雕像前,王巧儿的眼角又流出眼泪,张志来见状,忙掏出纸巾递给她擦拭。

雕像揭幕当天,还有不少市民闻讯赶来,有的带来红糖放在雕像前,有的带着拨浪鼓在雕像前摇响,真心感念谢书记所做的贡献。

汩汩义乌江,从古流到今,流过乌伤古县,流过唐宋明清,流入"世界小商品之都",流成一条奔涌着5000余年灿烂文明浪花的历史长河。

揭幕仪式结束后,王巧儿和张志来走出义乌市委党校,他们仍像往常一样来到不远处的义乌江畔。只见一条粼粼发光的翡翠玉带镶嵌其中,这条从东向西贯穿整个义乌城区的母亲河,不仅见证了历史的变迁,也见证了市场繁荣的每一个脚印。每次回国,王巧儿和张志来总要站在江堤上驻足,仿佛只有这样,才能更深地感受到义乌母亲河生生不息的脉搏跳动和魅力。望着滔滔不绝的江水,他俩若有所思,仿佛正在回望来时的路。

提篮女

王巧儿边走边悠悠地说:"小时候我刻骨铭心地记得,就是从这个季节开始,有一顿到两顿是吃不饱饭的,因为家里没粮食,父亲说你只能吃一碗,那时候肚子是很空的。现在义乌有这么好的创业环境,我要做到八十岁、九十岁,还可再做几十年。"

张志来停下脚步,感慨万千地说:"巧儿啊,走遍全世界,没想到你的创业激情仍这么旺盛,竟还奔着这么大的目标在努力,真佩服你!"

王巧儿意味深长地说:"人这一辈子,不能只追求财富,更多的要追求价值。一个人只有永远走在路上,才能扶着自己成长。当我们努力发光发热的时候,这个过程必然是艰辛的,却也是值得的。"

王巧儿就像一块翡翠外柔内刚,她的经历是义乌提篮女们奋斗的缩影,她的乐观更是义乌女性血脉中的坚韧。

都说巾帼不让须眉,女人能顶半边天,从先天困局中闯出一条生路,抓住变天的关键节点,又在后天开放的沃土上勃发,续写属于义乌的巾帼传奇,这大概就是义乌女性一步步撑起的半边天。数据显示,在义乌这座活力四射的创富之城,有65%以上的创业者是女性,全球230多个国家和地区都活跃着义乌女性的身影。义乌热销全球的日用消费品、美妆、宠物用品、纺织用品等,主要经营者和消费者都是女性。

大美义乌,古月桥边水涓涓。江滨绿廊如春天,城乡处处新景观。大美义乌,云雾缭绕大寒尖。松瀑山的泉水润心田,读你千遍不厌倦。大美义乌,鸡鸣山上来结缘。钓鱼矶下许诺言,绽放不同肤色的笑脸。大美义乌,绿水青山任自然。男女老少舞蹁跹,谱写爱的诗篇。

一阵微风吹过,不知什么时候,义乌江畔传来一阵《大美义乌》的歌声。在外闯荡了这么多年,王巧儿和张志来听到如此熟悉的歌声,显得特别激动。只有身边朝夕相伴的人,才是要一辈子在一起的,不管走到天涯海角,都不会被无情地分开。

"让民众吃饱饭、富起来,这就是义乌经验的价值所在,也是共同富裕的时代追求"。王巧儿和张志来这对昔日的搭档手牵着手,沿着堤岸迈开步子逆水而行,踏着独特的节拍,似乎又在探寻着共同富裕的密码,做着美丽的共富梦。他们望着江面上一层层接连不断掀起的波浪,期望着一个浙中城市群的到来。

小人物,大时代;小商品,大机遇。王巧儿和张志来万万没想到,如今的义乌,市场经营主体已突破 100 万。它犹如一只重心沉稳的金鼎,托起一个蓬勃向上的市场;又像逆风展翅的苍鹰,将以更加雄健的身姿,振翅于这片辽阔的天空。

尽管前方的路会有曲折,但也充满希望。沉住气,不自乱阵脚,未来的"世界小商品之都"定会有更多的弄潮儿从义乌江奔向钱塘江,从绣湖奔向西湖……融入奔向大同境界的千军万马之中,但愿这不是天方夜谭。

提篮女

后 记

　　你不一定到过中国义乌，但一定听说过她的传奇。毕竟，近三分之一的网购小商品从这里发货，平均每十个人中有四人穿着义乌的袜子。40年前，这里曾与市场无缘；而今天，义乌奇迹令人惊艳，更让人叫绝。当写完小说《提篮女》最后一字时，我才长长地松了口气。这是作为一名农民草根作家创作路上的又一次突破，也是一份沉甸甸的收获。

　　义乌市场的孕育是一场荡气回肠的突围之战，也是一幅姹紫嫣红的长篇画卷。写作和出版的过程犹如枯木逢春、山回路转、柳暗花明，虽充满了艰辛与不易，但更是一次感谢与感动并存、希望与梦想同在的心路历程。

　　2018年，在浙江金华作协推出作家驻村制度前，我就敏锐地感知到义乌是一座文学富矿，是一片创作热土，便主动沉下心来，成了一名驻村作家。在驻村的5年间，我所在的徐樟塘村与义乌国际商贸城相隔仅4千米。为了更真实地反映第一代"提篮女"的酸甜苦辣和人情冷暖，我常常深入市场，与提篮女们面对面、心贴心沟通交流，承担起书写时代新篇章的重任，展现新时代的义乌市场风貌。

　　义乌是一座散发着浓浓温情的城市，无数个昼夜，我放弃休息，利用业余时间，和寂寞做伴，与孤独为友，用文字执着地书写着提篮女的非凡经历，传递着文学的温暖，并静静等待那个美好的结果。

　　正因为有无数"提篮女"逆风翻盘，义乌市场发展的"半边天"才能被顶起，创业路上才散发出更加耀眼的光芒。如今的义乌早已从原先那个默默无闻的小地方，摇身一变成为闻名全球的"世界小商品之都"。一代又一代的"提篮女"不断将义商精神传承并发扬光大。她们不仅创造了辉煌历史，更是在增强历史自觉与历史担当中创造伟业。哪怕到了今天，如果我们想要选购物美价廉的商品，义乌绝对是必选之地。

为了完成这部现实题材的小说创作，五年来，我几乎每天凌晨五点准时起床打磨作品，修改达十余次。成稿后，资深编辑多次给予精心指导，不断碰撞出文学艺术的火花，使人物形象、故事情节等有了更清晰的脉络，读者定能从中窥见一二。"永不退缩、永不服输、永不言弃"的"提篮女精神"也能从中展现出来。为此，我深感幸运和欣慰。

三国时期曹操次子曹丕在《典论·论义》中说："盖义章，经国之大业，不朽之盛事。年寿有时而尽，荣乐止乎其身，二者必至之常期，未若文章之无穷。是以古之作者，寄身于翰墨，见意于篇籍，不假良史之辞，不托飞驰之势，而声名自传于后。"意思是说，一个人年寿、荣乐都有一定限度，只有文章是经国大业、不朽盛事，可不靠别人吹捧而传于后世。创作《提篮女》，旨在展现中国改革开放的壮丽诗篇和鲜明的共富路径，为中国市场蝶变提供最原始的"义乌样本"。

一部优秀的文学作品，具有超越时空的力量，能够穿透历史尘烟，甚至对后世产生深远的影响。这是一种难以忘怀的缱绻，故我对这部作品的创作始终执着不舍，情有独钟。事实证明，只要坚守初心，梦想必定会照进现实，照亮未来的文学之路。我愿以生命扛鼎，用大爱传承，反映时代变革中的每一个进程，甚至细微的变化。期待着这部小说能得到广大读者的喜爱和认可。

文学是作家对人类历史的精神回望，是一种爱的升华。本书在创作和出版过程中，有幸被列入"义乌市文化精品扶持项目"；有幸邀请到

提篮女

中国少年儿童出版社原社长海飞作序,浙中书法院院长杨守春封面题签,乌伤画馆梅戈配插图;有幸得到广西罗城商贸产业园、浙中书法院、义乌市第五中学、义乌市女企业家协会、义乌苏溪镇人民政府、义乌稠江街道办事处,以及何海美等友情支持;承蒙王贤根、孙侃、王亦平、傅泰松、吴潮海、黄宝忠、何恃坚、楼立剑、楼文虎、楼国总、胡泰良、张金龙、刘俊义、潘爱娟等众多文友助力,在此一并致谢。

《提篮女》是一部史志性的乡土纪实小说,鉴于本人学识有限,书中难免会有疏漏之处,敬请广大读者批评指正。

胡友大
2023 年 11 月